CB080655

SEQUESTRADOS

ROBERT CRAIS

SEQUESTRADOS

TRADUÇÃO: CAYO CANDIDO

Companhia Editora Nacional

Taken © 2012, Robert Crais
© 2015, Companhia Editora Nacional

Diretor Superintendente: Jorge Yunes
Diretora Editorial Adjunta: Silvia Tocci Masini
Editores: Cristiane Maruyama, Marcelo Yamashita Salles
Editora Júnior: Nilce Xavier
Preparação: Paulo Levy
Revisão: Paula Passarelli
Diagramação: Luciana Di Iorio
Produtora Editorial: Solange Reis
Coordenação de Arte: Márcia Matos
Estagiária de Arte: Camila Simonetti
Imagens de capa: cvalle e Sean Lema /Shutterstock

CIP-BRASIL. CATALOGAÇÃO-NA-FONTE
SINDICATO NACIONAL DOS EDITORES DE LIVROS, RJ

C923s
Crais, Robert
Sequestrados / Robert Crais ; tradução Cayo Candido. - 1. ed. - São Paulo: Companhia Editora Nacional, 2015.
304 p. ; 24 cm.

Tradução de: Taken
ISBN 978-85-04-01919-3

1. Romance americano. I. Candido, Cayo. II. Título.

15-19204 CDD: 813
CDU: 821.111(73)-3

1ª edição - São Paulo - 2015
Todos os direitos reservados

Companhia Editora Nacional

EDITORA AFILIADA

Av. Alexandre Mackenzie, 619 – Jaguaré
São Paulo – SP – 05322-000 – Brasil – Tel.: (11) 2799-7799
www.editoranacional.com.br editoras@editoranacional.com.br
CTP, Impressão e acabamento IBEP Gráfica

Para Aaron Priest,
que muito mais do que um agente
é meu bom e leal amigo,
com amor

"Seu corte,
Meu sangue.
Isso é amor."
– Tatuagem de prostitutas na praia

Grilo Falante: *Ei, aonde você vai?*
Pinóquio: *Eu vou encontrá-lo!*

— PRÓLOGO —

Jack e Krista

Jack Berman envolveu a namorada nos braços, Krista Morales, e observou o denso vapor de sua respiração no ar frio do deserto. Meia-noite e vinte, vinte e três quilômetros ao sul de Rancho Mirage, na escuridão até então impenetrável do deserto de Anza-Borrego, Jack e Krista eram iluminados pelo intenso feixe de luz púrpura que florescia da caminhonete de Danny Trehorn. Jack estava tão apaixonado por essa garota que seu coração batia no mesmo compasso do dela.

Trehorn ligou o motor.

— Vocês vêm ou não?

Krista se aconchegou ainda mais nos braços de Jack.

— Vamos ficar um pouquinho mais. Só nós. Sem eles. Quero te contar uma coisa.

Jack gritou para o amigo:

— *Mañana*, cara. Vamos ficar.

— A gente sai cedo, mano. Te vejo às nove.

— Nos vemos meio-dia.

— Maricas! A gente vai te acordar à força.

Trehorn voltou para a caminhonete e deu meia-volta em direção à cidade com a *Cavalgada das Valquírias* tocando alto no som. Chuck Lautner e Deli Blake se enfiaram no antigo Land Cruiser de Chuck seguindo bem atrás de Trehorn, os faróis iluminando o Mustang de Jack, este estacionado na velha estrada da cidade onde o chão era mais plano. Eles tinham saído para mostrar para Krista um avião de um traficante de drogas que tinha caído em 1972 e que ela queria ver.

Jack foi ficando com mais frio conforme as luzes traseiras iam sumindo de vista e o deserto ia ficando mais escuro. Uma fina lua crescente e um campo estrelado com nuvens lhes proporcionavam luz suficiente para enxergar. Jack disse:

— Escuro.

Ela não respondeu. Jack disse:

— Frio.

Ele se aconchegou um pouco mais nela, pelas costas, ambos fitando coisa alguma. Jack se perguntou o que ela estava olhando.

Krista ficou pensativa durante toda a noite, mesmo tendo convencido todos a irem para lá, e agora ela queria contar algo para ele, e isso não lhe cheirava bem. Jack teve a terrível sensação de que ela ia dizer que estava grávida ou que ia terminar com ele. Faltavam dois meses para ela se formar com louvor pela Loyola Marymount em Los Angeles e já tinha conseguido um emprego em Washington, D.C. Jack tinha largado a USC, a Universidade do Sul da Califórnia.

Ele se aninhou nos cabelos de Krista.

— Está tudo bem com a gente?

Ela afastou Jack o suficiente para estudá-lo, então sorriu.

— Nunca houve duas pessoas tão bem quanto a gente. Estou completamente apaixonada por você.

— Você me deixou preocupado.

— Obrigada por convencer Danny a trazer a gente pra cá. Acho que ele não queria vir.

— É um longo caminho se você já rodou por ele um milhão de vezes. Ele não vem desde o colégio.

Segundo Trehorn, o bimotor Cessna 310 tinha caído quando trazia um carregamento de coca durante uma tempestade de areia. Um traficante da região chamado Greek Cisneros tirou cactos e pedras o suficiente para improvisar uma pista de pouso no meio do deserto, a trezentos quilômetros de Palm Springs, e usava o avião para trazer cocaína e maconha do México, quase sempre à noite, quando o contorno da pista era marcado por latões de gasolina em chamas. Na noite da queda, a asa direita se enganchou no chão, o trem de pouso quebrou e a asa esquerda se soltou do motor. O combustível que vazou dos tanques pegou fogo, envolvendo o avião em chamas. Os motores e instrumentos tinham sido recuperados já fazia um tempo, mas a fuselagem quebrada mantinha-se onde definhara. Estava enferrujada, corroída e toda pichada, cheia de iniciais pintadas com spray: LJ+DF, me coma, PSHS#1.

Krista pegou a mão dele e o puxou em direção ao avião.

— Vem comigo. Quero te mostrar uma coisa.

— Não pode me falar no carro? Estou com frio.

— Não, no carro não. Isso é importante.

Jack a seguiu pela fuselagem até a cauda, perguntando-se o que tanto ela queria lhe mostrar que tivesse a ver com esse avião idiota, mas, em vez disso, ela o levou para o que tinha sobrado da pista, agora coberta pela vegetação. Ela fitou a escuridão que cobria o deserto. Seus astutos olhos negros brilhavam como joias, preenchidos pela luz das estrelas. Jack tocou seu cabelo.

— Kris?

Eles se conheciam há um ano, dois meses e dezesseis dias, mas há cinco meses, três semanas e onze dias eles estavam loucos de amor, com a cabeça nas nuvens, como unha e carne, não se largavam e estavam perdidamente apaixonados. Ele não tinha contado a verdade sobre si mesmo para ela até ela declarar seu amor. Se ele tinha segredos à época, ela tinha segredos agora.

Krista segurou a mão dele entre as suas, encarando-o seriamente.

— Este lugar é especial para a minha família.

Jack não tinha ideia do que ela estava falando.

— A pista de pouso de um traficante de drogas?

— Este lugar, bem aqui no meio das montanhas, é facilmente encontrado pelas pessoas que vêm do sul, pelas mesmas razões que os traficantes de drogas improvisam suas pistas de pouso. Quando minha mãe tinha sete anos, os coiotes a trouxeram do sul pelo deserto. Mamãe, sua irmã e duas primas. Um homem com um carro funerário estava esperando aqui nesse avião para levá-las para a cidade.

Jack disse:

— Não sacaneia.

Krista riu, mas seu riso era incerto.

— Eu não sabia. Ela só me contou há umas duas semanas.

— Eu não ligo.

— Ei! Estou compartilhando uma história de família importante e você não liga?

— Quis dizer que ela é ilegal, sem documentos. Quem se importa?

Krista inclinou-se para trás para vê-lo por inteiro, então segurou seu rosto entre as mãos, puxou-o para si e o beijou.

— Sem documentos. Não precisa ficar todo politicamente correto.

A mãe de Krista fez uma viagem de doze dias a pé, em carros e num caminhão de entregas que ficou tão quente que um idoso morreu.

A última etapa da jornada foi feita à noite numa picape coberta. Eles passaram por Salton Sea e cruzaram um trecho de vinte e seis quilômetros de deserto até o local do antigo acidente. O homem do carro funerário levou todos para o estacionamento de um supermercado a leste de Coachella, onde seu tio a esperava.

Ela olhou ao sul para a escuridão como se pudesse ver os passos da mãe.

— Eu não estaria aqui se ela não tivesse passado por este lugar. Ela não teria conhecido meu pai. Eu não teria conhecido você. Eu não existiria.

Krista ergueu a cabeça com altivez e orgulho.

— Você consegue imaginar como foi a viagem dela? Sou filha dela e não consigo nem pensar.

Ela ia dizer mais alguma coisa quando Jack ouviu um guincho ao longe. Ele se endireitou, escutando com atenção, mas não disse nada até escutar novamente.

— Ouviu isso?

Krista se virou enquanto o som fraco de um motor abafado os alcançava e duas formas oscilantes apareciam, fracamente iluminadas pelas estrelas. Jack as estudou por um instante e percebeu que eram caminhões rastejando pelo deserto na direção deles. Ele sentiu uma pontada de medo e sussurrou freneticamente no ouvido de Krista.

— Que merda, cara. Vamos sair daqui.

— Não, não, não. Quero ver. Shh.

— Eles podem ser traficantes de drogas. É melhor não ficarmos aqui.

— Espera!

Ela o puxou para o lado mais distante do avião e eles se esconderam numa pequena depressão entre os cactos.

Um grande caminhão-baú emergiu da escuridão como um navio surgindo de uma névoa. Passou ruidosamente pela pista coberta pela vegetação e parou a menos de trinta metros de onde eles estavam. Os faróis de freio não se acenderam quando ele parou. Jack tentou se encolher o máximo possível e desejou ter levado Kris para longe.

Depois de um instante, a porta se abriu e dois homens saíram. O motorista andou alguns metros à frente do caminhão e estudou um aparelho de mão de tela brilhante. Tão longe no deserto, Jack suspeitou que provavelmente fosse um GPS.

Enquanto o motorista estudava o aparelho, o passageiro foi para a parte de trás do caminhão e abriu a porta do baú emitindo um ruído alto. O homem disse algo em espanhol e Jack ouviu vozes fracas enquanto silhuetas de pessoas saíam do caminhão.

Jack sussurrou:

— O que eles estão fazendo?

— Shh. Isso é incrível.

— Só podem ser imigrantes ilegais.

— Shh.

Krista mudou de posição e Jack se agachou com uma nova explosão de medo. Ela estava tirando fotos com o celular.

— Pare. Eles vão nos ver.

— Ninguém consegue nos ver.

As pessoas que saíram ficaram perto do caminhão como se estivessem confusas. Apareceu tanta gente que Jack não conseguia entender como todos couberam lá dentro. Mais ou menos trinta pessoas inquietas estavam entre as moitas, sussurrando com sotaques que Jack se esforçava para identificar.

— Isso não é espanhol. O que eles estão falando? Chinês?

Krista baixou o telefone e se esforçou para escutar também.

— Alguns estão falando espanhol, mas a maioria parece oriental. Tem mais alguma coisa também. Isso é árabe?

O homem que abriu o caminhão virou para o motorista e falou claramente em espanhol. Jack percebeu que os dois eram os coiotes — guias contratados para trazer pessoas ilegalmente para os Estados Unidos. Ele se inclinou para mais perto de Krista, que era fluente em espanhol.

— O que ele disse?

— "Onde diabos eles estão? Aqueles malditos deveriam estar aqui."

O motorista murmurou alguma coisa que nem Jack nem Krista entenderam e então deu um pulo quando três pares de faróis dianteiros e de teto surgiram a cerca de cem metros do caminhão, iluminando nitidamente o deserto entre eles. Três caminhonetes *off-road* avançaram ruidosamente, saltando nos pneus enormes. Os dois coiotes gritaram e começou o falatório entre o amontoado de gente. O motorista correu para o deserto, ao mesmo tempo que seu parceiro corria de volta para o caminhão, aparecendo com uma espingarda. Ele correu atrás do amigo enquanto duas das picapes derrapavam fazendo um círculo largo em volta do caminhão, levantando nuvens escuras de poeira. A terceira perseguiu os homens em fuga e tiros brilharam na escuridão. O aglomerado se dividiu em todas as direções, algumas pessoas chorando, outras gritando e outras subindo de volta no baú do caminhão como se pudessem se esconder.

Jack puxou Krista, e então pulou e correu.

— Corra! Vamos, corra!

Ele correu em direção ao seu Mustang, mas percebeu que Krista não estava com ele. Homens com porretes e espingardas pularam das picapes para perseguir as pessoas que fugiam. Krista ainda estava entre os cactos tirando fotos.

Jack começou a gritar por ela, mas conteve-se para não chamar atenção e parou. Krista e ele estavam fora da luz, escondidos na escuridão. Ele arriscou um assovio agudo.

— Kris...

Ela balançou a cabeça dizendo que estava bem e continuou a tirar fotos. Jack correu de volta até ela e, com força, agarrou-a pelo braço. Com força.

— *Vamos*!

— Está bem. Tá...

Eles estavam se levantando quando quatro mulheres asiáticas vieram para a cauda do avião e passaram correndo por eles, a menos de dez metros.

Um homem com uma espingarda veio correndo naquela direção atrás delas, gritando em espanhol, e Jack se perguntou se aqueleas coitadas conseguiam ao menos entender o que ele dizia. Então o homem parou e ficou completamente imóvel como uma estátua contra o céu noturno.

Jack prendeu a respiração e rezou. Perguntava-se por que o homem estava lá tão quieto, então percebeu que ele usava óculos de visão noturna.

O homem estava olhando para eles.

Lá na paisagem desértica, iluminada pelas estrelas, onde ninguém poderia ouvir os tiros, o homem ergueu a arma e mirou em Jack Berman.

— PARTE I —

ELVIS COLE:
seis dias depois de serem sequestrados

1

Quando as pessoas ligam para investigadores particulares porque alguém que amam está desaparecido, especialmente um filho, o medo borbulha em suas vozes como água fervente. Quando Nita Morales ligou naquela manhã para saber sobre a filha adulta desaparecida, ela não parecia amedrontada. Ela estava irritada. A senhora Morales ligou porque a *Los Angeles Times Magazine* de domingo tinha publicado uma história sobre mim oito semanas atrás, requentando um caso em que livrei um homem inocente que tinha sido condenado por vários homicídios. O pessoal da revista veio até o meu escritório, tirou uma ou duas boas fotos e me fez parecer uma mistura de Philip Marlowe* com Batman. Se eu fosse Nita Morales, eu também teria ligado.

A empresa dela, Hector Sports & Promotions, ficava do lado leste do Rio Los Angeles, próximo à ponte da Sixth Street, não muito longe de onde formigas radioativas gigantes tinham pulado do esgoto para serem assadas por James Arness no clássico de 1954, *O mundo em perigo*. Era uma área de armazéns agora, mas não menos perigosa. Prédios eram cobertos por camadas de marcas de gangues e grafites, além de placas que alertavam os empregados a trancarem seus carros. Barras de aço cobriam as janelas e arames farpados contornavam os telhados, mas não para manter as formigas distantes.

---

* Philip Marlowe: personagem criado por Raymond Chandler (1888-1959). Marlowe era um detetive que protagonizou uma série de histórias e teve sua primeira aparição em *The Big Sleep*, em 1939.

Naquela manhã de primavera, 8h55, uma neblina baixa preenchia o céu com um brilho tão intenso que mantive os olhos semicerrados atrás dos óculos escuros enquanto procurava o local. Hector Sports & Promotions ficava num prédio mais moderno, delimitado por uma cerca de arame de três metros fechando o estacionamento.

Um jovem rapaz latino com ombros largos e olhos sem brilho saiu quando eu parei, como se estivesse me esperando.

— Você é o cara da revista?

O cara da revista.

— Isso mesmo. Elvis Cole. Tenho um encontro às dez com a senhora Morales.

— Tenho que destrancar o portão. Está vendo o canto vazio onde está escrito *Entregas*? Estacione ali. Melhor levantar a capota e trancar.

— Você acha que é seguro?

Esse era eu, lançando um sorriso irônico para a segurança exagerada deles.

— Com certeza. Eles só roubam carros limpos.

Esse era ele, colocando-me no meu lugar.

Ele balançou a cabeça tristemente enquanto eu passava com o carro.

— Se eu tivesse um Vette velho como esse, eu mostraria um pouco mais de carinho por ele. Arrumaria esses amassados, com certeza.

Esse era ele, esfregando na minha cara. Meu Corvette Stingray 1966 amarelo Jamaica conversível é um clássico. E também é sujo.

Ele trancou o portão do estacionamento logo que passamos, contou que era o assistente de Nita Morales e me levou para dentro. Passamos por um escritório externo com balcão para clientes e um homem e uma mulher em mesas diferentes. Ambos olharam e o homem ergueu uma revista da edição de domingo com a minha história. Constrangedor.

Passamos por uma porta até o andar da loja onde quinze ou vinte pessoas operavam máquinas que costuravam logos em bonés de beisebol e imprimiam fotos em canecas. Nita Morales tinha um escritório de vidro no lado mais distante da loja, de onde ela conseguia ver o andar e tudo que acontecia por lá. Ela nos viu chegando e se levantou de trás da mesa para cumprimentar o cara da revista quando entramos. Sorriso tenso. Mão seca. Só negócios.

— Olá, Sr. Cole, sou Nita. Você se parece com a foto.

— Aquela em que eu pareço idiota ou aquela em que pareço confuso?

— Aquela em que você parece um detetive esperto e determinado que termina o trabalho.

Gostei dela imediatamente.

— Você quer alguma coisa? Café ou refrigerante?

— Não, obrigado. Estou bem.

— Jerry, onde está a sacola de lembranças? Você a deixou aqui, certo?

Ela explicou enquanto Jerry, o assistente, me entregava uma sacola de plástico branca.

— Fizemos umas lembrancinhas para você esta manhã. Aqui, dê uma olhada.

Na sacola havia uma camiseta branca de tamanho G e um boné de beisebol combinando. Sorri para o boné e ergui a camiseta. Na frente estava impresso, com letras pretas e vermelhas, "Agência de detetive Elvis Cole" e, logo abaixo, em letras menores, "o maior detetive do mundo" . Um emblema com essa frase também tinha sido costurado na frente do boné.

— Gostou?

— Gostei muito.

Guardei-os de volta na sacola.

— Isso é muito legal, mas eu não concordei em te ajudar. Você entende isso, não?

— Você vai ajudar. Vai encontrá-la. Isso não será difícil para o maior detetive do mundo.

Ela tirou isso da revista.

— A coisa do "maior do mundo" foi uma piada, senhora Morales. O cara que escreveu o artigo colocou isso na história como se eu estivesse falando sério. Eu não estava. Foi uma piada.

— Tenho umas coisas para te mostrar. Me dê um segundo. Eu as juntei aqui.

Ela dispensou o assistente e voltou para a mesa enquanto eu dava uma olhada em volta. Prateleiras ao longo da parede oposta à mesa eram cobertas de canecas, taças, miniaturas, camisetas, bonés, brindes e uma dúzia de outros itens promocionais. Quer camisas para o time de futebol do seu filho? Eles podiam fazer. Quer o nome da sua agência de seguros num caneco barato de plástico para o churrasco dos Cavaleiros de Colombo*?

---

* Knights of Columbus é uma organização católica bastante conhecida nos Estados Unidos, que regularmente promove churrascos para arrecadar fundos. (N. T.)

Era isso que eles faziam. Fotos de times juvenis cobriam as paredes, todas as crianças vestindo camisas feitas pela Hector Sports. Eu disse:

— Quem é Hector?

— Meu marido. Ele começou essa empresa há vinte anos, camisetas em serigrafia. Eu cuido de tudo agora. Câncer.

— Sinto muito.

— Eu também. Sete anos em junho.

— Você deve estar tomando conta de tudo muito bem. O negócio parece bom.

— Ninguém está ficando rico, mas estamos indo bem. Aqui, vamos nos sentar.

Ela deu a volta na mesa para que pudéssemos nos sentar nas cadeiras de metal. Nita Morales estava na casa dos quarenta e poucos, tinha o corpo robusto e vestia uma tradicional saia executiva azul com uma camisa branca de babados. Os cabelos pretos e lisos não apresentavam um fio cinza sequer e contornavam bem o rosto largo. As unhas estavam cuidadosamente feitas e depois de sete anos, agora em junho, a aliança ainda estava no lugar.

Ela estendeu uma polaroide.

— Essa é quem você vai encontrar. Essa é a Krista.

— Eu ainda não concordei, senhora Morales.

— Você vai. Olhe.

— Nós nem falamos de preços.

— Olhe para ela.

Krista Morales tinha um rosto em formato de coração, pele dourada e um sorriso que formava uma covinha na bochecha direita. Os olhos eram de um castanho bem escuro e os cabelos reluziam como o profundo brilho negro da asa de um corvo ao sol. Sorri para a foto, então a devolvi.

— Bonita.

— Esperta. Ela vai se formar com honras em dois meses pela Loyola Marymount. Então vai trabalhar em Washington D.C. como assessora parlamentar. Depois disso, talvez a primeira presidente latina, o que acha?

— Uau. Você deve estar orgulhosa.

— Mais que orgulhosa. O pai dela e eu, nós não terminamos o colégio. Eu não falava inglês até os nove anos de idade. Esse negócio, construímos com suor e a graça de Deus. Krista...

Ela começou a contar nos dedos.

— ... ela tem a nota mais alta da sala, é editora do jornal dos alunos, ganhou a bolsa da National Honor Society no colégio e da Phi Beta Kappa na faculdade. Essa garota está fazendo os nossos sonhos virarem realidade.

Ela parou de repente e olhou através da parede de vidro que dava para a loja. Mesmo com o ângulo, eu vi seus olhos brilharem.

— São boas pessoas, mas é preciso vigiá-las.

— Entendo. Fique à vontade.

Ela pigarreou enquanto se recompunha, então o rosto de Nita Morales se transformou, passando de um orgulho iluminado pelo sol nascente para a escuridão de uma tempestade. Ela colocou a foto de Krista de lado e me entregou uma página mostrando um nome e um endereço de Palm Springs. O nome era Jack Berman.

— Ela foi para Palm Springs há sete dias. Com um garoto. Seu namorado.

Ela disse "namorado" como se isso fosse sinônimo de "erro".

Ela descreveu o namorado e não tinha nada de bom para contar. Um aluno que abandonou a USC, sem emprego e pouco futuro. Exatamente o tipo de garoto que poderia desviar as ambições da filha.

Dei uma olhada no endereço.

— Ele mora em Palm Springs?

— Em algum lugar de Los Angeles, acho. A família dele tem casa em Palm Springs, ou pode ser de um amigo, mas não sei bem. A Krista não me falou muito sobre ele.

A velha história. Quanto menos Krista contasse, menos sua mãe poderia criticar. Coloquei o endereço de lado.

— Muito bem. Como ela desapareceu?

— Ela foi passar o fim de semana. Foi isso que ela me contou, e ela sempre me conta aonde vai e exatamente quanto tempo vai ficar fora. Mas ela já se foi há uma semana e não retorna minhas ligações, não responde as mensagens e eu sei que é por causa desse garoto.

Esse garoto.

— Há quanto tempo a Krista e ele estão juntos?

Pensar nisso parecia enojá-la.

— Seis ou sete meses. Encontrei com ele apenas duas ou três vezes, mas não gosto dele. Ele é muito metido.

Ela disse "metido" como se fosse outro sinônimo para "doença".

— Eles moram juntos?

O rosto dela ficou ainda mais sombrio.

— Ela divide um apartamento perto do campus com uma garota. Ela não tem tempo para esse rapaz.

Ela teve tempo de ir para Palm Springs. Eu já tinha visto essa história quinhentas vezes e sabia no que ia dar. A boa garota se rebelando contra a mãe dominadora.

— Senhora Morales, mulheres de vinte e um anos saem por aí com seus namorados. Às vezes elas gostam tanto disso que desligam o telefone e ficam alguns dias a mais. A menos que a senhora tenha razões para acreditar no contrário, as coisas são assim. Ela vai voltar.

— Você fala espanhol?

— Algumas palavras, mas não, na verdade não.

— Vou traduzir. Essa foi a segunda ligação. Eu a gravei...

A voz de Nita Morales vinha de uma caixinha de som enquanto ela atendia ao telefonema.

— Krista, é você? O que está acontecendo aí?

Uma jovem começou a falar rapidamente em espanhol. Então a voz de Nita a interrompeu.

— Fale em inglês. Por que está falando assim?

A jovem mudou para o inglês com um forte sotaque.

— Mama, sei que você quer que eu pratique inglês, mas não consigo...

Ela voltou a falar espanhol. Foi quando Nita pausou a gravação.

— Ela está fingindo. Esse sotaque exagerado e o inglês sofrível. Minha filha não tem sotaque. Não é assim que ela fala.

— O que ela está dizendo?

— Ela começou a dizer que eles estavam preocupados porque não tinham conseguido o dinheiro.

— Quem são eles?

Ela levantou um dedo.

— Ouça...

Ela continuou a gravação. A voz de um jovem tomou o lugar de Krista e também falou em espanhol. Ele parecia calmo e sensato e falou por alguns segundos antes que Nita pausasse a gravação.

— Você entendeu alguma coisa?

Balancei a cabeça sentindo-me um pouco envergonhado.

— Ele está dizendo que tem gastos para cobrir. Ele quer que eu transfira quinhentos dólares. Assim que pegar o dinheiro, ele vai ver se manda Krista para casa.

Sentei mais à frente.

— O que aconteceu aqui? A Krista foi sequestrada?

Nita revirou os olhos e refutou minha indagação.

— Claro que não. O resto é só mais espanhol. Vou contar o que eles disseram.

— Não. Toque de novo. Quero ouvir o conteúdo emocional.

A gravação voltou. Nita a interrompeu repetidas vezes, então continuava como se estivesse lendo um roteiro.

A gravação finalmente acabou e Nita arqueou as sobrancelhas.

— Ele se desculpou por pedir dinheiro. Disse pra onde eu deveria transferir o valor e prometeu cuidar bem de Krista nesse meio-tempo. Então ele me agradeceu pela cooperação.

Ela largou o telefone na mesa. Baque. Eu disse:

— Isso foi um pedido de resgate. Parece que ela foi sequestrada.

Nita Morales refutou minha indagação novamente.

— Ele a colocou nessa para que eles pudessem se casar.

— Você tem certeza disso?

— Você não sequestra alguém por quinhentos dólares. Quinhentos dólares é o que o namorado idiota diz para você pedir quando ele quer dinheiro. E esse negócio de falar espanhol e o inglês ruim? Um absurdo.

— Você pagou?

— Não da primeira vez. Pensei que fosse piada. Achei que ela ligaria de volta às gargalhadas.

— Mas ela não ligou de volta às gargalhadas.

— Você ouviu. Eu queria ver se ela voltaria para casa, então paguei. Ela não ligou de novo e isso já faz quatro dias. Acho que eles usaram o dinheiro para se casar.

De modo geral, Krista Morales não parecia o tipo de pessoa que extorquiria a própria mãe por algumas centenas de dólares. Nunca se sabe.

— Por que ela fingiria falar mal inglês?

— Não faço ideia.

— Mas você acredita que ela esteja fingindo ter sido sequestrada para arrancar quinhentos dólares de você?

Ela franziu o cenho e o esgar dos lábios transformou as covinhas em duras linhas de expressão que aos poucos foram se atenuando.

— Mesmo garotas espertas fazem coisas idiotas quando acham que um garoto as ama. Fiquei tão nervosa que dirigi até lá, mas eles não estavam em casa. Esperei por horas mas ninguém apareceu, então deixei um recado. Tenho certeza de que eles foram para Las Vegas.

— Você ligou para a polícia?

— De modo algum. Krista tem a vida toda pela frente, possibilidades que ninguém em minha família teria sonhado. Não vou acabar com o futuro da minha filha por bobagens como essa. Não vou deixar que ela jogue a vida dela fora por fazer algo idiota.

— Se o que você acredita for verdade, Berman pode tê-la envolvido em algo mais sério.

— É por isso que você vai encontrá-la. O homem sobre quem escreveram o artigo, ele salvaria o futuro dessa garota.

— Se ela está casada, não há nada que eu possa fazer. Não posso forçá-la a voltar se ela não quiser.

— Não precisa trazê-la de volta. Só a encontre e me diga o que está acontecendo. Você vai me ajudar, senhor Cole?

— É o que faço.

— Foi o que pensei. Você não é o maior detetive do mundo à toa.

Ela abriu um largo sorriso, foi para trás da mesa e ergueu um talão de cheques esverdeado.

— Vou pagar cinco mil dólares se você a encontrar. Isso é justo?

— Vou cobrar mil por dia, e começaremos com dois mil dólares de taxa. Os custos são por minha conta. Vai economizar dinheiro.

Ela sorriu ainda mais e destampou uma caneta.

— Vou pagar dez mil se você o matar.

Sorri para ela e ela devolveu o sorriso. Nenhum de nós se mexeu ou falou. Fora da sala, as grandes máquinas de costura uivavam como coiotes ao costurarem brasões nos bonés de beisebol.

Ela se inclinou para preencher o cheque.

— Estava brincando. Foi uma piada.

— Como a de que sou o maior detetive do mundo.

— Exatamente. Quando pode partir para Palm Springs?

— Vou começar pelo apartamento dela. É mais perto.

— Você é o detetive. Sabe o que faz.

Ela fez o cheque, destacou-o do talão e então me deu um grande envelope de papel manilha.

— Juntei algumas coisas que talvez você queira. O endereço de Krista, o número do telefone, uma foto, o recibo de quando transferi o dinheiro. Coisas desse tipo.

— Tudo bem. Obrigado.

— Mais alguma coisa?

— Isso está bom. Vou começar com a colega de quarto. Talvez você poderia ligar para ela, avisá-la de que estou chegando.

— Posso fazer melhor que isso.

Ela pegou uma bolsa vermelha de couro e foi até a porta.

— Tenho uma chave. Vou levá-lo ao apartamento e apresentá-los.

— Desculpe, senhora Morales. Prefiro ir sozinho.

Os olhos dela ficaram escuros e austeros.

— Você pode ser o maior detetive do mundo, mas eu sou a maior mãe do mundo. Não se esqueça da sua lembrancinha.

Ela saiu da sala sem me esperar.

2

A Loyola Marymount University era uma universidade jesuíta com uma reputação acadêmica bastante rígida. Krista tinha uma bolsa integral para quatro anos, que cobria sua parte do aluguel do apartamento de dois quartos que ela dividia com uma amiga. O apartamento ficava a apenas sete quarteirões do campus, que era o mais longe possível do centro de Los Angeles, mas ainda na cidade — dois quilômetros e meio da praia na fronteira de Marina del Rey.

A maior mãe do mundo e eu fomos em carros separados, entramos na I-10 e seguimos juntos para oeste, cruzando a cidade. Do seu carro, Nita ligou para a colega de quarto de Krista. Foi por isso que Mary Sue Osborne saiu mais cedo de uma aula e estava nos esperando quando chegamos.

Mary Sue era pálida e tinha o rosto arredondado, algumas sardas, olhos azuis e pequenos óculos de armação fina. Ela vestia uma blusa azul, bermuda marrom, sandálias. Os cabelos castanho-claros estavam trançados.

Ela me espiou por sobre os óculos quando nos deixou entrar.

— Oi.

— Oi também.

— Você é mesmo o maior detetive do mundo?

— Aquilo foi uma piada.

Nita contou toda a história no caminho. Krista e Mary Sue eram colegas de quarto há dois anos e há quatro trabalhavam juntas no jornal estudantil. Isso ficou óbvio assim que entramos. Longas e organizadas fileiras de páginas de capa do jornal estudantil semanal estampavam a parede ao lado de um pôster do filme *Todos os homens do presidente*.

Fiquei impressionado.

— Cara, isso é incrível. Esse é o jornal de vocês?

— Sou a gerente editorial. Kris é a editora-chefe. A *capo-di-tutti-capi*.

Isso era conhecido como construção de empatia, mas Nita fez o momento evaporar.

— Ele não tem tempo para isso, Mary. Você teve notícias dela?

— Não, senhora. Ainda não.

— Conte pra ele sobre o rapaz.

Mary Sue encolheu os ombros pra mim de modo vago.

— O que você quer saber?

Nita disse:

— Esse garoto convenceu Krista a se casar com ele? Ele está envolvido com algum tipo de crime?

Pigarreei.

— Lembra-se de quando eu disse que preferia vir sozinho?

— Sim.

— É por isso. Talvez Mary Sue e eu devêssemos conversar no quarto da Krista. Sozinhos.

Nita Morales me olhou fixamente como se estivesse em dúvida sobre o fato de eu ser o maior detetive do mundo, mas subitamente ela foi para a cozinha.

— Vou ficar por aqui se precisarem de mim. Mandando mensagens para Kris e rezando para que ela responda.

Baixei a voz enquanto seguia Mary Sue pelo pequeno corredor que dava no quarto de Krista.

— Ela não gosta dele.

— Não brinca, Sherlock.

O quarto de Krista era pequeno e bem mobiliado com uma cama de solteiro, uma cômoda e um livro de bolso bem gasto de George R. R. Martin sobre o travesseiro. Uma mesa em forma de L arrumada com um computador, uma impressora, potes com canetas, lápis e organizadas pilhas de papel impresso preenchiam o canto oposto. Grandes placas de espuma presas à parede sobre a mesa, repletas de fotos com seus amigos.

Mary Sue me viu estudar as fotos.

— O Mural da Infâmia. É assim que chamamos. Essa sou eu.

Ela apontou para uma foto dela usando um enorme chapéu de feltro.

— Berman está aqui?

— Claro. Bem aqui...

Ela apontou para uma foto com o *close* de um jovem com cabelo escuro curto, rosto magro e vestindo uma camiseta cinza. Ele estava de pé com as mãos nos bolsos de trás, fitando a câmera como se não gostasse de ser fotografado. Ao todo, Berman aparecia em seis fotos. Numa delas, ele estava encostado na traseira de um Mustang prateado de modelo recente. A placa estava borrada, mas legível — 6KNX421. Quando Mary Sue confirmou que esse era o carro de Berman, copiei a placa e então peguei a foto com o *close* dele.

— Vou pegar isso emprestado.

— Vou colocar a culpa na Nita. Pegue o que quiser.

— Você acha que ela está certa?

— Sobre o quê?

— O casamento.

— Sem chance. Eles estão realmente ligados um ao outro, mas ela está animada pra ir para Washington D.C. Eu a ouvi falando sobre isso com ele ao telefone. Muita gente faz esse lance a distância.

— Então por que ela não voltou?

Mary Sue subiu na cama de Krista e cruzou as pernas.

— Cara. O ano está praticamente acabado. Sim, Kris devia ter voltado no domingo, mas ela terminou os trabalhos há semanas. Ela ia escrever um artigo para o jornal, mas se eles estão se divertindo em Margaritaville, por que não aproveitar? É isso que eu faria se tivesse um namoradinho para ir comigo.

— Então você não está preocupada?

Ela franziu o cenho ao pensar sobre isso.

— Não como Nita, mas um pouco. É estranho que ela não esteja respondendo às minhas mensagens, mas eles estão lá em Palm Springs. Talvez ela não consiga sinal.

Pensei sobre isso e concluí que o negócio do sinal era improvável. Você não se atrasa e fica fora de área por uma semana por causa de serviços ruins de celular. Também considerei contar a ela sobre o pedido de resgate de quinhentos dólares, mas Nita tinha me pedido para poupar Krista do constrangimento.

— Berman é o tipo de cara que se envolveria em algo esquisito?

— Nunca o conheci. Não sei, mas duvido.

Olhei para ela surpreso.

— Você está brincando?

— Se você conhecesse a Kris, também duvidaria. Ela é a pessoa mais certinha do planeta.

— Não quis dizer isso. Quis dizer, como é que você nunca o conheceu? Eles estão juntos há um ano.

Ela deu de ombros.

— Ele nunca vinha quando eu estava aqui. E ele nunca entra.

— Nem mesmo quando vem buscá-la?

— Estacionar aqui é muito ruim. Ela sai e vai para o carro dele.

— Ele nunca sai com amigos?

— Ela vai para a casa dele. Ele não divide o apartamento com ninguém.

Nita apareceu na porta aparentando estar tensa e irritada.

— Não consigo ficar sentada sem fazer nada. Vou checar o banheiro e o armário. Pelo que levou, talvez eu possa dizer se ela planejou uma estada mais longa.

— Boa ideia.

Eu não achava realmente que fosse uma boa ideia, mas isso a manteria ocupada. Ela desapareceu para o banheiro e eu voltei para o Mural da Infâmia de Krista levando em consideração a foto de Berman e seu Mustang. Talvez eles tivessem voltado no domingo como ela prometera, só que continuaram a festa na casa dele.

— Você sabe onde ele mora?

— Não. Acho que é em Brentwood ou em algum daqueles lugares do desfiladeiro, mas não tenho certeza.

— Krista tem uma agenda?

— O telefone dela, com certeza. Ninguém usa papel. Ela deve ter uma lista de contatos no computador, mas é bloqueado. Precisa de senha.

— Pois bem. E se você me ajudasse a procurar nas coisas dela? Um envelope guardado com um cartão de aniversário pode nos dar um endereço. Uma nota escrita à mão num cabeçalho. Algo assim.

— Tá bom. Claro.

Mary Sue começou na parte da mesa onde estava o computador de Krista e eu no lado onde havia papéis espalhados. Passei os dedos pelos impressos e recortes de jornal procurando algo útil sobre Berman ou a viagem deles para Palm Springs. A maioria dos papéis era de artigos sobre imigração ilegal, covas em massa no México e o poder crescente dos cartéis mexicanos. Muitos eram entrevistas com ativistas de imigração e figuras políticas. Em quase todos os artigos, trechos eram destacados em amarelo, mas nenhuma das notas mencionava Jack Berman, igrejas casamenteiras ou apresentações em Las Vegas. A maioria parecia ser sobre o material à mão: *Quem ganha o dinheiro? De onde eles vêm? Quem está envolvido?*

Mary Sue chegou mais perto para ver o que eu estava fazendo.

— Isso é pesquisa para o editorial. Você não vai encontrar nada aí.

— Nunca se sabe. As pessoas tomam notas em qualquer coisa que estiver por perto.

— É. Pode ser.

— Esse é o artigo que ela ia terminar no domingo à noite?

— Aham! É sobre imigração ilegal e política de imigração. Ela ficou bastante ligada nisso há umas duas semanas.

Nita apareceu à porta.

— O que ela estava fazendo?

Mary Sue repetiu:

— Escrevendo o editorial. É o último editorial dela. Ela vem trabalhando nisso faz umas duas semanas.

Nita chegou mais perto e pegou os artigos. Seu rosto ficou tão pálido, que ela parecia um boneco de cera.

Eu disse:

— Ela fez as malas para uma viagem longa ou só para um final de semana?

Nita não respondeu.

— Senhora Morales?

Ela olhou para mim, mas os olhos estavam vagos, como se não conseguisse me enxergar direito. Ela levou outro segundo inteiro para responder.

— Está tudo bem.

Ela recuou, piscou três vezes e saiu. Só percebemos que ela tinha partido quando ouvimos a porta da frente. Mary Sue disse:

— O que há de errado?

Ponderei sobre os artigos que Krista tinha destacado, então olhei para Mary Sue.

— Você me faria um favor?

— Claro. Eu vivo para servir.

— Continue procurando. Procure por algo que nos diga para onde a Krista foi ou por que, e onde e como encontrar o namorado dela. Tudo bem?

— Tá. Claro.

Dei a ela meu cartão, deixei-a no quarto de Krista e encontrei Nita Morales parada atrás do volante do carro. Ela estava de óculos escuros mas não tinha ligado o motor. Segurava o volante com as duas mãos na parte de cima e olhava fixamente para frente.

Sentei no banco do passageiro e suavizei minha voz:

— Você está bem?

Ela balançou a cabeça.

— Diga.

Nita me estudou do lado oposto do carro naquele dia de primavera, uma distância muito próxima de alguns clientes e quilômetros bem longe de outros. Ela olhava como se estivéssemos correndo a cento e sessenta por hora, apesar de não estarmos em movimento.

— Não sou uma residente legal dos Estados Unidos. Minha irmã e eu fomos enviadas pra cá quando eu tinha sete anos de idade e ela nove. Viemos morar com um tio que estava legalmente aqui com um visto de trabalho. Estou ilegal desde então. Agora mesmo, estou aqui ilegalmente.

— Posso perguntar por que me contou isso?

— Pelo que Mary Sue disse. Que Krista começou tudo isso faz duas semanas.

— Você contou para ela faz duas semanas.

— Isso não é algo que você conta para uma criança, mas ela tem quase vinte e um anos e agora vai ter esse emprego em Washington. Achei que ela devia saber. Para que pudesse se defender.

— Ela reagiu de modo ruim?

— Achei que não, mas ela foi ficando preocupada quando discutimos o que aconteceria se isso viesse à tona.

Eu não era um especialista em imigração, mas qualquer um vivendo no sul da Califórnia sabia um pouco sobre o assunto.

— Você tem antecedentes criminais?

— Claro que não.

— Está envolvida em algum empreendimento criminoso?

— Por favor, não faça piada disso.

— Nita, não estou fazendo piada. Estou tentando dizer que a Imigração não vai chegar arrombando sua porta. Você está com medo de que Krista esteja fazendo seja lá o que for porque você contou isso a ela?

— Menti para ela.

— Você mesma disse. Isso não é algo que se conta para uma criança.

Ela mantinha os olhos fechados com a mesma intensidade com que segurava o volante.

— Ela deve estar com vergonha. Essa garota conseguiu um emprego no congresso e agora a sua mãe é uma imigrante ilegal.

Ela tentou se segurar, mas explodiu copiosamente em lágrimas e cobriu o rosto com as mãos. Inclinei-me sobre o console e a segurei. Era estranho segurá-la desse modo, mas eu o fiz até ela se aprumar.

— Sinto muito. Não pensei que seria assim. Não sei o que fazer.

— Você não precisa fazer nada. O maior detetive do mundo vai assumir daqui pra frente.

Um pequeno sorriso surgiu nos lábios dela.

— Achei que você odiava ser chamado assim.

— Abri uma exceção para fazer você se sentir melhor.

Ela me estudou por um instante, então pegou a bolsa e a colocou no colo.

— Não contratei você por causa de um artigo. Fiz o que devia, mas a foto chamou minha atenção. Li o artigo por causa da foto. Aquele com o seu relógio.

— Pinóquio.

— O boneco que queria ser um garoto.

Duas fotos ilustravam o artigo. Uma era um close meu ao telefone em minha mesa. Na segunda fotografia eu ocupava a página inteira, encostado na parede. Eu estava usando um coldre no ombro, óculos escuros e uma adorável camiseta estampada da Jams World. O coldre e os óculos foram ideia do fotógrafo. Eles me fizeram parecer um bosta. No entanto, o relógio do Pinóquio estava preso à parede atrás de mim, sorrindo para qualquer um que entrasse no escritório. Seus olhos andavam de um lado para o outro enquanto batia. O fotógrafo achou que ficaria colorido.

Nita tirou algo da bolsa, mas eu não conseguia ver o que ela segurava.

— Meu tio tinha um relógio igual ao seu. Ele nos contou sobre Pinóquio, o boneco que tinha um sonho impossível.

— Ser um garoto de carne e osso.

— Sonhar com uma vida melhor. Era por isso que estávamos aqui.

— Seu tio parece um homem bom.

— O tique-taque do relógio me fazia dormir. Sabe aquele barulho do mar que as pessoas dizem que faz você dormir? O tique-taque era como o meu barulho do mar em Boyle Heights, quando eu tinha sete anos de idade. Eu adorava aquele relógio. Todo dia e toda noite, Pinóquio fazia a gente se lembrar de lutar por nossos sonhos. Você entende?

Ela abriu a mão.

— Ele me deu isso quando eu tinha sete anos de idade.

Uma miniatura descascada do Grilo Falante estava na palma da mão dela, a tinta azul da cartola estava lascada e gasta. A consciência de Pinóquio.

— Quando vi o relógio na foto, achei que não fôssemos tão diferentes.

Ela colocou a miniatura em minha mão.

— Não posso ficar com isso.

— Devolva quando encontrar o meu bebê.

Coloquei o Grilo no bolso e saí do carro.

JOE PIKE:
onze dias depois de serem sequestrados

3

Dennis Orlato

O trabalho deles era se livrar dos corpos.

Trinta e cinco quilômetros a oeste de Salton Sea, duzentos e sessenta quilômetros a leste de Los Angeles, uma poeira amarela subia em espirais como um rabo de galo, enquanto o Cadillac Escalade corria pelo deserto com o céu ao entardecer. Com o sistema de som estourando, eles só podiam ouvir música ruim, que se somava ao barulho do vento que entrava pelas janelas a cento e trinta por hora e ventilava o fedor que vinha de dentro.

Dennis Orlato, que dirigia, desligou o rádio com um soco enquanto checava o GPS.

Pedro Ruiz, o homem no banco do passageiro, engatilhou a espingarda calibre 12, dedilhando o cano como se fosse um segundo pinto.

— O que tá fazendo? Põe de volta.

Ruiz, um colombiano com um lábio leporino mal corrigido, gostava de *narcocorridos* — músicas que romantizavam a vida dos traficantes de drogas e guerrilhas latino-americanas. Orlato era da sexta geração mexicano-americana de Bakersfield, e achava essas músicas idiotas. Ele disse:

— Estou procurando a entrada. Se a perdermos, vamos ficar aqui a noite toda.

No banco de trás, Khalil Haddad inclinou-se para a frente. Haddad era um traficante magro e escuro do Iêmen que trazia khat para o México antes de os cartéis o interromperem. Agora ele trabalhava para o Sírio, assim como Orlato e Ruiz. Orlato tinha certeza que Haddad falava merdas sobre ele para o Sírio, de árabe para árabe, então Orlato odiava o maldito. Haddad disse:

— Um quilômetro, menos de dois. Não tem como errar.

Quando chegaram à entrada, Orlato zerou o hodômetro e dirigiu outros quatro quilômetros até a ponta de uma estreita estrada de terra onde parou novamente para examinar cuidadosamente o terreno adiante. Três muros em ruínas surgiam das moitas a menos de um quilômetro e meio de distância e era tudo o que restava de um barracão abandonado que servia para armazenar suprimentos para os mineradores de bauxita antes da virada do século. Orlato e Ruiz abriram as portas e se ajeitaram nos bancos para checar com binóculos o entardecer cor de cobre.

O deserto ao redor seguia plano por quilômetros, interrompido apenas por rochas e moitas que eram muito baixas para esconderem um veículo. A estrada de terra à frente mostrava apenas as marcas dos pneus feitas três dias antes. Não havia nenhuma pegada. Vendo isso, Orlato voltou para trás do volante. Nenhum outro carro, caminhão, motocicleta, pessoa ou quadriciclo havia passado por aquela estrada.

— Está bom. Vamos.

Depois de dois minutos, eles encostaram ao lado dos muros e começaram o trabalho. Era um serviço nojento e perigoso, feito ali, na fronteira entre o dia e a noite, com rapidez, e antes que não tivessem mais luz. Tiraram as camisas, deixaram as armas de lado e colocaram luvas enquanto Haddad abria a porta traseira. As duas mulheres e o homem eram os últimos de um grupo da Índia. Eram *pollos* que viajaram pelo Pacífico Noroeste, introduzidos pelo México, vindos do Brasil e da América Central apenas para serem sequestrados e mantidos como reféns para pedidos de resgate assim que cruzavam a fronteira com os Estados Unidos. Cada um havia recebido uma bala na nuca assim que as respectivas famílias pararam de pagar o resgate. Os três corpos, agora embrulhados em um plástico, cheiravam a gás azedo. Orlato os puxou de debaixo dos restos de tapete que os cobriam e deixou que os corpos caíssem. Ruiz e Haddad arrastaram um corpo cada para uma vala improvisada atrás das ruínas. Orlato arrastou o último. Contando com esses três, nos últimos nove dias eles depositaram onze corpos naquele lugar. O trabalho deles ali, a oeste do Salton Sea, estava terminado.

Assim que Orlato puxou o último corpo, Ruiz apontou para dentro da vala.

— Olha para essa merda. O que quer fazer?

Um animal descera até os corpos e abrira o plástico. A mão de um homem agora saía pelo rasgo. Orlato disse:

— Pega o cloro.

— Merda, a gente joga cinquenta quilos de cloro aí e não adianta. Vamos embora dessa porra.

Supunha-se que cloro em pó, tão fino quanto açúcar de confeiteiro, espantasse os animais. Todos sabiam que os corpos seriam encontrados, mas quanto mais demorasse, melhor. A operação era estritamente de curto prazo. Eles se ajeitavam rapidamente, moviam-se com frequência e continuavam se movendo até que tivessem sugado ao máximo ou matado o último dos *pollos*.

Entretanto, os coiotes poderiam espalhar os ossos, e, se um cachorro levasse um osso humano para casa, a polícia e as autoridades federais infestariam o deserto.

Orlato olhou para Ruiz.

— Pega o cloro, seu preguiçoso de merda. Talvez você não tenha colocado o suficiente da última vez.

Quando Ruiz correu para pegar o cloro, Orlato averiguou o horizonte à procura de veículos se aproximando. Procurava por helicópteros no céu quando Haddad abaixou o zíper das calças.

— O que está fazendo?

— Dando um mijão.

— Não mija nos corpos. A polícia pode pegar seu DNA.

— Agora eles têm detector de mijo?

Haddad soltou uma jorrada que bateu no plástico fazendo um barulho alto como um pano sendo rasgado. Orlato queria jogar aquele maldito boçal no fosso junto com os corpos molhados de urina, mas em vez disso virou-se para ver se Ruiz estava chegando. Assim que virou, algo o golpeou entre os olhos e três outros golpes vieram na sequência do primeiro, com tanta rapidez que ele levantou os braços para cobrir o rosto enquanto suas pernas eram puxadas. Orlato caiu de costas e o peito explodiu de dor quando foi golpeado outra vez, e depois levou outro golpe na têmpora esquerda que fez a cabeça girar para o lado.

Choque e temor. O rápido e violento ataque foi tão intenso e feroz que Orlato não viu o homem, ou homens, que o tinha atacado nem sequer entendeu o que estava acontecendo. A cabeça zunia como se infestada por vespas e as orelhas faziam um zumbido alto e agudo. Quase desmaiando, ele agora sentia mãos em seu corpo. Alguém tateou suas pernas, cintura e virilha, rolou-o para o lado e então rolou novamente. A cabeça de Orlato clareou, mas ele não tentou resistir.

Uma voz baixa de homem.

— Olhe para mim.

Orlato abriu os olhos e viu um homem branco alto, musculoso e bronzeado. Vestia uma blusa cinza sem mangas e jeans. Tinha cabelos curtos, óculos escuros e tatuagens borradas nas laterais dos ombros, difíceis de identificar. Orlato semicerrou os olhos para clarear a visão. Eram setas vermelhas. Um revólver preto balançava na cintura do homem.

Orlato mostrou as palmas abertas.

— *Policia*?

Um homem falou atrás dele:

— Você vai desejar que a gente seja da *policia*.

Orlato viu que um homem com cabelo loiro espetado estava com Haddad preso ao chão. O loiro segurava um rifle de batalha americano M4. Ele apontou para os corpos com o rifle.

— Você mata essas pessoas?

Orlato tinha ele mesmo assassinado quatro das onze pessoas, Ruiz duas e Haddad o resto, mas agora ele balançava a cabeça.

— Só trazemos os corpos. Não matamos ninguém.

O loiro mostrou os dentes como um tubarão, então levantou a cabeça ensanguentada de Haddad pelos cabelos e disse algo em árabe. Isso surpreendeu Orlato, que encontrara poucas pessoas que falavam essa língua, além dos próprios árabes. Naquele momento, ele sabia que aqueles dois homens não eram da polícia. Ele presumiu que fossem *bajadores* — predadores que tiravam vantagem de outros criminosos.

— Você quer o carro? As chaves estão no meu bolso. Quer dinheiro? Posso conseguir dinheiro.

O homem alto disse:

— Levanta.

Orlato pôs-se de pé com dificuldade, cuidadoso com os movimentos. Ele se lembrou de ter sido revistado e de ter deixado a pistola no Escalade, mas agora não lembrava se o homem tinha encontrado a faca de treze centímetros escondida no pequeno bolso de trás.

Quando Orlato se levantou, o homem alto tocou o centro da própria testa.

— Branco. Dessa altura. Foi sequestrado.

Orlato sentiu uma pontada no estômago. Ele sabia quem o homem alto estava descrevendo, mas balançou a cabeça, mentindo como mentira sobre os *pollos*.

— Não sei de quem você está falando.

A pistola do homem subiu com tanta rapidez que Orlato nem teve tempo de reagir. A arma fez a cabeça balançar para os lados e os joelhos perderam o equilíbrio, mas o homem o segurou.

— Elvis Cole.

O loiro gritou de onde estava, ainda sobre Haddad, o rosto vermelho e furioso.

— Onde ele está? O que você fez com ele?

A cabeça de Orlato clareou-se, mas ele fingiu estar mais machucado do que antes, vacilando e piscando. Se ele se jogasse contra o homem, ele talvez conseguiria alcançar sua lâmina ou até mesmo pegar a arma do sujeito.

— Não fiz nada. Não sei do que vocês estão falando.

A pistola o golpeou novamente e o loiro gritou mais alto:

— Mentiroso filho da puta! O Escalade estava na casa. Vocês malditos sabem. Vocês trabalham para o Sírio.

Ele puxou a cabeça de Haddad da terra e apontou para Orlato. Os olhos de Haddad esbugalhavam-se como os de um cão sendo esmagado e ele murmurava em árabe.

O loiro gritou para seu amigo.

— Ele sabe para onde eles o levaram! Ele sabe quem está com ele.

Subitamente, a pistola do homem alto surgiu na frente do rosto de Orlato, travada exatamente entre seus olhos. Os focinhos achatados de cobre das balas repousavam em seus cilindros mortais.

— Elvis Cole. Onde ele está?

O homem alto soltou a trava de segurança com o dedão.

— Dez segundos. Onde ele está?

O loiro gritou azul de raiva.

— Se você acha que a gente está blefando, você vai morrer. O que vocês fizeram com ele?

Orlato percebeu abruptamente que só tinha uma chance. Ele tinha algo que eles queriam e isso lhe conferia poder. Poder era tempo e tempo era vida. Ele mostrou as palmas das mãos. Já tinha se esquecido da faca.

— Sim! Sim, eles estão com ele.

Haddad latiu em árabe, mas Orlato não entendeu e não se importava. O loiro empurrou o rosto de Haddad na terra e latiu de volta. O homem alto os ignorou.

— Oito segundos.

— Me troque por ele. O Sírio vai trocar.

— Não negocio.

O homem loiro gritou:

— Conte para nós e viva!

— Uma troca! Pela manhã ele vai estar morto.

— Cinco segundos.

Orlato gritou:

— Uma ligação. Eu falo com o Sírio, vamos negociar uma troca e vocês terão esse homem. Eu juro. Juro!

O homem alto hesitou e Orlato soltou um suspiro de esperança. O homem que eles queriam já devia estar morto, mas se o deixassem ligar para o Sírio, esses homens não sobreviveriam até de manhã. Orlato falava rapidamente, negociando sua vida:

— O Sírio vai trocar por mim. Sou casado com a irmã dele. Você vai pegar seu amigo. Prometo.

O homem alto olhou para o amigo. Nenhuma outra parte do corpo se mexia. A arma não mexia. Só a cabeça, virando e travando no lugar com a precisão de uma máquina.

O loiro levantou a cabeça de Haddad.

— Ele está falando merda. Esse maldito sabe.

A cabeça do homem alto voltou-se para Orlato.

— Três segundos. Onde ele está?

Orlato sentiu um lampejo de medo, mas ainda não acreditava que iriam matá-lo. Eles não arriscariam perder um amigo.

— Ele não pode ajudar. Nenhum deles pode. Sou a única opção para vocês conseguirem seu amigo de volta.

O homem alto disse:

— Um segundo.

Orlato alcançou a faca, mas já era tarde demais.

O último pensamento de Dennis Orlato antes de pegar a faca foi uma admiração medrosa. Ele pensou:

— Esse homem está falando sério.

Ele viu um forte clarão que o cegou. Estava morto.

4

Joe Pike

Ali no deserto, sob a luz evanescente do entardecer, Pike deu as costas para o corpo e andou até o prisioneiro de Jon Stone. Stone já tinha amarrado os pulsos e os tornozelos do homem com algemas de plástico. Quando Pike chegou, Stone ergueu a cabeça do homem e levantou o lábio superior dele.

— Traficante de khat. Dá uma olhada nos dentes. Os malditos ficam com os dentes verdes de tanto mastigar khat. Essa porra verde não está estragada?

— Pare, Jon.

Stone riu e largou a cabeça do homem.

Khat era um arbusto nativo da África oriental e da península arábica onde as pessoas mastigavam as folhas como estimulante. Droga de pobre.

O prisioneiro de Stone estava na casa dos trinta, tinha grossos cabelos negros e grandes olhos de medo. A luz estava sumindo e o tempo corria. Cada minuto que passava colocaria Cole mais longe ou mais perto da morte. O tempo era tudo, e velocidade significava vida. Pike queria acelerar as coisas, mas precisava daquilo que esse homem poderia lhe dar, e isso levaria tempo.

Pike apontou a pistola para o corpo.

— Você entendeu o que aconteceu?

O homem cuspiu em árabe tão rapidamente que a voz saiu distorcida. Pike tinha passado um tempo como *freelancer* no Líbano, na Arábia Saudita, no Sudão e no Iraque. Ele conseguia se virar, mas não era fluente. Pike disse:

— *Qala Inklizi.*

Estava dizendo para ele falar em inglês.

Stone bateu com a M4 na orelha do homem, gritou em árabe e o sujeito se acalmou. Jon Stone era fluente.

Pike se agachou na frente do homem e levantou a cabeça dele.

— Se você resistir, eu te mato. Se você mentir, eu te mato. Entendido?

O homem proferiu um suave sim.

Pike o puxou e o deixou sentado.

— Nome.

— Sou Khalil Haddad, do Iêmen. Por favor, não me mate. Vou fazer qualquer coisa que pedir.

Stone recuou e varreu rapidamente com os olhos o horizonte ao redor.

— Precisamos ir, cara. Não queremos estar aqui se os helicópteros da ICE aparecerem.

ICE. A Polícia de Imigração e Alfândega dos Estados Unidos. De Tijuana a Brownsville, a fronteira do México com os Estados Unidos era uma área que fervia de agentes da DEA — a Força Administrativa de Narcóticos — atrás de drogas que entravam, agentes do ATF — o Bureau de Álcool, Tabaco e Armas de Fogo — atrás de armas que saíam, e agentes da ICE tentando interromper a entrada de imigrantes ilegais. Pike se dava bem com o calor.

— Cheque o veículo.

Stone correu para o Escalade enquanto Pike apontava a pistola para os corpos na vala.

— Essas pessoas são da Índia?

— Sim.

— Quem as matou?

— Nós. Eu, Orlato e Ruiz. É o que a gente faz quando eles não conseguem pagar.

Essa era uma resposta honesta. *Bajadores* eram bandidos que sequestravam pessoas que tentavam entrar ilegalmente no país. Os sequestradores então pediam pagamento de resgate para as famílias ou empregadores. Isso continuava até quando as famílias não podiam mais pagar ou quando simplesmente paravam de pagar. As vítimas eram então assassinadas. Mortas, elas não poderiam dar testemunho.

— Elvis Cole. Você sabe de quem estou falando?

— O cara que veio atrás do garoto e da garota.

— Uma jovem latina. Krista Morales. Um garoto branco chamado Berman.

— Sim, o garoto e a garota.

— Eles estão vivos?

— Acho que sim, mas não tenho certeza. Meu trabalho era com esses indianos.

— Por que eles foram sequestrados?

— Eles estavam com os *pollos* que um grupo de Tijuana estava trazendo para o norte. Ninguém notou que eles eram americanos.

— *Pollos* coreanos?

Haddad parecia surpreso.

— Como você sabe dessas coisas?

Pike bateu na cabeça de Haddad com a palma da mão aberta antes que ele pudesse terminar a frase. Isso não era uma conversa de mão dupla.

— Sim! Coreanos. Os Sinaloas os roubaram dos Tijuanas. O Sírio então os roubou dos Sinaloas.

Pike sentiu que Haddad estava dizendo a verdade. Tijuana, Sinaloa, Zeta, La Familia e assim por diante - se o lado norte-americano da fronteira era uma zona em que a execução da lei fervia, o lado mexicano era uma zona de guerra controlada por facções de cartéis que lutavam e roubavam umas das outras como cães raivosos. Pike também se dava bem com zonas de guerra. Ele se sentia em casa.

— Cole está vivo?

— Esta manhã, sim. Ele foi trazido para a nossa casa para o Sírio.

— Sua casa?

— Onde a gente mantinha os indianos.

Pike soltou a trava da .357 e a apontou para Haddad do mesmo jeito que fizera com Orlato.

— O que aconteceu com ele?

Haddad se encolheu, mas Pike o segurou firme. Haddad não queria ver o que Orlato vira. Ele não queria ver a morte chegando.

— O Sírio o matou?

— Não sei! Orlato, Ruiz e eu, a gente saiu com os corpos. Os outros, eles deviam entregá-lo para o Sírio.

Pike pressionou a arma na testa de Haddad.

— Um prisioneiro?

— Sim!

— O Sírio iria matá-lo?

— Não sei! Esses caras, eles me contaram que o Sírio acha que o seu amigo é um agente federal.

— Há quanto tempo foi isso?

— Três horas! Talvez quatro!

— A que horas o Sírio ficou de chegar?

— Não sei! Posso te levar para a tal da casa! Talvez eles ainda estejam esperando!

Pike estudou Haddad, então baixou a arma.

— Sim.

Stone voltou e balançou a cabeça.

— Sem identificação ou cartões de crédito nos cadáveres. Três mil e duzentos em dinheiro. Peguei. O registro mostra que o Cadillac pertence a Joan Harrell de San Diego. Nenhum desses merdas se parece com uma Joan.

Haddad disse:

— É tudo roubado. Ele tem ladrões que arranjam carros e caminhões pra ele.

— Chaves?

Stone ergueu as chaves.

— Sim, cara. Prontos para ir.

— Você dirige.

— Vamos levar o Senhor Dentes Verdes?

— Ele sabe o caminho.

Stone correu rapidamente para o Escalade.

Pike soltou o plástico que juntava os tornozelos de Haddad, mas deixou os pulsos presos. Ele o pôs de pé. Haddad disse:

— Você não vai me matar?

— Ainda não.

O grande Escalade trovejou ao dar partida e levantou uma nuvem de poeira. Pike empurrou Haddad para o banco de trás e entrou logo atrás dele.

Pike ainda fechava a porta quando Stone saiu dirigindo. Dirigia com vontade. Pisando fundo. Eles pulavam por sobre moitas e rochas e nenhum dos dois ligava se destruíssem o Escalade. Haddad disse:

— Esse não é o caminho.

Stone disse:

— Cale a boca!

Pike disse:

— Mais rápido.

Eles correram na direção das montanhas com os faróis apagados. Tinham que se mover rapidamente ou Cole estaria perdido.

5

Estava tudo escuro quando chegaram ao Jeep de Pike, coberto por arbustos em uma pequena depressão a três quilômetros e meio de distância. Pike puxou Haddad do Escalade, jogou-o de bruços na terra e limpou as digitais no carro enquanto Stone tirava os galhos de cima do Jeep. Eles saíram em menos de três minutos, Pike dirigindo o Jeep, Stone atrás com Haddad e o Escalade abandonado. Eles se arrastaram pelo deserto sob a luz das estrelas e o brilho da lua, que fazia os arbustos cintilarem.

Trinta e oito minutos depois, chegaram a uma pequena casa estilo rancho que ficava em uma rua de casas parecidas na periferia de Coachella, Califórnia, o mais ao leste dos bairros do deserto. Duas garagens de carro, gramado com pedrinhas, calçadas limpas e luzes na rua. Haddad disse:

— Essa aqui. À direita.

— O Cole está lá dentro?

— Estava quando eu saí.

Stone disse:

— É melhor que você não esteja mentindo.

Eram 21h05. Cedo. Com exceção dessa, todas as outras casas da rua mostravam vida e luzes acesas. Essa parecia um cadáver. Stone disse:

— Merda, essa porra está deserta. O lugar está uma escuridão só.

— As janelas estão cobertas com plástico preto e madeira.

— Então todas as luzes na casa poderiam estar acesas e a gente não veria?

— Isso. Ou ouvir o que está rolando. As janelas são todas assim. A gente parafusou tudo para que os *pollos* não conseguissem abrir, então cobrimos tudo com plástico e madeira.

Pike olhou pelo retrovisor.

— Civis?

— Não entendi.

Stone bateu nele com o rifle.

— Mulheres e crianças, seu merda. Uma família. Vocês deixam pessoas inocentes morando aí ou só caras já mortos como você?

— Ninguém mora lá. A casa estava vazia.

Stone perguntou:

— Quem paga as contas? Água? Luz? Essas merdas não são de graça.

— Talvez o Sírio. Ele nos dá o endereço. A gente vem, apronta tudo com as placas e o plástico e trazemos os *pollos*.

Pollos. “Frangos” em espanhol. Como se as pessoas que eles assassinavam não fossem humanos.

Pike deu a volta e se aproximou da casa pela direção oposta. Ele diminuiu enquanto passavam por ela.

— Quantos vigias com o Cole?

— Dois. Washington e Pinetta. Se o Sírio estiver aqui, mais um ou dois.

Cinco armas, Pike pensou. Stone disse:

— Você e seus amigos de merda tinham que voltar depois de desovarem os corpos?

— Sim. Temos que limpar a casa e pegar nossas coisas. Washington e Pinetta sairiam com o Sírio. O Ruiz estava bravo porque a gente ia ter que limpar.

Stone moveu a M4.

— Cala a boca. Ninguém dá a mínima se você têm que fazer a limpeza.

Pike continuou até o primeiro cruzamento, deu a volta, desligou os faróis e subiu a calçada da frente da casa. Pike travou os olhos em Stone pelo retrovisor.

— Três meia zero.

Três meia zero significava circular a casa.

Stone passou a M4 para Pike e saiu do Jeep. Pike o observou, perguntando-se se Cole estava na casa escura. Ele se perguntava se Cole estava vivo, morto ou morrendo enquanto eles aguardavam na rua calma. Ele se perguntava se Haddad estava falando a verdade.

— Se você e seu grupo voltam, como entram?

— Estacionamos na garagem, nunca na rua ou na entrada. Entramos na garagem e fechamos a porta antes de sairmos do carro. Assim os vizinhos não veem nada. O Sírio fala isso pra gente. Ele fala pra nunca estacionar na rua ou na entrada.

— Tem uma porta na garagem que dá para a casa?

— Sim. Dá para a cozinha.

— Precisa de chave?

— Estava com o Orlato.

Pike pegou as chaves que Stone tinha encontrado no Escalade junto com um controle remoto de garagem. Haddad afirmou que o controle remoto abriria a garagem e contou-lhe qual chave destrancaria a porta da cozinha.

Pike guardou a chave e o controle remoto, então disse para Haddad descrever a planta da casa. Era uma dessas típicas casas de três quartos. Cozinha, sala de jantar e de estar de um lado da casa; quarto principal e dois quartos menores do outro, além de dois cômodos menores dividindo um banheiro. Os *pollos* tinham sido mantidos nos cômodos menores.

Stone voltou enquanto Haddad terminava a descrição e entrou no Jeep tão silenciosamente quanto saíra.

— Eles cobriram tudo, cara. Posso ver que tem luz lá dentro, mas não consegui ver nem ouvir nada.

Pike contou como ele queria entrar na casa, então olhou para Haddad.

— Faça exatamente o que eu te disse. Entendido?

— Sim.

Pike engatou a primeira marcha, seguiu com os faróis apagados diretamente para a casa e virou na entrada. Sacou a .357 ao sair do Jeep. A lua que crescia os iluminava mais do que Pike queria, mas nada se movia na rua.

Pike pegou Haddad pelos pulsos e o empurrou para o lado esquerdo do portão da garagem. Stone foi pela direita e Pike acionou o controle remoto sem hesitar. Enquanto o portão subia, Stone passou por baixo dele imediatamente. Pike empurrou Haddad para baixo e rastejou com ele. Enquanto Pike passava por debaixo do portão, Stone já havia se posicionado à direita da porta da cozinha e Pike acionou o controle remoto novamente para que o portão baixasse. Haddad estacou.

— Sem carros. Eles não estão aqui.

Pike pressionou a .357 nas costelas de Haddad e o empurrou para a porta.

— Fale quando eu mandar. Abra a porta.

Pike o segurava firme enquanto a chave entrava na fechadura e Haddad abria a porta. Ele estava à porta porque os homens lá dentro esperavam por ele. Se eles vissem Haddad quando a porta abrisse, Pike teria uma vantagem. Se Pike abrisse fogo, ele recuaria para abrir espaço para Stone atirar.

A porta se abriu para uma cozinha bem iluminada.

Pike sussurrou:

— Diga.

Haddad disse bem alto:

— É o Haddad. Voltamos.

Pike contou até três, não ouviu nada, então empurrou Haddad para a cozinha e imediatamente o puxou para a esquerda. Stone cruzou a cozinha em velocidade de combate, arma em punho e pronto para a luta, averiguou a entrada e desapareceu dentro da casa.

Pike rastreava o progresso de Stone pelo ouvido, segurando Haddad no chão até que Stone chamou dos fundos.

— Limpo. Estamos seguros.

Pike repetiu o chamado.

— Limpo.

Pike levantou Haddad quando Stone reapareceu na entrada, o rosto vermelho de raiva.

— Esses filhos da puta estão mentindo, cara. Esse lugar está vazio.

Stone seguiu adiante e golpeou Haddad com o rifle.

— O Cole não estava aqui. Você mentiu pra cacete!

Os olhos de Haddad reviraram-se implorando para Pike.

— Não menti! Olha na sala de estar! Vou te mostrar!

A sala de estar estava vazia, com exceção dos três colchonetes baratos contra as paredes e dois abajures vagabundos no chão. Mochilas e cobertores estavam emaranhados nos colchonetes. Haddad correu em direção aos colchonetes, tentando apontar com as mãos amarradas nas costas.

— Tá vendo essas coisas? São nossas coisas. É por isso que a gente tinha que voltar, pra pegar essas coisas. Eu não menti. Foi aqui que vi seu amigo quando saímos.

O canto que Haddad indicava estava iluminado por um abajur. O canto oposto, do outro lado da sala de estar, estava coberto por sombras. Pike olhou para o canto iluminado.

— Relaxa, Jon.

Stone andava em círculos, movendo-se da sombra para a luz, queimando a adrenalina que tinha liberado ao entrar na casa.

— Relaxa o cacete! Cole no canto? Mentira de merda. Quero matar alguém. Se você vir o que tem lá atrás, também vai querer matar esse safado.

Haddad cuspia as palavras, e falava do jeito que se fala quando se teme pela própria vida.

— Ele estava ali no canto, perto do abajur. Juro que é verdade. Eu o vi quando o Ruiz e eu levamos os corpos pra fora. As mãos dele estavam presas nas costas, como as minhas. Orlato falou para Washington e Pinetta para manterem ele aqui pro Sírio.

Pike colocou a arma no coldre e foi até o canto. Mesmo perto do abajur, a luz era escassa. Ele estudou Haddad, então ponderou sobre Jon Stone. Ele parecia um tubarão loiro à deriva nas sombras. Stone disse:

— Estamos perdendo tempo, cara. Ele não estava aqui. E se estivesse, eles o mataram e desovaram o corpo.

Pike não disse nada. Ele se ajoelhou, colocando-se no nível de Cole, as costas contra a parede, para ver o ambiente como Cole o vira. Olhou para o abajur e foi lá que encontrou o grilo.

— Elvis.

Pike o jogou para Stone, que o pegou no ar e franziu o cenho.

— O Grilo Falante?

Stone o jogou de volta.

— A mãe da garota deu isso pra ele.

Haddad disse:

— Não minto pra vocês. Eu o vi onde você está. Eles esperaram pelo Sírio.

— Ele estava machucado?

— Não sei.

A voz de Stone veio grave de dentro das sombras.

— Vai ver os fundos, cara. Vai ver o que eles estavam fazendo lá no fundo.

Eles levaram Haddad para o lado dos quartos, com Jon Stone mostrando o caminho.

Os onze indianos tinham sido acomodados nos dois quartos menores, cinco em um e seis no outro. Ambos os quartos fediam a urina, fezes e suor. As paredes tinham manchas escuras como se corpos nus tivessem suado na tinta. Manchas de ferrugem riscavam uma das paredes. Roupas largadas e chinelos esquecidos espalhavam-se pelo chão, mas nada de Cole.

Stone esperou na porta enquanto Pike checava, então recuou para que ele passasse.

— O chão da morte.

O banheiro que juntava os dois quartos era onde eles morriam. Um fio de extensão com uma das pontas desencapada jazia enrolado no chão. Alicates, isqueiros, fósforos e martelinhos sujos de sangue estavam na pia. As ferramentas da tortura. Toalhas ensanguentadas e travesseiros manchados de sangue acumulavam-se no chão.

A voz de Stone veio calma:

— Já estivemos em lugares assim, cara. Somália. Ruanda. Aquele chiqueiro em Honduras.

Ali era onde os reféns eram torturados para que gritassem por suas famílias. Ali era onde Orlato, Haddad e Ruiz pediam dinheiro para que os gritos parassem. Quando as famílias paravam de responder às ligações ou paravam de transferir o dinheiro, um por um, eles eram trazidos para o banheiro e mortos. Então, um por um, eram embrulhados em plástico, colocados no veículo na garagem e levados até o deserto para serem desovados na vala.

Pike estudou esses objetos, então passou por Stone e Haddad e foi para o quarto principal. Ele parou na soleira. Stone empurrou Haddad para dentro, atrás dele, e Haddad falou imediatamente.

— Eles não foram embora.

Stone disse:

— Quem?

— Os homens que vigiavam seu amigo. O Washington e o Pinetta. O Orlato, o Ruiz e eu, a gente dormia na sala de estar. Washington e Pinetta dormiam aqui.

Dois colchonetes estavam no chão contra as paredes. Havia uma mochila azul de nylon em cima do colchonete mais próximo e uma sacola preta de ginástica sobre o outro. Um rádio relógio mostrava as horas.

— Vê? As roupas deles? As navalhas? Essas coisas são deles. Eles vão voltar.

O canto da boca de Joe Pike contorceu-se. Elvis Cole estivera ali, mas agora não estava, o que significava que ele foi levado para outro lugar. Vivo ou morto, alguém o levara e esse alguém sabia onde ele estava. Talvez os dois homens que voltariam para pegar suas roupas.

Pike olhou para Stone.

— Estamos perto.

Stone deu o sorriso de tubarão para Haddad e o puxou para o corredor.

— Você ainda vai viver mais cinco minutos.

Pike segurou o grilo com força, então o guardou enquanto se preparavam para o que estava por vir.

JACK E KRISTA:
sequestrados

6

Caos e barulhos romperam a noite: motores de caminhão acelerando, pneus rodando, clarões de tiros e luzes brancas e azuis varrendo a relva. O homem com óculos de visão noturna bateu nas costas de Jack, jogando-o contra Krista. Jack tentou protegê-la dos golpes e gritou para o homem com o rifle:

— Somos americanos. Não somos...

O homem bateu com mais força.

— Só estávamos nos divertindo. Nós não...

O homem bateu com tanta força que uma dor subiu das costas até a tampa da cabeça, e os joelhos de Jack fraquejaram.

Krista sussurrava freneticamente enquanto o ajudava a se levantar:

— Pare. Eles vão te matar.

— Eles acham que estamos com essa gente.

— Eles são *bajadores*. Vão nos matar.

— O quê?

— Pare de lutar...

Homens com tacos de beisebol e bastões de choque circulavam como vespas furiosas, juntando mais e mais pessoas para perto do caminhão-baú. Jack ficou atrás de Krista, misturando-se à aglomeração. A maioria das pessoas em volta era asiática, embora alguns fossem latinos e outros do oriente médio. Krista falava espanhol com uma mulher assustada ao lado deles enquanto Jack batia os olhos em homens erguendo um corpo das moitas. Krista então se inclinou para ele, sussurrando:

— Essa senhora é da Guatemala. A maioria dessas pessoas é da Coreia. Ela disse que estamos sendo sequestrados.

— Isso é loucura. Estamos nos Estados Unidos.

— Um homem chamado Sanchez os trouxe, mas os *bajadores* acabaram de matá-lo. Me dá sua carteira.

— Por que você... ?

— Shh.

Ela trocou mais algumas palavras em espanhol com a mulher antes de voltar.

— Temos que nos livrar disso, qualquer coisa com o seu nome. Por favor, amor, confie em mim. Não chame atenção.

Jack passou a carteira, mas não viu o que Krista fez com ela.

Eles foram arrebanhados na direção do baú do caminhão como se os guardas tivessem hora marcada. Quando a multidão reduzia a velocidade, os vigias batiam com mais força e as pessoas gritavam ao levarem choques. Os que estavam em volta de Jack imploravam em línguas que ele não entendia, os rostos perdidos e amedrontados mesmo sob a fraca luz das estrelas.

Conforme se aproximavam do caminhão e a multidão se espremia, Jack tinha vontade de correr. Ele queria sair empurrando toda essa gente chorosa e correr para o deserto, simplesmente fugir, se esquivar e pular moitas e cactos e correr de volta para Los Angeles. O coração dele saltava e ele se sentia enjoado, como se fosse vomitar. Estava com mais medo do que nunca, mais do que quando seus pais morreram.

Entretanto, Jack passou os braços em volta de Krista e sussurrou entre os cabelos dela:

— Vão achar meu carro. É assim que vão nos encontrar. Vão ver meu carro.

O compartimento de carga era uma caverna escura vigiada por homens armados. Esses homens revistavam cada pessoa antes de empurrá-las para dentro. Mãos apalparam Krista de um jeito que deixou Jack constrangido, então as mesmas mãos apalparam seus bolsos e por baixo de sua jaqueta. Eles pegaram o telefone e as chaves e empurraram-no para o caminhão. Mãos se estenderam para ajudá-lo e de repente ele também estava lá dentro.

— Jack!

— Estou aqui. Cadê você?

Eles eram empurrados à força para o fundo da caverna enquanto mais pessoas embarcavam até o container ficar lotado de corpos suados. Uma grande porta de correr baixou cortando o último fio de luz. A escuridão era absoluta, e o ar abafado fedia a suor e urina. Jack não via nada, nem mesmo uma forma, linha ou sombra. Ele ouviu uma tranca sendo colocada no lugar e sussurrou.

— Nos trancaram aqui dentro.

Krista chegou mais perto, invisível na escuridão. Do lado de fora, as portas da cabine bateram e o motor ressoou. O grande caminhão cambaleou e saiu do lugar.

Jack não sabia o que fazer. Ao seu redor as pessoas choravam e outras falavam baixo demais para se ouvir. Uma mulher do outro lado do caminhão gemia. Jack ficou sem saber se o gemido vinha mesmo de uma mulher. O cheiro dos corpos suados era tão forte que Jack tentava não respirar. Ele agarrou Krista e falou entre os cabelos dela:

— Alguém aqui sabe para onde estão nos levando?

Krista falou em espanhol e dessa vez a voz de um homem respondeu. Uma mulher se achegou, mas a conversa foi curta, e então Krista voltou a falar inglês:

— Eles disseram que seremos vendidos. É isso que os *bajadores* fazem, eles ouviram histórias sobre os *bajadores*.

— O que quer dizer por vendidos? Tipo escravos?

— Não, mais como resgate. Acho que eles quiseram dizer resgate. Eles sequestram pessoas e tentam pegar o resgate.

— Para onde estão nos levando?

Ela voltou a falar em espanhol e foi traduzindo enquanto o homem respondia:

— Uma casa, um campo ou um celeiro. Ele não sabe. Podemos até ser mantidos nesse caminhão. Ele está preocupado porque não tem dinheiro para pagar. Deu tudo o que tinha para o coiote.

O caminhão avançava atropelando moitas e cuspindo pedras. Há cinco minutos, Jack estava congelando. Agora estava preso com trinta pessoas assustadas na carroceria escura de um caminhão, suando e achando que ia vomitar.

Krista conversou mais um pouco em espanhol, então trocou para o inglês:

— Eles vão querer saber quem somos. Não fale para eles, amor. Minta. Não podemos falar quem somos.

— Talvez eles deixem a gente ir embora.

— Só não fale. Você não pode.

— Posso pagá-los.

— Não. Prometa para mim, Jack. Nem tente.

Jack envolveu-a com os braços e a segurou enquanto eles lentamente atravessavam o deserto. Depois de alguns minutos, eles entraram numa estrada e o caminhão ganhou velocidade. Jack olhou as horas no relógio digital. Depois de quinze minutos, a estrada ficou asfaltada. Depois de vinte e dois minutos de asfalto, o caminhão desacelerou, deu marcha à ré e parou. Um caminho tão curto significava que eles ainda estavam no deserto.

A tranca foi removida e a porta se abriu com um barulho de catraca, enchendo o caminhão com ameaçadoras sombras vermelhas. Jack olhou as horas. 2h55. As pessoas na frente começaram a se mexer.

O sussurro de Krista passou pelo seu ombro:

— Não fale quem você é.

Jack e Krista seguiram os outros para um mundo cor de sangue.

ELVIS COLE:
seis dias depois de serem sequestrados

7

Seis minutos depois de Nita Morales ter partido com seus medos naquela manhã quente, eu entrei no meu carro, liguei para a central de informações e perguntei se o nome de Jack Berman, de Brentwood, Califórnia, estava registrado.

— Não, senhor. Nada em Brentwood para Jack Berman.

— E em Westwood, West Hollywood ou Santa Monica?

Eram os bairros que rodeavam Brentwood.

— Não, senhor. Nenhum Jack por lá também, nem em lugar nenhum de Los Angeles. Temos vários Johns, um Jason, um Jarrod, um Jonah e muitos James...

— Quantos Bermans no total?

— Cinquenta ou sessenta, pelo menos.

— Tudo bem. Obrigado por verificar.

Encerrei a ligação e disquei para uma oficial de polícia que conheço chamada Carol Starkey. Ela trabalha como detetive de homicídios do LAPD, o Departamento de Polícia de Los Angeles, em Hollywood, e gosta de mim o suficiente para fazer um favor uma vez ou outra. A primeira coisa que ela disse foi:

— Você não ia preparar um jantar para mim? Ainda estou esperando.

— Em breve. Você pode puxar um registro do departamento de trânsito pra mim?

— Foi isso que você disse da última vez. Acho que você tem medo que a gente vá transar.

Starkey é assim.

— Você pode puxar o registro ou não?

Ouvi alguns barulhos de fundo e ela baixou a voz.

— Estou num assassinato no Birds. Os *paparazzi* e os helicópteros estão por toda parte.

O Birds era um bairro de luxo acima da Sunset Strip onde as ruas recebiam nomes de pássaros, como Mockingbird, Nightingale Blue Jay. O Birds era conhecido pelas vistas espetaculares e pelo fato de ter mais celebridades por metro quadrado do que Beverly Hills. Ela disse:

— Pode esperar até o fim do dia?

— Se for preciso. Estou procurando um dono registrado e um endereço.

— Jesus, Cole, vai ser preciso. Estou trabalhando num assassinato aqui, pelo amor de Deus. Qual é a maldita placa?

Dei a placa de Berman e deixei que ela retomasse o crime. Mary Sue fez parecer que Berman tinha casa própria, mas ele ainda podia viver com os pais, que poderiam estar entre os cinquenta ou sessenta Bermans listados na central de informações. O registro do Mustang pouparia o trabalho de ficar especulando e me daria o nome dele, ou deles, além do endereço. Caso contrário, eu poderia e iria ligar para os cinquenta ou sessenta outros Bermans e perguntar se algum deles conhecia Jack.

A última pessoa para quem liguei foi Krista Morales. Eu não esperava que ela atendesse, mas nunca se sabe. Procurei o número nas coisas que a mãe me dera e disquei. A secretária eletrônica atendeu imediatamente, o que significava que o telefone estava desligado ou que ela estava falando com alguém. A voz gravada dizia:

— Oi, aqui é a Kris. Retornarei em breve. Tenha um ótimo dia.

De repente entendi o que Nita tinha dito. Krista não tinha sotaque. Ela não soava nada como a garota que ligou para a mãe, falando uma mistura de espanhol com inglês de sotaque pesado. Era como se ela estivesse atuando, mas atuando de verdade. Ela não soava como se estivesse fazendo piada ou tentando descolar quinhentas pratas com um golpe sem graça. Desliguei, liguei novamente e deixei uma mensagem.

— Aqui é o Elvis Cole. Estou indo encontrar você.

Eram 10h10 naquela manhã quando guardei o telefone, fui a um posto de gasolina, voltei para a I-10 e fiz a viagem de duas horas até Palm Springs. Dirigir parecia melhor que fazer sessenta ligações frias ou enrolar o dia todo até que Starkey liberasse a cena do crime.

Dirigi para leste, cruzando o coração de Los Angeles, pelo vale de San Gabriel e cruzando o Inland Empire deserto adentro. Foi uma boa viagem naquele dia. O ar primaveril da manhã estava fresco e uma leve neblina deixava o céu mais azul.

Passando pelos cassinos em Cabazon, a I-10 dobra para o sul, desviando na direção de Salton Sea antes de virar para o norte de novo e cruzar os Estados Unidos. Deixei a I-10 antes do desvio e pulei para o sul em direção a Palm Springs, onde as ruas ganharam nomes de celebridades mortas como Bob Hope, Frank Sinatra e Dinah Shore. O lado norte da estrada era um mundo diferente onde as celebridades raramente se aventuravam. As pessoas que trabalhavam nos resorts, campos de golfe e restaurantes no lado sul viviam em casas populares ao norte. Do modo como Nita Morales descrevera Jack Berman, eu esperava que ele vivesse no lado norte, mas o GPS em meu telefone me guiava para uma bela casa moderna em uma rua bem cuidada entre dois clubes de campo e um resort de golfe.

A casa de Berman era cinzas com estrutura de madeira e um telhado branco de pedra, uma garagem anexada e duas altíssimas palmeiras-imperiais. As palmeiras do fundo surgiam acima do telhado, e uma palmeira baixa e robusta fazia sentinela diante da porta de entrada, junto de duas tamareiras incrustradas nas rochas brancas. Quase todas as casas no quarteirão apresentavam a mesma paisagem. Não era à toa que chamavam o lugar de Palm Springs.

A garagem estava vazia e a casa parecia deserta. Estacionei na entrada, mas voltei à rua para inspecionar a caixa do correio. Estava entulhada de propagandas, folhetos e uma grossa pilha de cartas. Tudo endereçado ao “residente”. Fosse quem fosse não checava as cartas fazia uns dias. Deixei a caixa e fui para a porta da frente. O bilhete de Nita Morales estava calçado debaixo do capacho, exatamente onde ela o tinha deixado. Ninguém o lera ou mexera nele. Dei uma olhada, coloquei-o de volta e toquei a campainha mesmo sabendo que ninguém atenderia.

Segui pela entrada lateral e passei por duas latas plásticas de lixo, ao lado do que parecia uma porta de serviço com acesso para a garagem. Um portão de ferro separava a garagem de uma piscina rodeada por plataformas de concreto e uma área externa de lazer coberta, construída em torno de uma cozinha e um bar. O portão não estava trancado.

Era um belo de um quintal. Atrás do bar havia uma tela plana de sessenta polegadas, algo como um estilo *tiki* excêntrico. Portas de correr de vidro no fundo da casa permitiam uma ampla visão do interior. Eu esperava encontrar Krista e Jack se beijando, ou a mãe de Jack assando uma torta de maçã, mas não havia ninguém na piscina ou dentro da casa. A boa notícia é que não havia corpos nem sinal de violência.

Nita Morales tinha deixado um bilhete embaixo do capacho, mas um segundo fora enfiado na altura dos olhos, na porta de correr da sala de estar. Estava preso no vidro com um pedaço de chiclete. Escrito à mão com tinta preta atrás de um comprovante de saque de um caixa eletrônico, o bilhete dizia: *Cara! Você vai sem mim??? E aí? D.T.* O comprovante era de vinte dólares em gasolina. Provavelmente não tinha sido Nita que deixara aquele bilhete.

Entre os detetives, isso era conhecido como uma pista.

O interior era estranhamente austero, como se alguém tivesse começado a mobiliar a casa e então parado e deixado os ambientes praticamente vazios. Um sofá de couro preto, duas cadeiras vermelhas e uma TV de tela plana mobiliavam a sala, mas os tapetes e as mesas tinham sido esquecidos. Além dos interruptores e do painel do alarme ao lado da porta da frente, não havia nada pendurado nas paredes, o que dava um ar de coisa inacabada. Estudei o painel do alarme e fiquei com a quase certeza de ter ligado uma pequena luz verde. Luz vermelha indicava que o alarme estava acionado. Verde que não estava.

Voltei para a porta de serviço, arrombei a fechadura e entrei. Uma voz computadorizada vinda do painel do alarme da entrada anunciou que a porta do lado sul estava aberta. Afiei os ouvidos para quaisquer movimentos, mas não ouvi nada. Não havia vivalma na casa.

— Olá? Acho que a campainha está quebrada.

Como ninguém respondeu, entrei, puxei a porta e rapidamente revistei a casa. Dois dos três quartos estavam vazios, então minha busca foi mínima.

Claramente, o quarto principal pertencia a um homem solteiro, porém havia uma bolsa de viagem azul brilhante na beirada da cama. Na bolsa havia três calcinhas, dois sutiãs, duas malhas claras, bermudas cor-de-rosa, um par de tênis de corrida, um biquíni e uma touca preta — o suficiente que uma mulher levaria para um final de semana relaxante com um amigo no deserto. Num *nécessaire* cinza-claro havia maquiagem, uma escova de dentes e uma caixa de plástico cor-de-rosa com pílulas anticoncepcionais. O rótulo da farmácia mostrava a receita médica no nome de Krista Morales. Se Krista tinha fugido para Las Vegas com Berman, ela tinha deixado os produtos de higiene pessoal e os anticoncepcionais para trás, coisa que garotas dificilmente fazem.

Fotografei os objetos de Krista nos lugares onde os encontrei, então voltei para a cozinha. Um telefone sem fio da Panasonic estava no balcão ao lado de uma secretária eletrônica que piscava. A secretaria mostrava três ligações. Apertei o botão e ouvi.

— Cara! Não me deixa esperando! Cadê você, mano?

A primeira mensagem terminou e a mesma voz masculina deixou uma segunda mensagem:

— Ei, Berman, você desligou seu celular? O que tá acontecendo? Vocês voltaram pra cidade ou o quê? Tirei o dia de folga, mano.

"Vocês" era um bom sinal. Sugeria que quem tinha ligado conhecia tanto Berman quanto Krista Morales e tinha visto os dois juntos.

A terceira mensagem foi deixada pela mesma voz no dia seguinte:

— Caramba, cara, espero que esteja tudo bem. Seu celular fica dizendo umas merdas de que você não está recebendo ligações nem mensagens. Nem sei se você está recebendo meus torpedos. Passei pela sua casa. Aparece, beleza?

Peguei o telefone sem fio e chequei a lista de chamadas recebidas. As três chamadas mais recentes eram todas do mesmo número com o código de área de Palm Springs. Disquei o número. Depois de quatro toques, a mesma voz respondeu, mas num tom ameno:

— Cara! E aí? Você saiu da porra do planeta Terra? Por onde andou?

O identificador de chamadas dele reconhecera o número de Jack Berman.

— Aqui não é o Jack. Sou um amigo da mãe de Krista Morales.

O nome dele era Daniel Trehorn. O tal do D.T. que deixou o bilhete.

Eu me identifiquei, expliquei que a mãe de Krista estava preocupada e perguntei quando fora a última vez que ele tinha visto os dois, juntos ou separados.

Ele respondeu no mesmo tom ameno:

— Foi na última sexta à noite. Faz quase uma semana.

Seis dias, na verdade. Um dia depois de Krista Morales deixar o apartamento dela para se encontrar com Jack Berman. Dois dias antes de Nita Morales receber o primeiro pedido de resgate.

— Onde você os viu pela última vez?

Ele murmurou algo para alguém ao fundo e então voltou para mim:

— No deserto. Olha, podemos conversar daqui vinte minutos? Estou trabalhando. Carrego tacos de golfe no Sunblaze. Sabe onde fica?

— Eu encontro.

— Na Dinah Shore, a leste da Gene Autry. Fica na última rua. Encontro você do lado de fora da casa de tacos.

— Nos vemos em vinte minutos.

— A gente tinha planos para o dia seguinte. Íamos sair. Eles estão bem?

— Vejo você em vinte minutos.

Daniel Trehorn pareceu preocupado. Eu também.

8

Daniel Trehorn era um cara magricela de bermudas cinza, camisa polo marrom do Resort de Golfe Sunblaze e limpíssimos tênis brancos. Uma saraivada de espinhas cobria o rosto, e óculos alaranjados envolviam os olhos enquanto ele observava o deserto adiante. Estávamos na grande picape Silverado dele, toda montada com pneus grandes, amortecedores grandes e faróis grandes para a sobrevivência no deserto. Trehorn dirigia.

— A gente ia para Las Vegas. Krista nunca tinha ido pra lá. Íamos vazar no sábado de manhã e voltar no domingo à tarde. Kris tinha que voltar para a faculdade na segunda. Passei pra buscar os dois ao meio-dia, mas eles não estavam em casa. Liguei e nada. Mandei torpedo. Nada. Daí pensei, mas que porra? A gente não é de fazer isso um com o outro.

— Você e o Jack são próximos?

— Ele é meu garoto. Nos conhecemos faz tempo.

— Você conhece Krista também?

— Claro. Eles estão juntos há um tempão.

Trehorn estava me levando para o lugar de um antigo acidente de avião onde ele tinha deixado os dois na noite daquela sexta, havia seis dias. O local ficava a trinta e sete quilômetros ao sul de Palm Springs. Naquela sexta, Trehorn, Jack, Krista e outro casal, Chuck Lautner e Deli Blake, tinham feito uma fogueira, tomado cerveja e ouvido música. Eu disse:

— Por que eles ficaram quando o resto de vocês foi embora?

— Por que as pessoas sempre querem ficar sozinhas debaixo das estrelas? O que você acha?

— Acho que ninguém os viu ou ouviu nada sobre ele desde que você saiu de lá.

A viagem de trinta e sete quilômetros ao sul era, na maior parte, por rotas bem pavimentadas, mas os últimos onze eram por estradas de ranchos e condados cobertas de cascalho, areia e pedras. Vinte e nove quilômetros de deserto vazio são um longo caminho. Eu me perguntava se o carro deles tinha quebrado, se tinham sofrido um acidente ou se encontraríamos o carro capotado ao lado da pista.

— Vocês vieram aqui à noite?

— No entardecer, mas era quase meia-noite quando voltamos. Eu vinha aqui com meu irmão no tempo da escola. Não é muita coisa quando você conhece o caminho.

Olhei em volta para a longa planície de moitas e pedregulhos. Se você procurar a definição de "no meio do nada", é isso que vai encontrar.

— Jack conhecia o caminho?

— Ele já veio algumas vezes. É bem simples quando você conhece.

Dez minutos depois, balançamos, paramos e uma nuvem de terra amarela subiu. Trehorn apontou.

— Lá está.

Num terreno arenoso e cheio de pedras, moitas e cactos, a mais de cem metros da estrada, um Cessna bimotor repousava de barriga para baixo. Tufos de mato tinham crescido em volta dele como filhotes mamando na mãe. As hélices e as janelas tinham sumido, a asa esquerda e a cauda estavam dobradas, e a tinta corroída transformara-se numa tela forrada de grafites que contavam a história de quase todos os alunos da região e seus respectivos romances nos últimos quarenta anos. Pelo modo como os arbustos cresciam, e mesmo depois de todos esses anos, era possível enxergar um contorno escuro onde a terra fora cavada para criar uma pista de pouso.

— Foi aqui que você os deixou?

— É. Estávamos perto do avião. É lá que todo mundo se diverte. Está vendo que é meio limpo no lugar da antiga pista? Dá para fazer fogueira, cozinhar se quiser, tipo, se divertir. Jack deixou o carro dele por aqui, ele tem aquele Mustang, então Chuck e eu dirigimos por lá e estacionamos perto dos destroços. Fica escuro aqui, mano, fica tudo *preto*. Daí ligo os faróis.

Trehorn tinha uma barra soldada com faróis no teto da caminhonete.

— Onde Jack deixou o carro dele?

— Um pouco atrás da gente, eu acho. O Chuck foi para o avião. Jack e Kris subiram comigo. Ele não pode dirigir o pônei dele até lá.

Desci da caminhonete.

— Vamos dar uma olhada.

— A gente pode dirigir.

— Andar faz bem.

Há muito tempo, o exército dos Estados Unidos me ensinou como caçar homens em lugares selvagens. Pessoas de camiseta preta e voz alta nos ensinaram como se mover e se esconder sem deixar rastros, e como encontrar e ler os sinais deixados por outros. Eles então nos enviavam para lugares perigosos, e isso nos trouxe muita prática. Fiquei muito bom nisso. Bom o suficiente para sobreviver.

Não fui para o avião de primeira. Fui para trás da caminhonete de Danny ver os rastros que os pneus tinham deixado, então andei pela estrada e encontrei o mesmo rastro saindo da estrada em direção ao avião.

— Esse é você. Vê? Vamos te seguir.

Depois de seis dias que eles estiveram ali, os rastros dos pneus ainda eram perceptíveis. Seguimos pelo caminho que ele tinha feito pela vegetação, depois o que seguia até o avião. Isso ficava a cerca de vinte metros do que outrora foi a pista. O lugar onde o carro derrapou e parou. Rastros mais antigos e sulcos ao longo da área sem vegetação também eram visíveis, assim como garrafas descartáveis de água e latas de cerveja que pareciam estar lá há anos.

Grafites cobriam cada centímetro dos destroços como uma psicodélica camuflagem urbana, estranha ao deserto. Era um avião pequeno, que, caído de barriga, sem motores e com as janelas quebradas, não parecia um grande motivo para se viajar tanto.

Qualquer coisa de valor já tinha há muito sido arrancada da antiga carcaça por saqueadores ou caçadores de lembranças. Os bancos tinham sumido e o painel de controle exibia buracos como órbitas oculares, de onde os instrumentos tinham sido removidos. Na parte do fundo do avião, provavelmente onde os contrabandistas amarravam os fardos de maconha, havia latas amassadas cobertas de poeira.

Passamos pelo nariz do avião até uma área limpa onde Trehorn apontou para uma mancha preta deixada pela fogueira que fizeram, então apontou para um lugar não específico em direção a uma moita.

— A gente estacionou aqui, colocamos umas músicas e fizemos a fogueira. Tá vendo a lenha cortada? As pessoas vêm aqui, pegam essas porcarias das moitas, mas essas coisas fazem um fogo de merda. O Chuck trouxe lenha de verdade. Fica bem frio por aqui.

— Ainda estava queimando quando você e o Chuck foram embora?

— Brasas talvez, mas só isso. Estava quase apagado.

Circulei o avião e não encontrei nada. Estava começando a achar que tínhamos dirigido até ali por nada quando vi um raio de luz metálico na poeira a três metros da carcaça. Andei até lá e peguei. Trehorn disse:

— O que tem aí?

— A cápsula de uma 9 mm.

A cápsula de metal cintilava bem brilhante indicando que não tinha sido exposta aos elementos do ar tempo suficiente para oxidar. Eu a levantei no ar, mas Daniel não ficou impressionado.

— As pessoas atiram por aqui a toda hora. Esse avião velho tem mais furos que um queijo suíço.

Encontrei mais duas cápsulas a alguns metros de distância, e então um cartucho usado de uma calibre 12 tão novo que parecia recém-saído da caixa.

Trehorn circulava por ali vasculhando comigo, quando me chamou do centro da área sem vegetação.

— Cacete! Esse maldito é grande.

— O quê?

Ele apontou para o chão.

— Pneus. Rodo com um 255/16 na minha Silverado. Esses devem ser 570. Esse caminhão é bem grande.

Eu não sabia diferenciar um pneu 255 de um 570, mas os rastros que ele encontrou eram de um veículo com dois grandes pneus montados de cada lado. Os pneus duplos sugeriam um caminhão grande e pesado, mas um caminhão grande e pesado teria poucos motivos para estar no meio do nada.

— Isso estava aqui na noite que vocês vieram?

Trehorn fechou a cara ao dar de ombros.

— Não sei. Estava escuro.

Uma confusão de pegadas e pequenos rastros de pneus se entrecruzavam na areia. Alguns pareciam mais recentes que outros, mas eu não conseguia dizer com precisão quão recentemente eles tinham sido feitos. Trehorn disse:

— O que você acha?

— Acho que muita gente esteve aqui. Quais rastros são da sua Silverado?

— Só lá no avião, do outro lado da fogueira. Não vim até aqui. Nem Chuck.

Trehorn seguiu os rastros grandes em direção à estrada, mas eu segui na direção oposta, passando a fogueira, pelos rastros de pneus que ele tinha deixado naquela noite. Quando encontrei um exemplo claro, desenhei um grande E na areia, então gravei a posição deles em relação à fogueira e ao avião. Passei pelo avião para continuar procurando pela área mais limpa quando vi algo branco preso numa moita. Estiquei a mão pelos galhos quebradiços e encontrei uma carteira de motorista da Califórnia. Ela mostrava um rapaz branco de cabelos curtos e vermelhos, bochechas magras e duas espinhas na testa. O nome na carteira era M. JACK BERMAN. Eu disse:

— Ora, ora.

Trehorn ainda estava do outro lado do avião, então empurrei os galhos para o lado. Três cartões de crédito com o nome de Berman e uma carteira de couro tinham ficado presos nos galhos mais baixos. A carteira continha 342 dólares em dinheiro.

Olhei para Trehorn novamente perguntando-me se Jack Berman tinha colocado sua carteira nesse arbusto e por que faria isso. A carteira descartada com dinheiro não fazia sentido. Se Krista e Jack tinham voluntariamente a deixado lá, eles não teriam abandonado o dinheiro. Bom, mau ou indiferente — qualquer um que se livra da carteira com certeza fica com o dinheiro.

Enfiei o braço mais ainda entre os galhos. Um pedaço de papel com um bilhete manuscrito ficou preso num galho perto do pé do arbusto. No bilhete estava escrito: Q COI SANCHEZ. Uma segunda carteira de motorista estava no chão junto à raiz da moita mostrando uma mulher bem jovem de pele dourada e cabelos negros de nome KRISTA LOUISE MORALES.

Olhei para a foto e então estudei o bilhete. Q COI SANCHEZ tinha sido escrito em tinta azul por uma mão trêmula que deixou as letras muito grandes e desiguais.

Trehorn estava ainda mais longe, vasculhando o chão como se procurasse o Cálice Sagrado. Estava preocupado com seu amigo Jack Berman, mas não contei a ele sobre as coisas que encontrei no arbusto. Li o bilhete de novo.

Q COI SANCHEZ.

— Danny!

Ele olhou para mim enquanto eu guardava o bilhete e as carteiras de motorista no bolso.

— Vamos. Não tem nada aqui.

Eu queria primeiro falar com Nita Morales e com um homem chamado Joe Pike.

9

Três minutos depois de Danny Trehorn me deixar no meu carro, entrei num típico Burger King e comprei um chá gelado. Queria pensar no que havia encontrado antes de ligar para Nita Morales, uma vez que eu não tinha certeza do que aquilo significava, e o que deveria recomendar.

É assim que um detetive (*moi*) ensaia seu relatório para um cliente: Krista Morales e Jack Berman chegaram em segurança a Palm Springs e foram vistos por outras pessoas naquela última sexta-feira num lugar deserto e remoto, porém bem conhecido. Krista e Jack chegaram ao local no veículo de Jack e, a pedido deles, permaneceram sozinhos quando seus amigos voltaram para a cidade. Eles não foram vistos ou deram notícias novamente, com exceção de duas possíveis ligações de extorsão, nas quais quantias risíveis de dinheiro haviam sido pedidas. Seis dias depois daquela noite de sexta-feira, o detetive se aventurou (aventurou é sempre uma boa palavra para se usar com clientes) para o dito local remoto, onde encontrou itens que pertenciam tanto a Morales quanto a Berman, incluindo a carteira de motorista de ambos, além de 342 dólares em dinheiro e um bilhete incompreensível. Q coi Sanchez. O veículo de Berman não estava na cena nem havia sinais visíveis de atividade criminosa. (Atividade criminosa era outro bom termo).

A pessoa que me vendeu o chá era um jovem latino grandalhão que devia ter uns dezenove, vinte anos. No crachá lia-se JOHNNY. Quando ele deu o troco e agradeceu, mostrei o bilhete para ele.

— Espero que não se importe se eu perguntar, mas você lê em espanhol?

— Não, cara. Desculpe. Talvez a Imelda...

Ele chamou uma jovem robusta sentada em frente à janela do *drive-thru.*

— Imelda! Você lê em espanhol?

Ela deu uma olhada desconfiada para mim antes de responder:

— Um pouco.

Ela veio e olhou para o bilhete.

— O que significa "q coi"?

— Eu esperava que você pudesse traduzir.

— Sanchez é um nome.

— Aham.

Ela deu de ombros.

— Não sei o que significa "q coi". Talvez esteja escrito errado.

— Alguma ideia do que tentaram escrever?

— Não, não mesmo.

Um cliente do *drive-thru* apareceu e ela voltou para seu posto.

Outros clientes formavam fila atrás de mim, então peguei meu chá gelado e, para conseguir informações, me instalei numa mesa o mais distante possível de todos. Dois sujeitos vestindo camisa do posto de gasolina Union 76 vieram até mim depois de alguns minutos, mas não conseguiram traduzir o bilhete. Uma moça magra com dois garotos redondinhos também não.

A mulher e os garotos pegaram uma mesa perto da minha. Ela sentou-se de um lado e os garotos se sentaram juntos do outro e devoraram taças de iogurte de baunilha e batatas fritas. Nada como uma dieta balanceada. Os garotos se empurravam enquanto devoravam a comida, e riam tão alto que as pessoas lançavam olhares para eles. Quando a mulher pedia que parassem, eles a ignoravam. Ela parecia exausta, mas feliz pela distração quando perguntei se falava espanhol.

Ela estudou a nota, então a devolveu.

— Sanchez é um nome. Não sei sobre as outras palavras.

— Tudo bem, obrigado por ter dado uma olhada.

— "Coi" é meio familiar, mas não sei. Acho que estou confundindo com outra coisa.

— Se você lembrar.

— Não acho que seja espanhol.

— Tudo bem.

Os garotos se empurravam e se batiam; quando ela pediu que parassem, eles riram para abafar sua voz como se ela não existisse.

Ela os encarou com um olhar vazio, então se inclinou para mim e baixou a voz:

— Eu os odeio. Isso é tão errado? Odeio mesmo.

Os garotos riram ainda mais alto.

Eles ainda estavam rindo quando meu telefone tocou com um número desconhecido.

— Elvis Cole.

— Mary Sue Osborne.

Levei o telefone e o chá para uma mesa mais distante dos garotos risonhos. Eu conseguia ver meu carro no estacionamento, e observá-lo me dava um motivo para não olhar para a mulher odiando os terríveis garotinhos.

— Oi.

— Oi também. Li seu artigo na internet. Muito bom. Eles fizeram você parecer legal.

— Parecer?

— Saca só meu lado malvado. Descobri a senha da Krista. Tentei várias senhas e nada funcionou, então desencanei e digitei a-b-r-i-r. Shazam! Daí encontrei o endereço do Jack.

— Você me fez ganhar o dia.

— Isso é verdade. Eu deveria ser recompensada.

— Qual o endereço?

Ela recitou o endereço em Tigertail Road, em Brentwood. Tigertail ficava num desfiladeiro nas colinas a oeste de Sepulveda Pass. Os pais de Jack se deram bem na vida. Eu disse:

— Já que você está na linha, deixe-me perguntar uma coisa. Você fala espanhol?

— *Si*, amigo. Bom, um *poquito*. Sou fluente em francês e italiano, mas consigo me virar em espanhol.

— Vou ler algo em espanhol para você. Acho que é espanhol.

Li o bilhete e então soletrei. Q coi Sanchez.

Ela disse:

— Isso não é espanhol.

— É o que todo mundo disse.

— Kris escreveu isso?

— Faz diferença? Vamos dizer que sim.

Ela ficou em silêncio por um instante.

— Estou pensando, mas acho que diz para perguntar sobre um coiote chamado Sanchez.

— Mesmo?

— O Q, é um código que usamos no jornal. Questione, investigue, pergunte. Coi, você escreve rápido então você abrevia. Acho que é "coiote" porque todos os artigos na mesa dela são sobre coiotes enfiando gente pela fronteira. Nisso também fui genial.

— Adoro garotas espertas.

— Sabia que uma hora você ia perceber. Eles sempre percebem.

— Tudo bem. Tem mais uma coisa.

— Já sei. Você quer que eu leia todos esses artigos para ver se um coiote chamado Sanchez é mencionado.

— Afirmativo.

Ela deu um longo suspiro.

— Sou fácil demais. Você devia tirar vantagem de mim.

— Obrigado, amigona. Isso é de grande ajuda.

— Amigona. O sonho de toda garota, ser a amigona de um cara bonitão.

— Sou velho o suficiente para ser seu pai. Mais ou menos.

— Apenas mentes pequenas se limitam às convenções da sociedade.

Eu ainda sorria quando desliguei o telefone e liguei para Nita Morales. Ela estava numa reunião, mas imediatamente antedeu o telefone. Disse a ela onde eu estava e lancei um resumo do que tinha descoberto. Estava começando a preparar o clímax quando ela me surpreendeu:

— Ela foi para aquele avião?

— Você sabe disso?

— Foi assim que eu vim. Ela queria saber como era vir para o norte, então contei a ela. Chegar lá era comum se você subisse pelo Imperial Valley. Nosso guia chamava aquilo de aeroporto. Era um lugar seguro para se reunir e fácil de se encontrar. Ele dizia "amanhã vamos aterrissar no aeroporto e vocês vão pegar outro avião. Espero que o piloto saiba pilotar." Ele achava isso engraçado.

— Como era o nome do seu coiote?

— Nós não os chamávamos de coiotes. Eles eram nossos guias.

— Tudo bem. Quem era ele?

— Acho que nunca soube. Eu tinha sete anos.

— Você já ouviu falar de um coiote chamado Sanchez?

Ela pareceu irritada:

— Não conheço esse tipo de gente. Pessoas na minha situação... não fazemos parte de uma sociedade secreta. Você acha que nós nos reunimos, fazemos festas com margaritas e rimos sobre como passamos a perna no Tio Sam? Eu tinha sete anos. São coisas que você tenta deixar para trás. Essas coisas não são parte da minha vida.

Contei para ela sobre as coisas que encontrei no arbusto, incluindo o bilhete escrito à mão:

— Mary Sue acha que significa "pergunte a um coiote chamado Sanchez".

— Perguntar o quê?

— Não sei. Talvez não tenha nada a ver com o lugar onde está ou por que está desaparecida, mas, se ela queria perguntar alguma coisa ao Sanchez, então eu também quero.

— O advogado que consultei sabe dessas coisas.

— O advogado que você consultou quando pensou em mudar sua situação?

— Sim. Ele é um advogado de imigração que simpatiza com essas causas. Sei que ele defende pessoas presas sem documentos. Tenho o número dele.

— Muito bem.

— Thomas Locano. Ele foi muito simpático. Aqui...

Ela passou um número com o código de área de Pasadena. Pedi para que ela ligasse para ele. Como advogado de Nita nesse momento, ele precisaria da permissão dela para compartilhar informações comigo.

— Senhor Cole? Posso ligar para a polícia se achar melhor.

— Estou envolvido a menos de cinco horas. Vamos esperar um pouco e ver o que acontece.

— Eu desistiria de tudo por ela, senhor Cole. Sem hesitar. Quero que saiba disso.

— Sei disso, mas não será preciso. Nada do que aconteceu até agora tem a ver com você. É sobre achar a Krista e trazê-la para casa. A polícia não vai perguntar a sua situação e não vai se importar.

— Tem certeza?

Do lado de fora, um Jeep Cherokee vermelho entrou no estacionamento e parou ao lado do meu carro. O homem de dentro do carro não saiu. Ele esperou sem se mexer. Usava óculos escuros e olhava para a frente, imóvel como uma estátua.

Olhei as horas.

— Sim. Tenho certeza. É por isso que sou o maior detetive do mundo.

— Você está tentando me fazer rir de novo.

— É isso aí.

— Não funcionou.

— Eu sei, mas eu tinha que tentar.

Guardei o telefone e fui até o Jeep. Quando sentei no banco do passageiro, o homem atrás do volante olhou para mim, mas não disse nada. Conversa não era seu forte.

Pike, Joseph, sem nome do meio, aprendeu a arte de rastrear quando garoto, ao crescer na periferia de uma cidade madeireira. Depois refinou essa mesma arte quando caçou homens, primeiro como fuzileiro de combate da Marinha, depois como oficial de polícia do LAPD, e então como prestador de serviços militares privados na África, na América Central e no Oriente Médio. Se eu era bom em caçar homens, Pike era melhor ainda. Pike também era meu sócio, uma vez que tínhamos comprado a agência juntos. Era também meu amigo de muito tempo.

— Obrigado por vir.

A cabeça dele baixou uma vez. Duas horas de viagem e ele apareceu sem perguntar o porquê e sem pedir explicações.

Eu agora contava a ele sobre Krista Morales, a noite de sexta-feira no local do acidente e o que eu tinha encontrado quando andei pelo local. Dei a ele a cápsula da 9 mm e o cartucho usado da espingarda.

— Encontrei isso. Trehorn disse que as pessoas atiram por lá, então pode ser que elas não sirvam para nada.

Pike cheirou o metal como se o cheiro pudesse dizer algo, então as devolveu. Talvez ele conseguisse rastrear pelo odor.

— Marquei o rastro de Trehorn com um E. O caminhão maior é uma carreta. Quero sua leitura do que aconteceu.

Pike meneou a cabeça mais uma vez.

— Quer que eu leve você até lá?

Ele balançou a cabeça. Eu já tinha enviado uma mensagem de texto com as coordenadas de longitude e latitude do meu iPhone.

— Quer o Trehorn?

— Estou bem sozinho.

— Tudo bem. Estou indo ver esse advogado. Me diz o que você encontrar.

Eram 13h32 daquela tarde quando deixei Pike no deserto e fui bater um papo com Thomas Locano.

10

Thomas Locano tinha um belo conjunto de salas em seu escritório no segundo piso de um prédio de dois andares com vista para Mission Street, em South Pasadena. O dele era um prédio mais antigo, construído com telhas vermelhas, paredes de gesso e pesadas portas de madeira. Como o edifício, Locano era um homem agradável, na casa dos sessenta anos de idade. Dois sócios mais jovens trabalhavam para ele, assim como uma assistente, que também era a esposa. Elizabeth, ela disse ao me acompanhar para dentro do escritório.

Locano sorriu quando se levantou para me cumprimentar, porém parecia desconfortável. Elizabeth Locano disse:

— Gostaria de um café, senhor Cole? Ou de alguma outra coisa?

— Estou bem, senhora. Obrigado.

Ela deixou a porta aberta ao sair.

O senhor Locano saiu de trás da mesa para que pudéssemos nos sentar em confortáveis e almodadas cadeiras. Seu aperto de mão era firme e seco.

— Nita disse que você está trabalhando para ela e que está ciente de sua situação.

— Sim, senhor, estou sim. Ela contou por que estou aqui?

— A filha dela está desaparecida. Ela acha que tem algo a ver com a situação dela, então pediu para que eu falasse abertamente disso com você.

Passei para ele o bilhete que encontrei no local do acidente.

— Encontrei isso a trinta e sete quilômetros de Palm Springs, no local da queda de um antigo avião de contrabando. Acredito que tenha sido escrito pela filha de Nita.

Ele franziu as sobrancelhas ao ler o bilhete e tentou devolvê-lo, mas eu não o peguei.

— Isso não é espanhol.

— Não, senhor. Acreditamos que signifique "pergunte a um coiote chamado Sanchez" ou "pergunte sobre um coiote chamado Sanchez". Então é isso que estou fazendo. Você sabe de algum coiote chamado Sanchez que traz pessoas para o norte pelo Imperial Valley?

Senhor Locano baixou o bilhete. Sua expressão fria entregava que eu o tinha insultado.

— Atuo com leis de imigração. Ajudo clientes a obterem vistos, *green cards* e a lutarem contra deportações e ordens de extradição. Se o senhor acredita que eu esteja envolvido em algo ilegal, deve estar entendendo mal a natureza do meu trabalho.

— Não foi isso que eu quis dizer, senhor Locano. Se soou dessa forma, me desculpe.

Ele não pareceu se alterar.

— Nita me disse que o senhor é o tipo de advogado que se procura quando estrangeiros sem documentos são presos, então achei que o senhor tivesse conhecimento de como seus clientes entram no país e quem os traz pela fronteira.

— Isso não é algo que eu vá discutir com o senhor.

Apontei para o bilhete.

— Pergunte ao coiote Sanchez. Nita Morales viu o local do acidente quando ela tinha sete anos de idade ao ser colocada clandestinamente neste país. Ela disse que costumava ser um local comum de transferência, onde pessoas trazidas para o norte eram entregues. Krista visitou esse mesmo lugar na sexta-feira passada à noite, e essa foi a última vez que alguém a viu. Hoje, seis dias depois, encontrei esse bilhete e a carteira de motorista dela a dez metros dos destroços.

Ele franziu o cenho ao olhar para o bilhete mais uma vez. Quando ele o ofereceu dessa vez, eu o peguei.

— Você acredita que ela teve contato com esse sujeito, Sanchez?

— Talvez, não sei. De qualquer modo, ela escreveu esse bilhete por algum motivo, então quero perguntar a ele sobre isso. Preciso de um primeiro nome para encontrá-lo.

Locano concordou, mais com ele mesmo do que comigo.

— Gostaria de poder ajudá-lo, senhor Cole, mas essas coisas de que o senhor fala não são mais como costumavam ser.

— Está me dizendo que ninguém mais vem para o norte?

— É claro que as pessoas vêm, mas os guias que eu conhecia se foram. Os velhos guias eram sempre um primo que vinha para trabalhar nas lavouras de estação ou um cunhado que vinha visitar os parentes. Se você desse alguns dólares, eles ajudavam você, mais pela amizade do que pelo dinheiro. Os cartéis e seus chefões mudaram isso. Eles patrulham as estradas como um exército de controle para o movimento de armas e drogas, e agora nada vem para o norte sem a permissão deles.

— Incluindo os coiotes?

— Transportar pessoas é um negócio rentável hoje em dia. Grupos da Ásia, Europa e do Oriente Médio entram na América Central e são levados para o norte pelo México em grandes quantidades. Os novos coiotes nem os chamam de pessoas. Eles são os *pollos*. Frangos. Nem humanos são.

— Coiotes comem frango.

— Não só frango, mas uns aos outros, e os frangos uns dos outros. Você sabe o que é um *bajadore*?

— Um bandido?

— Um bandido que rouba de outros bandidos. Eles são geralmente membros de outros cartéis. Um Baja que rouba de um Zeta, um membro do cartel de Tijuana que rouba de um Sinaloa ou do La Familia. Eles roubam uns dos outros o que puder ser vendido: drogas, armas e *pollos*. Eles até roubam deles mesmos.

— Vendido, como na época da escravidão?

— Vendidos para resgate. Esses coitados já deram o dinheiro para o coiote, daí eles são sequestrados pelos *bajadores*. Eles não têm nada, então os *bajadores* pedem resgate para as famílias. Não conheço pessoas assim. Quando eles são presos, não os represento.

Senti minha boca secar enquanto digeria o que ele me contava.

— Nita recebeu duas ligações de Krista e um indivíduo. O homem pedia um pagamento pelo retorno de Krista. Nita transferiu o dinheiro, mas Krista ainda está desaparecida.

Os olhos de Locano escureceram.

— Nita não falou nada sobre um sequestro.

— Nita acha que é uma piada ou um golpe. Eles pediram apenas quinhentos dólares.

Locano pareceu ainda mais incomodado.

— Isso é pouco para você e para uma mulher com um negócio bem-sucedido, mas é uma fortuna para uma família que conta as moedas para sobreviver. Estamos falando de pessoas pobres. Algumas centenas aqui, mil ali, mais outros quinhentos acolá. Os *bajadores* sabem com quem estão lidando.

— Ainda parece tão pouco.

— Multiplique por mil. Dois mil. O número de pessoas sequestradas impressionaria você, mas esse tipo de sequestro é raro em solo norte-americano. Vamos esperarar que Nita esteja certa.

Nenhum de nós falou por um instante, nenhum de nós se mexeu enquanto eu ouvia as vozes do lado de fora do escritório, a da esposa falando com um dos advogados mais jovens.

— Senhor Locano, o senhor pode não conhecer esse homem, mas pode conhecer alguém que o conheça ou que possa descobrir algo. Pergunte por aí. Por favor.

Ele me encarou, e eu podia dizer que ele estava pensando no caso. Apoiou-se no braço de sua cadeira e ligou para a esposa:

— Liz, você poderia mostrar o banheiro para o senhor Cole, por favor?

Nos levantamos quando a esposa apareceu na porta.

— Use o tempo que precisar. Limpe-se bem. É importante ficar limpo, não acha?

— É importante ficar limpo.

— Use o tempo que precisar.

Graciosamente, Elizabeth Locano me mostrou o banheiro, onde passei o tempo necessário. Era um belo banheiro, grandes fotos enquadradas das cidades pré-hispânicas de Teotihuacan, no sul do México, chamada de Cidade dos Deuses pelos astecas. Era, e ainda é, uma das mais belas cidades já construídas. Um lugar que sempre quis conhecer. Eu me perguntava se as fotos tinham sido tiradas pelo senhor Locano ou pela esposa.

Lavei o rosto e as mãos, e então repeti a ação, porque limpeza era algo muito bom, e ser bom era algo correto. Senhor Locano estava do outro lado da porta falando com a esposa sobre meu pedido e talvez fazendo as ligações que eu lhe solicitara. Eu esperava que sim.

Eu fitava a Pirâmide do Sol quando meu telefone vibrou.

Mary Sue Osborne disse:

— Aqui é sua futura mulher falando.

Está vendo como elas não desistem?

— E aí?

— Muito bem, dei uma olhada na pesquisa. Não vi nada ou ninguém chamado Sanchez, coiote ou qualquer coisa. Desculpe, cara.

Isso significava que eu dependia do senhor Locano. Se ele não conseguisse ou não cooperasse, Q coi Sanchez não daria em nada.

Eu a agradecia quando meu telefone vibrou de novo e dessa vez vi que era Pike.

— Preciso ir, Mary Sue. Obrigado.

— Sem conversa fiada? Não vai nem flertar de volta?

Mudei a ligação para Pike:

— Agência do Detetive Elvis Cole, o detetive mais correto do ramo.

— É pior do que você pensava.

Enquanto Pike me contava, eu encarava a Avenida dos Mortos numa das fotos de Teotihuacan.

JOE PIKE:
seis dias depois de serem sequestrados

11

Joe Pike viu seu amigo Elvis Cole sair do estacionamento do Burger King, então digitou a longitude e a latitude em seu GPS. Pike não usava um GPS que um civil usaria. Ele usava um aparelho militar de mão conhecido como *Defense Advanced GPS Receiver*, também conhecido como punhal. O DAGR era preciso como um míssil teleguiado, nunca travava e tinha acesso aos satélites do Exército e da Força Aérea. A posse era ilegal para civis, mas Pike o usara em lugares remotos da África, no Oriente Médio e em países da América Central e do Sul, durante serviços militares, na maioria das vezes contratados por multinacionais, mas também pelo governo dos Estados Unidos. Apesar de ser um crime, o governo deu um punhal para Pike. Governos fazem isso.

Depois de trinta e dois minutos, Pike saiu do Jeep e se viu numa estrada de terra a quase cem metros do avião quebrado e da pista atrás recoberta por vegetação. Pike estudou o avião e o terreno em volta. Não tinha como não ver a pista de pouso. Os contrabandistas tinham limpado um retângulo de doze por setenta e seis metros no deserto, e recolhido o cascalho às margens da pista. Agora, depois de todos esses anos, apesar das moitas e dos nacos de grama terem voltado, a pista de aterrisagem formava uma superfície de terra artificial que terminava de modo estranho.

Pike respirou fundo e esperou pelo silêncio do deserto. O Jeep batia e rangia, mas o deserto engolia esses sons, como sempre fazem os desertos, calando-os com o vazio. Desertos tinham um vazio que não podia ser preenchido. Enquanto o metal esfriava, as batidas e estalidos diminuíam, como um relógio parando, até que o deserto ficasse em silêncio.

Pike respirou fundo outra vez, expandiu os pulmões ainda mais e desacelerou as batidas do coração. Quarenta e quatro batidas por minuto. Quarenta e duas. Quarenta. Pike queria ficar tão imóvel e silencioso como o deserto. Os melhores caçadores se uniam à terra.

Ele abriu caminho entre os cactos e moitas, rapidamente localizou os resquícios da fogueira que Cole descrevera e o rastro de pneu marcado com E. Esse era o rastro de Trehorn com a trilha do amigo ao lado da dele. Pike considerou esses rastros "amigáveis" e os ignoraria se os visse em qualquer outro lugar pela área.

Depois de identificar os dois rastros amigáveis, Pike procurou pelos rastros da carreta que Cole descrevera. Como trilhas na areia de uma praia, não foi fácil encontrar esses rastros. O solo do deserto era feito de placas de argila xistosa cobertas com areia, pedras e terra batida pelo sol. Apesar de um ou outro montinho de terra ter um rastro visível, a maioria dos sinais que Pike encontrou tinha alguns centímetros de uma fina camada numa pedra ou um vestígio afundado na areia.

Pike trabalhava com cuidado e sem pressa. Abaixou como que para fazer flexões, baixou a cabeça, mudou de posição e baixou mais uma vez. Durante os anos em que trabalhava sob contrato, ele era geralmente chamado para proteger vilas africanas e fazendas coletivas contra invasores e caçadores ilegais. Essas missões envolviam rastrear homens perigosos pelos vastos terrenos forrados de moitas de mopane ou pela savana árida. Pike contratava guerreiros Masai para rastreá-los. Eles eram homens magros e místicos que estudavam o corte de um junco por uma hora ou tocavam uma árvore como se pudessem sentir o calor deixado pelos passantes Bantu. Eles diziam que as árvores e a relva falavam, e tentavam ensinar Pike o que eles viam – *seja uno com as coisas e você enxergará sem precisar ver*. Pike nunca ouviu vozes ou viu o que eles viam, mas aprendeu pelo que procurar. Para isso também era preciso paciência para encontrar o que se procura. Joe Pike era paciente.

Quase que ao mesmo tempo, ele achou três cápsulas de balas de 9 mm brilhando como pequenos espelhos de cobre. Encontrou rastros claros deixados por dois veículos do tamanho de picapes, fragmentos de três diferentes pegadas e então localizou a carreta. Cole estava certo — dois grandes pneus lado a lado, cada um com vinte e cinco centímetros de largura. Um caminhão grande estivera ali, num lugar estranho para esse tipo de veículo. Pike estudou os rastros duplos e notou que eles se alinhavam com o centro da pista de pouso. Ele os seguiu, notando mais fragmentos de trilhas menores, algumas esmagadas pelos rastros da carreta, outras cruzando por sobre elas. Em vez de seguirem um caminho contínuo, as trilhas menores desviavam e rodeavam os arbustos. Algumas dessas trilhas mostravam sinais de derrapagens, como se os veículos estivessem se movendo com rapidez. Pike se perguntava por que tinham ido pelas moitas, apesar de continuarem seguindo a carreta.

Vinte metros depois do avião morto, os rastros da carreta se curvavam em direção à estrada onde agora estava o Jeep. Pike concluiu que provavelmente o caminhão tinha partido dessa forma, então ele deu meia-volta e seguiu os rastros na direção oposta, passando pelo avião.

Ele estava a trinta metros do acidente quando notou uma profusão de pegadas na área com menos vegetação, a maior parte fragmentos — a ponta de um salto, o canto de um sapato — suficientes para ver as diferenças de tamanhos e solas. As pegadas se sobrepunham como se muitas pessoas tivessem se agrupado. Pike se abaixou para estudá-las mais de perto e percebeu que as pegadas cobriam as marcas da carreta por completo. Isso significava que as pessoas passaram ali depois do caminhão.

Algo nisso o incomodava, então ele seguiu o mesmo caminho de volta e percebeu que os rastros da carreta que davam na estrada estavam intactos. Somente a alguns metros da estrada pegadas sobrepostas cobriam os rastros. A linha entre as pegadas com e sem sapatos era bem clara.

Agora ele sabia que o caminhão tinha vindo do sul, acompanhado a linha central da pista até esse ponto e parado perto do avião quebrado. Um grupo de pessoas saiu e entrou pela traseira do caminhão, depois disso o caminhão partiu em direção à estrada onde o Jeep estava agora estacionado. Pike disse:

— Hmm.

Ele procurou por uma depressão feita na terra pelo peso do caminhão estacionado. Localizou a primeira depressão, depois duas das três que faltavam. Mediu com os passos a distância entre os pneus traseiros e os dianteiros, o que deu a ele a base do volante. O caminhão tinha mais ou menos seis metros de comprimento com um baú de quatro. Esse era mais ou menos o tamanho de caminhões de entrega de carne ou caminhões de mudança alugados.

Pike ponderava sobre o tamanho do caminhão quando notou uma derrapagem em arco onde um dos veículos menores esmagara um monte de cactos ao atropelar as moitas. Pike distanciou-se da carreta para um olhar mais preciso e viu um caminho de alcatrão e arbustos quebrados. O alcatrão é uma planta grande e pesada, e teria danificado o veículo, mas o motorista não parecia estar preocupado com isso. Mais cinco cápsulas de uma 9 mm estavam espalhadas pelo chão duro.

O rastro menor era fácil de seguir. Arbustos quebrados e sulcos profundos, onde os pneus cavaram por causa da tração, levavam a uma curva em arco pelas moitas. A quarenta metros da pista de pouso, Pike encontrou quatro derrapagens profundas onde o veículo deslizou e parou. A alguns metros dali, Pike localizou mais sete cápsulas de 9 mm e três cartuchos amarelos de espingarda. Alguém dirigiu com vontade até aquele local, freou e deu alguns tiros. Duas armas, então ele supôs que fossem dois homens. Perseguiram alguma coisa. Capturaram. Mataram.

Pike circulou a área, mas não precisou ir longe. Seis metros dali, encontrou no solo argiloso uma mancha marrom em forma de ameba com quase sessenta centímetros. O marrom estava desbotado e quase da cor da terra, mas Pike já tinha visto manchas similares em desertos similares em todo o mundo, e sabia que aquilo alguma vez já fora vermelho.

Algo ruim aconteceu aqui.

Alguém morreu aqui.

E os atiradores levaram o corpo.

Pike ficou na cena por uma hora e doze minutos. Eram quase três em ponto. Ele marcou o local e correu até o Jeep para ligar para Elvis Cole.

ELVIS COLE:
quatro dias antes de ser sequestrado

12

O banheiro pareceu esfriar quando Pike me contou o que tinha encontrado.

— Grupo grande. Não sei dizer quantos, mas mais de dez. Dois ou três veículos menores vieram com tudo atrás da carreta. Parecem três, mas não posso confirmar.

— A carreta chegou primeiro? Os outros vieram depois?

— A carreta não estava correndo. Estava provavelmente parada quando eles atacaram.

— Acha que eles a seguiram?

— Ou sabiam que ela viria e estavam esperando nas redondezas. Ela estacionou, as pessoas saíram, os bandidos atacaram.

— Então as pessoas correram, foram arrebanhadas e colocadas de volta no baú?

— Parece que sim. Pelo menos um homem morreu. Pela quantidade de sangue, foi morto em ação.

— Jesus.

— Aham.

— Achou algo dos garotos?

— Não, mas posso ficar mais um pouco.

Eu estava pensando nisso quando um homem na casa dos trinta e com um cabelo louro cuidadosamente aparado abriu a porta e disse que o senhor Locano estava pronto. Ele tinha um leve sotaque russo e usava um anel de classe da UCLA, a Universidade da Califórnia. Um dos sócios de Locano. Disse ao Pike que ligaria de volta e segui o homem até o escritório do senhor Locano. Como antes, ele estava atrás da mesa quando cheguei e veio falar comigo, mas dessa vez não nos sentamos. Ele disse:

— Há um homem.

— Não há sempre um homem?

— Rudy Sanchez. Rudolfo. O senhor Sanchez é bem estabelecido e é conhecido por lidar com esses grupos.

— Obrigado. Isso não vai respingar no senhor.

— Espere. Você precisa do endereço dele.

Ele me deu um cartão branco onde estava escrito *Guinchos Sanchez & Filhos*, junto de um endereço em Coachella. Tanto o endereço quanto o comércio me surpreenderam.

— Ele mora em Coachella?

— Disseram que ele é norte-americano e que a empresa é legítima.

Guardei o cartão. Talvez um homem no ramo de guinchos dirigiria um caminhão bem grande sobre terreno pesado com confiança, mas talvez o fato de o negócio ter a ver com caminhões fosse mera coincidência. Talvez o Sanchez de Krista e Rudy Sanchez não fossem o mesmo coiote, ou talvez Mary Sue estivesse enganada quanto ao Q COI SANCHEZ, e o Sanchez do bilhete não fosse um coiote, mas uma paquera tímida que estava atrás do namorado de Krista. Rudy Sanchez podia nunca ter ouvido falar em Krista Morales, e ela poderia nunca ter ouvido falar dele ou o contatado. Eu disse:

— Falei com meu sócio enquanto esperava. Parece que há provas de que ocorreu algum tipo de sequestro no local do acidente.

— Provas de que a garota foi sequestrada?

— Nada em específico sobre a Krista Morales, não senhor, mas o que ele encontrou não é bom.

— Vamos então esperar pelo melhor.

Ele crispou os lábios como se estivesse lutando contra o que queria falar, então finalmente soltou:

— Você tem visto as notícias sobre as covas em massa encontradas ao sul da fronteira?

Fiz que sim com a cabeça. Covas em massa contendo inúmeras vítimas de assassinato eram, vez ou outra, encontradas, e eram tão terríveis que as notícias corriam o país em cadeia nacional. Ele disse:

— Esses eram imigrantes sequestrados por resgate, senhor Cole. *Bajadores* não deixam testemunhas. Vamos esperar pelo melhor até que tenhamos mais informações.

Agradeci o senhor Locano e fui para o carro. Queria falar com Pike sobre o que ele tinha encontrado, mas ao entrar Starkey me ligou.

— Peguei o registro daquele Mustang. Você pode falar?

— Claro.

— Não pertence a ninguém.

— Como assim não pertence a ninguém?

— O dono no registro não é uma pessoa. Ele mostra que o carro pertence à credora Arrowhead Trust. Isso significa que quem quer que seja o dono do carro não o comprou como um indivíduo, mas pela credora ou transferiu o título para ela. Gente rica faz isso por causa do imposto.

— Eu sei, Starkey. Obrigado.

— Sei que você sabe. Só estou dizendo. Você quer o endereço?

— Sim.

O endereço não era o mesmo que Mary Sue tinha encontrado no computador de Krista. Deu um endereço do Wilshire Boulevard não muito longe da UCLA, numa continuação da Wilshire cercada de prédios corporativos.

— Um-zero-oito-oito-seis Wilshire Boulevard, décimo andar, Westwood, nove-zero-zero-dois-quatro.

Ela repetiu sem que eu pedisse. Apesar de credores poderem e manterem títulos de qualquer coisa, Mustangs não eram tipicamente o tipo de veículo mantido por uma. Credoras eram usadas para livrar impostos de heranças para itens de luxo como iates, Ferraris e casas de milhões de dólares. Eu disse:

— Starkey, você está no escritório?

— Sim. Já acabei por hoje. Quer passar aqui e me pegar?

— Não. Quero que cheque um nome para mim. Rudolfo ou Rudy Sanchez. Ele tem um comércio em Coachella chamado Guinchos Sanchez e Filhos.

Dei a ela o endereço e expliquei a profissão do sujeito. Se Sanchez já tivesse sido preso na Califórnia, seus antecedentes apareceriam no sistema do Departamento de Justiça da Califórnia. Eu podia ouvir Starkey xingando enquanto digitava e não a culpava. Oficiais podiam entrar no sistema a hora que quisessem e por qualquer motivo. Ela teria que digitar o número de um caso e o número do distintivo, o que significava que seu supervisor seria notificado de seu pedido e ela teria que justificar a pesquisa. Inventar uma razão para checar Rudolfo Sanchez não era grande coisa, mas a papelada era irritante.

Ela então parou de xingar e baixou a voz:

— O que esse tal de Sanchez tem a ver com você?

— Se ele é o Sanchez certo, pode ter tido contato com uma mulher que estou tentando encontrar, mas ele pode não ser quem procuro. Não saberei disso até encontrá-lo.

— Boa sorte com isso.

— Você o encontrou?

— Encontrei. Sem antecedentes criminais. Nem uma multa sequer.

Eu estava perdendo alguma coisa que ela já sabia.

— Então por que ele está no sistema?

— Ele foi encontrado no último sábado à tarde assassinado a tiros. Foi pescado no Salton Sea.

Tive aquela sensação de enjoo que se tem quando o estômago se enche de ácido.

— É o mesmo Sanchez?

— Sim, Cole, tenho certeza. Rudolfo Sanchez de Coachella.

— Serviço de Guinchos Sanchez e Filhos?

— Jesus, Cole, sim, estou olhando para isso agora mesmo. Dono do Serviço de Guinchos Sanchez e Filhos, Coachella, Califórnia. Esse é o *seu* Rudolfo Sanchez. Acharam o corpo boiando de costas sábado passado, de tarde.

Sábado. Krista Morales e Jack Berman tinham desaparecido na noite da sexta-feira. Starkey prosseguiu, lendo do computador:

— Sem suspeitos até agora, qualquer um com informações contatar o Sargento Mike Bowers do Departamento de Polícia de Coachella, blá-blá-blá.

Pensei em Pike, no deserto e no que tínhamos encontrado por lá.

— Que tipo de arma?

— Nove milímetros. Atiraram nele cinco vezes com a nove e deram uma saraivada. Uma 9 mm e uma espingarda. Você sabe alguma coisa sobre isso?

— Só o que te contei.

— Quem é a mulher?

— Uma aluna da faculdade.

— Algo que eu deva saber?

— É como eu disse, Starkey. Nem tenho certeza se ele é o Sanchez certo. Você sabe quantos Sanchez existem?

— Sei que é o oitavo nome espanhol mais comum nos Estados Unidos. Tem um bocado de Sanchez.

— Bom. Melhor eu voltar para o trabalho.

— E acho melhor você não me deixar esperando. Entendeu bem?

— Entendi.

Desliguei e olhei para o telefone. Então li o endereço em Coachella. Sanchez & Filhos. Eram 16h03. Liguei para Joe Pike.

— Ainda aí?

— Sim.

— Estou voltando.

13

A I-10 passava por Covina até Pomona, mas perto de Ontário eu estava no celular com a telefonista da central de informações. A central mostrava trinta e dois Sanchez nos bairros do deserto. Um estava listado como Rudolfo Júnior, outro como Rudy. O endereço de Rudy era o mesmo do local de trabalho. O endereço de Rudolfo Júnior parecia ser um condomínio ou um apartamento em Coachella.

Copiei o endereço e o telefone do Júnior, então pedi que me ligassem com o número da Guinchos Sanchez e Filhos.

— Comercial ou emergência?

— Comercial.

Ela fez a ligação e uma voz masculina respondeu no terceiro toque:

— Guinchos.

— Ah, oi, aqui é o Billy Dale. Não sabia se vocês estariam abertos, tendo em vista...

— Estamos abertos.

— Ah, é o Rudy Júnior?

— Eddie. Espere, vou chamá-lo.

— Tudo bem. Pensei que você era um dos filhos e queria dar minhas condolências. Fiquei sabendo do que aconteceu e fiquei sem palavras, cara.

Eddie hesitou por um momento, então soou mais tranquilo:

— Obrigado. Sou o irmão do meio. A gente não estava esperando.

Irmão do meio sugeria três. Pelo menos um dos outros estava por perto.

— Pegaram quem fez isso? Quero dizer, eles não podem deixar um maldito se safar dessa. O Rudy era um cara e tanto.

— Não. Ainda não prenderam ninguém. Obrigado por perguntar.

— Ei, olha, eu tinha uns negócios com seu pai. Posso passar por aí por uns minutos?

— Estamos abertos até seis.

— Seria bacana. Obrigado.

Bacana.

Seis me davam cinquenta e dois minutos.

Liguei para Pike enquanto corria por Fontana sentido Redlands, onde a I-10 caía para o sul no Banning Pass. Pike, já no deserto, tinha ido direto para o endereço deles.

— Chego em trinta. Já está aí?

— Estou a um quarteirão da loja de construção, no lado oposto da rua. Não estou sozinho.

— O que isso quer dizer?

— Na barraca de tacos na esquina oposta. Um asiático num Subaru marrom. Janelas fechadas por causa do ar-condicionado. Na segunda vez que passei, eu o vi com binóculos.

— Vigilância policial?

— Tanto faz. Ele está vigiando.

Eu me perguntava se a polícia tinha descoberto que Rudy Sanchez era um coiote ou se eles sempre souberam. Lidar com os irmãos seria mais difícil com a polícia envolvida, mas não seria impossível.

— Tudo bem. O que ele está vendo?

— Cinco homens no pátio, um acabou de sair com um guincho. Vários caminhões. Um pequeno escritório nos fundos. Parece uma empresa de verdade.

— Locano disse que é legítima. Falei com um dos irmãos.

— Você acha que eles sabem?

— Veremos. Eles fecham às seis. Chego em vinte e cinco. Vou até o pátio. Daí vamos ver no que dá.

— Tem um mercado Ralphs do outro lado da estrada, alguns metros a oeste. Você vai me ver.

Pike desligou e eu pisei mais fundo.

Baixa e plana, apesar da forte irrigação, Coachella era cinza. Os prédios pareciam todos feitos de blocos de concreto ou gesso, e muitos eram tão charmosos quanto armazéns. Árvores sedentas lutavam contra o calor seco e devastador. Os gramados irregulares nunca eram muito verdes, como se a verdadeira cor estivesse escondida por uma fina camada de poeira que os moradores podiam tentar varrer, mas nunca vencer. Uma suave brisa do deserto fazia chover areia do céu como um pozinho mágico. Deixava Coachella parecida com um shopping de liquidação.

Pike tinha ido embora quando cheguei ao Sanchez & Filhos, mas o homem no Subaru estava estacionado a uma distância de um carro de uma pequena barraca de tacos com uma vista fácil do pátio de guincho do outro lado da rua. Ele estava afundado atrás do volante exatamente como Pike descrevera, usando óculos escuros, como se isso o deixasse invisível, e vestindo um estiloso chapéu *porkpie* cinza. Três homens empoeirados e malvestidos, que pareciam ter trabalhado duro naquele dia, estavam na fila dos *tacos*. Eles ignoravam o homem de chapéu e ele os ignorava. Ele observava o pátio do guincho.

O Serviço de Guinchos Sanchez & Filhos era um grande pátio de caminhões na contramão da estrada. Uma cerca de arame delimitava o perímetro com um pequeno edifício do escritório nos fundos que costumava ser um posto de gasolina. Placas com letras garrafais diziam: TRANSFORME TRALHA EM TO$TÃO! COMPRAMOS CARROS ANTIGOS! SERVIÇO 24H! 7 DIAS POR SEMANA! GUINCHOS NA REGIÃO E LONGA DISTÂNCIA! Seis guinchos brancos, todos com o logo do Sanchez & Filhos, estavam estacionados atrás das placas. Os caminhões variavam entre os de serviço leve, guinchos médios com gruas azuis na traseira e um ou dois caminhões grandes o suficiente para puxar um trailer. Um portão de correr para os caminhões entrarem e saírem estava aberto. No portão havia uma fita preta amarrada para lembrar a morte de Sanchez. Um jovem vestindo uma camisa engordurada azul lavava um dos caminhões com a mangueira. Um homem mais velho estava trabalhando debaixo do capô de outro caminhão. Nenhum deles parecia armado ou particularmente ameaçador, mas eu já não esperava encontrar *banditos*. Estava mais preocupado com o homem de chapéu no Subaru. A polícia teria vindo no dia em que o corpo de Sanchez foi identificado. Dependendo do que soubessem, teriam informado a família, então interrogado tanto a família quanto os empregados sobre as atividades de Sanchez nos dias anteriores ao assassinato. Se eles mantinham vigilância, isso significava que sabiam ou suspeitavam das atividades extracurriculares de Rudy, o que poderia tornar ainda mais difícil conseguir informações sobre Krista Morales. Três minutos depois, parei ao lado de Pike e saí do carro. Ficamos de pé entre nossos veículos para conversar. Pike disse:

— E o chapéu?

— Ainda lá, na frente da barraca de *tacos*, como você disse.

— Hmm.

— Acho que vou entrar sozinho, enquanto você fica de olho no chapéu.

— E os irmãos?

— Vou sondá-los. Eles podem nem saber o que o pai deles fazia.

Pike se virou sem mais nenhuma palavra, entrou no Jeep e partiu. Senhor Pouco Papo.

Depois de um minuto e cinco segundos, estacionei na rua do outro lado do portão e ninguém, a não ser o homem de chapéu, percebeu enquanto eu entrava no pequeno escritório. O jovem lavando o guincho continuou o serviço enquanto um mais velho que eu — e que eu não tinha visto antes —, subiu num guincho de médio porte, saiu e passou por mim em direção à rua. Foi ajudar um motorista encalhado. Eu não conseguia ver Pike e não sabia onde ele estava, mas eles também não conseguiam. Especialmente o chapéu no Subaru.

Senti o ar frio como o de um frigorífico quando entrei no escritório. Dois homens estavam sentados, um atrás da mesa com a cadeira recostada, e o outro ao lado dela, com as pernas esticadas. Eles se viraram quando entrei. O mais jovem estava na casa dos vinte e o homem atrás da mesa na casa dos trinta. O mais jovem usava uma camisa azul de uniforme com *Eddie* costurado no peito esquerdo. O mais velho vestia uma camisa Islander verde vivo decorada com palmeiras amarelas e flamingos rosa. Esse era provavelmente Rudy Júnior. Ambos estavam com os olhos machucados, tinham ferimentos nas bochechas e o lábio superior de Rudy estava inchado. Consegui ver a semelhança mesmo sob os machucados. Eu disse:

— Oi.

O cara mais velho disse:

— Oi. Posso ajudar?

— Falei com o Eddie aqui antes. Você é o Rudy Júnior?

Rudy ergueu as sobrancelhas olhando para o irmão, que reconheceu minha voz.

— Esse é o cara que ligou. Ele conhecia o velho.

Olhei de Eddie para o irmão.

— Meus sentimentos.

— Eddie disse que você tinha negócios com meu pai?

— Isso mesmo. Estou procurando por Krista Morales. Algum de vocês a conhece?

Eles se entreolharam e Eddie balançou a cabeça. Rudy Júnior disse:

— Desculpe, amigo. Deveríamos?

— Tenho quase certeza de que seu pai a conhecia, ou pelo menos falou com ela. Estava esperando que um de vocês pudesse saber sobre o que eles conversaram. Aqui, ela escreveu isso...

Peguei o bilhete e o segurei para que eles conseguissem vê-lo. Enquanto olhavam, notei uma foto em preto e branco na parede mostrando Eddie, Rudy Júnior, o jovem que lavava o guincho lá fora e um homem muito mais velho. O homem mais velho era o pai dos três. Todos estavam sorrindo. Eddie leu o bilhete em voz alta:

— Q coi Sanchez. O que significa?

— Significa "pergunte ao coiote Sanchez". Ela queria informações sobre trazer pessoas do sul. Seu pai falou algo sobre isso?

Observei Rudy Júnior enquanto falava, tentando sondar sua reação. Eddie levantou-se primeiro, mas Rudy Júnior o acompanhou, movendo--se com uma intenção bem definida.

— Quem é você?

— O cara que está procurando por Krista Morales. Ela é meu interesse aqui. Nada mais.

Eddie disse:

— Ele é a porra de um agente federal.

Rudy Júnior deu de ombros:

— Não interessa o que ele é. Ele pegou os Sanchez errados. Existem muitos de nós. Somos que nem Smith ou Jones, só que morenos.

Eu disse:

— Por que não perguntamos para o seu outro irmão? Talvez ele saiba de algo.

Rudy Júnior apontou para um relógio redondo na parede. Não era o Pinóquio.

— São seis da tarde. Estamos fechados. Você precisa ir embora ou vou chamar a polícia.

Eddie disse:

— Federal de merda.

Eles me encaravam quando Eddie repentinamente focou em algo atrás de mim de seu rosto empalideceu.

— Merda.

Virei enquanto Rudy Júnior corria para trás da mesa para pegar um taco de beisebol. A porta então se abriu.

Um asiático com pinta de durão, vestindo um belo terno e óculos escuros, entrou desfilando primeiro. Ele tinha nascido com um pescoço grosso e ossos largos, mas o tempo na academia dera a ele cortes fortes e ângulos brutos. Ele abriu um sorriso generoso quando viu o taco de beisebol, então deu um passo para o lado e dois outros asiáticos empurraram o terceiro irmão para dentro. Ele não devia ter mais de dezenove. Os asiáticos eram esguios, tinham uma pinta de que não estavam para brincadeira, e algo me dizia que não eram policiais.

O segundo homem segurava o irmão mais novo pelo antebraço e falava com Rudy Júnior como se eu não estivesse presente, mesmo eu estando a somente um metro de distância.

— Já demos tempo suficiente. Agora você paga.

Ele latia as palavras num sotaque pesado, cada palavra era uma explosão.

Rudy Júnior baixou a cabeça na minha direção. Ele estava com medo, mas tinha mais medo do que eles fariam com seu irmão do que com o que eu poderia escutar.

— Por diabos, deixa ele ir. Não vê que estamos com gente aqui? Estamos fazendo negócios.

Os três homens olharam para mim como se eu fosse invisível até aquele exato momento, então o homem segurando a criança latiu uma ordem entrecortando a fala em inglês:

— Saia agora. Volte amanhã.

Olhei para eles, então para os irmãos, e me perguntava o que havia entre eles. Não gostei do jeito que seguravam o rapaz, do jeito que achavam que eu iria sair ou de como eles vestiam ternos num calor de quarenta graus.

Ele latiu mais uma vez e mais alto:

— Saia agora.

Eu disse:

— Sou do governo. Estou aqui para estragar o dia de vocês.

Agora ele latia numa língua que eu não entendia e o grandalhão avançou para o meu braço. Ele era mais pesado e provavelmente mais forte, mas não teve tempo de usar seu peso ou sua força. Desviei da mão, chutei-o com o pé esquerdo e enfiei meu joelho direito no fígado. Ele caiu assim que Joe Pike passou pela porta, chutou as pernas do último homem e o derrubou de cara no chão. Então a arma de Pike ficou à mostra, erguida e apontada para aquele que estava falando. A minha também. Do começo ao fim, três quartos de segundo.

Sorri para o cara que falava.

— Belo terno.

Ele soltou o garoto, que correu para junto dos irmãos. Então o homem disse mais alguma coisa que eu não entendi. Pike disse:

— Coreano.

O coreano não parecia estar com medo.

— Vocês devem ir. Vão agora.

Pike pegou as pequenas pistolas de cada um e guardou-as no bolso.

Olhei para os irmãos detrás da mesa. Eles não pareciam *banditos* ou coiotes criminosos. Pareciam três coelhinhos acuados.

Apontei minha arma para os homens de terno.

— Quem são essas pessoas?

Rudy Júnior molhou os lábios, então balançou a cabeça. Medo demais para falar. Eu disse:

— Quer ligar para a polícia?

Rudy Júnior balançou a cabeça novamente, mas não foi o suficiente para o coreano.

— Eles nos devem dinheiro. Você não deveria se envolver.

Rudy Júnior disse:

— Cara, não devemos. Eu te falei. O Sírio os pegou. Não sei mais o que dizer.

Ele implorava.

O grandalhão se mexia como se quisesse tentar se levantar. Ergui a pistola, apontei para a cabeça dele, mas disse para o que falava:

— Se ele se levantar muito rápido, vou machucá-lo.

Ele me encarou como que se decidindo se continuava ou não, então chutou o grandalhão com força nas costas, gritando mais em coreano. Ele o chutou mais duas vezes e então todos ouvimos um zumbido alto.

O porta-voz enfiou a mão no bolso, tirou um celular vibrando e olhou para fora pelo vidro. Todos olharam também.

Três homens saíram de um sedan cinza escuro de quatro portas. Camisas da Arrow de manga curta e gravatas, carregando as jaquetas como se não quisessem vesti-las. Um negro esguio e um branco careca saíram da frente. Um homem alinhado e encorpado de cabelos curtos e ruivos saiu do banco de trás. Eles se mexiam lentamente, estudando as redondezas como se estudassem o esquema da região ou talvez quisessem ter certeza de que ninguém iria atirar neles. Era óbvio que eram tiras, mesmo antes de o policial negro pegar o coldre com uma 38 de cano curto do carro e prendê-lo no cinto ao lado do distintivo. Rudy Júnior disse:

— É a polícia. O cara negro, aquele é o detetive Spurlow.

O chefão coreano me olhou de soslaio, então levantou os dois amigos enquanto Rudy Júnior continuava:

— O careca é o Lance. Eles que nos contaram sobre o velho. Não conheço aquele outro cara.

Eddie disse:

— Lange. Era Lange, não Lance.

Do lado de fora, os oficiais vestiram as jaquetas balançando-se, já que o pano grudava na pele.

O chefão coreano chegou mais perto e parecia querer arrancar meu coração.

— Você tem armas. Devolvam agora.

Pike disse:

— Ele não. Eu.

O coreano olhou para Pike por um instante, então sorriu como se o estivesse poupando e desfilou para fora. Seus capangas o seguiram. Os três sorriram quando passaram pelos oficiais, entraram numa BMW tipo sedan preta e dirigiram pátio afora. Pike disse:

— Assista.

Ao passarem pelo Subaru, o homem de chapéu acenou com a cabeça para os homens na BMW. Um instante depois, o homem de chapéu se endireitou no banco e ligou o carro.

Pike correu, passou pelos irmãos e saiu pelos fundos.

Os policiais tinham se reunido e estavam vindo na nossa direção. Nenhum deles se apressava, mas não tinham que andar muito.

Rudy me encarava. Sua boca funcionava como se estivesse apavorado com o que eu poderia fazer. Eu disse:

— Quem eram aqueles caras?

— Não sei, cara. Eles tinham alguma coisa com meu pai.

Ele molhou os lábios, olhou para os policiais que se aproximavam. Eu também olhei.

— Vou voltar.

Saí pela porta da frente assim como os coreanos, acenei para os oficiais do jeito como fazem os estranhos e murmurei algo sobre o calor. Spurlow acenou de volta e Lange me ignorou, mas o cara ruivo grudou os olhos em mim e não quis largar.

Continuei andando, só um cara indo para o carro no final do dia, só que eu não estava. Cada passo era cuidadoso e calculado, e a cada passo eu esperava que eles não fossem me parar.

Quando passei pelo portão, Spurlow e Lange já estavam no escritório, mas o cara de cabelo ruivo permaneceu na porta. Ele me observava com olhos tão cerrados que pareciam linhas.

Joe Pike ligou assim que alcancei meu carro.

— O Subaru subiu a primeira rampa de acesso. A BMW está em algum lugar adiante.

— Qual direção?

— Los Angeles.

— Encontre a BMW. Siga-o. Vou ficar com os irmãos.

Fui até a esquina, estacionei atrás da barraca de *tacos* e esperei pela polícia.

JACK E KRISTA:
nove horas depois de serem sequestrados

14

Eles saíram da escuridão e foram guiados como gado por um mundo vermelho sangue e depois em direção a uma luz tão brilhante que Krista teve que fechar os olhos. Quando ela os abriu, ainda semicerrados por conta da claridade, percebeu que estavam entrando desordenadamente numa pequena casa. Jack ia logo atrás dela. Agora sob a luz intensa, essa era a primeira vez que uma via os outros com clareza. Eram em sua maioria asiáticos, mas também havia alguns latinos e pessoas que poderiam ser do Oriente Médio ou da Índia. Um por um, foram revistados enquanto andavam. Cintos e sapatos eram tirados e jogados numa pilha que só aumentava. Seis ou oito homens com bastões de choque e porretes empurravam o grupo para dentro da casa. Krista não olhava para eles. Mantinha os olhos baixos por medo do contato visual.

A casa era malcuidada e não tinha mobília. A luz intensa vinha de lâmpadas de 100 watts precariamente instaladas. A fila desorganizada diminuiu a velocidade e então foi espremida em um pequeno quarto.

Jack sussurrou atrás dela:

— Estamos presos nessa porra!

Pesados painéis de madeira compensada estavam parafusados nas janelas, cobrindo-as completamente. O chão era forrado com um carpete manchado que ia de parede a parede; uma porta estreita revelava um *closet* vazio, e as paredes azul-claras tinham marcas de giz e buracos de onde fita adesiva e pregos tinham sido removidos. No canto do quarto havia um balde de plástico vazio, um rolo de papel higiênico e um engradado com garrafas plásticas de água.

Krista supôs que eles estavam num quarto de menino. O cômodo era pequeno, ficou cheio rapidamente e então a porta se fechou.

Ninguém se mexeu. As pessoas que agora lotavam o quarto pararam de pé como se esperando algo mais acontecer, como se esperassem algo mais acontecer chocadas ou amedrontadas para se mexer.

Krista e Jack também não se mexiam. Ela virou para Jack, que a abraçou. Ficaram lá ao redor deles, imóveis, enquanto as pessoas choravam.

Krista também chorou e escutou os soluços de Jack ao abraçá-lo.

O homem disse:

— Sou Samuel Rojas. Podem me chamar de Sam.

Vendo que ela era latina, falou em espanhol e, fingindo ser mexicana, respondeu do mesmo modo.

As pessoas eram levadas do quarto sem uma ordem específica. A porta se abria, um homem entrava, apontava para alguém e levava o escolhido embora. Sempre voltavam depois de alguns minutos, e ninguém parecia ferido, por isso não sentiu medo quando o guarda, que seria em breve conhecido como senhor Rojas, apontou para ela. Jack segurou seu braço por muito tempo, mas ela se livrou da mão dele dizendo gentilmente que ficaria bem.

O homem a levou para a cozinha e eles se sentaram um de frente para o outro no piso sujo de vinil. Ao seguir Rojas para a cozinha, viu que outros vigias conversavam em pares com prisioneiros na sala de estar e jantar. Krista também notou que as janelas nesses quartos eram cobertas com a mesma madeira compensada e que a porta da frente estava igualmente lacrada. Sentiu um nó no estômago quando percebeu que toda a casa era uma prisão, e repentinamente sentiu a cozinha mais quente mesmo com o ar-condicionado no máximo.

Assim que se sentaram, Rojas abriu um caderno de espiral. Na capa havia um unicórnio sentado nas patas traseiras.

— Qual é o seu nome?

— Krista Morales.

— De onde você é?

— Hermosillo. Em Sonora.

— Lá é muito bonito. Sempre quis visitar. Sou de Torreón, em Coahuila. Lá não é tão bonito.

Rojas tornava notas no caderno enquanto conversavam. Tinha um sorriso seguro e uma voz gentil.

Krista ouvia alguém falando uma língua oriental na sala ao lado e a frustrada discussão em espanhol entre dois dos guardas. Nenhum deles falava a língua, então não conseguiam se comunicar com o prisioneiro de jeito nenhum.

— Você tem família lá em Hermosillo?

— Não, sou a última. A tia com quem eu morava morreu.

— Que terrível. É por isso que você está viajando para o norte?

— Sim. Não tem nada para mim em casa.

— Você tem família ou um emprego no norte?

— Minha mãe.

Rojas sorriu e Krista sabia que tinha dito a coisa certa. Ela tentava desesperadamente se lembrar de tudo o que sabia sobre como os *bajadores* operavam e o que as pessoas da Guatemala tinham lhe contado.

— Ah, isso é bom pra você. Uma mãe em seu novo lar. Onde ela está?

— Los Angeles. Um lugar chamado Eagle Rock.

— Ah, bom. Ela está esperando por você?

— Sim. Mandou o filho da amiga dela me buscar.

Rojas agora levantava a cabeça.

— Que amiga é essa?

— O filho do amigo dela, Jack Berman. O garoto branco que está comigo. Ele estava esperando no avião quando vocês nos levaram.

Rojas molhou os lábios e olhou em direção à sala de estar antes de continuar:

— Esse garoto está aqui?

— Sim. No quarto.

Rojas foi até a entrada e gesticulou para alguém na sala de estar. Depois de um instante, um homem moreno com cabelos longos e pequenos olhos escuros se juntou a ele. O homem encarava Krista enquanto Rojas sussurrava em seu ouvido. Tiveram uma conversa em voz baixa, então o homem foi embora e Rojas voltou para continuar a conversa.

— Sua mãe, ela tem um bom emprego?

— Ela limpa casas.

— Isso é bom, trabalho fixo. Você tem outra família? Tias, tios, primos?

— Não. Só minha mãe.

Rojas escrevia rapidamente.

— Qual o nome e o telefone dela?

— Por que você quer saber isso?

— Ela terá que pagar nossos gastos antes de entregarmos você. É lamentável, mas, assim que ela pagar, deixamos você ir pra casa.

— Ela limpa casas.

— Isso é bom, trabalho fixo, então ela provavelmente tem economias, e talvez um empregador generoso. Vamos deixar você ligar para ela. Agora não, mais tarde.

Krista deu a ele o nome e o número do celular da mãe. Enquanto Rojas registrava esses dados no caderno, dois homens entraram pela lavanderia, pelo mesmo lugar em que Krista e os outros tinham sido trazidos para a casa. O primeiro homem era alto e moreno, com bochechas magras e um rosto parecido com o de uma ave de rapina. Krista achou que ele fosse um branco muito bronzeado, então percebeu que era árabe. O outro era mais baixo, um latino corpulento, com ombros largos e uma barriga enorme. O homem alto olhou para ela, mas não deu atenção. Ele vestia jeans apertados e uma camisa de malha que mostrava braços e ombros avantajados. Seu longo cabelo negro estava preso num rabo de cavalo. Deu uma olhada para ela e caminhou pela cozinha até a entrada, de onde chamou por um tal de Vasco. O homem de olhos pequenos reapareceu de supetão, sorrindo largamente enquanto cumprimentava o recém-chegado. Krista viu que ele tinha dentes encavalados e quebrados, como se tivesse participado de muitas brigas e nunca consertado o sorriso. Os dois homens desapareceram casa adentro.

O corpulento cutucou Rojas e falou:

— Estou com a comida aqui fora. Vamos lá, o Sírio não quer passar a noite aqui.

Rojas respondeu em inglês.

— Vai se foder, Orlato. Não sou seu escravo.

— Fala isso para O Cara quando eu contar pra ele por que ele tem que esperar. Aí sim veremos de quem você é escravo.

Orlato cutucou-o novamente.

— Vamos, faz essa *puta* aqui ajudar. São só algumas pizzas. Quantas pessoas estão com você?

— Trinta e duas.

— Legal.

Rojas mudou para espanhol quando falou para Krista segui-lo. Ele a conduziu para a lavanderia pela cozinha e depois para a garagem. Na lavanderia havia uma lavadora e uma secadora. Uma porta que dava para o lado de fora da casa estava coberta com madeira compensada do mesmo modo que as janelas. Não havia jeito de abrir a porta sem arrancar a madeira e uma dúzia de parafusos que a prendiam.

Mais cedo, quando eles chegaram à casa, um caminhão grande foi estacionado com a traseira para a garagem e um plástico preto foi esticado para esconder a carga que era descarregada. Agora, o caminhão e as luzes vermelhas que iluminavam a garagem tinham desaparecido e na garagem havia uma Lexus SUV cinza e uma longa BMW sedan azul. Rojas disse:

— Tem cheiro de *pepperoni*. Hum!

No banco traseiro da BMW havia três pilhas de caixas enormes de pizza. Cinco caixas por pilha. Rojas deu cinco delas para Krista, pegou dez e também duas sacolas de compras. Quando ela o seguiu de volta, passando entre os carros e daí para a lavanderia, viu um interruptor preso à parede ao lado do portão, dentro da garagem. Fios rastejavam do interruptor para a parede, atravessavam o teto e iam dar no motor do portão. Krista entendeu instantaneamente que esse era o interruptor que abria e fechava o portão da garagem.

Seu coração passou a bater mais rápido quando pensava nele. O portão faria muito barulho e levaria segundos preciosos para se levantar, mas um pequeno esforço e ela estaria livre.

Passaram pela porta e entraram na lavanderia. Como o resto da casa, era pequena e apertada. Rojas tropeçou desastradamente na máquina de lavar com sua pilha de pizzas. As duas caixas de cima caíram, ele tentou pegá-las e três outras caixas foram ao chão. Rojas xingou e mandou Krista ajudá-lo. Quando ela colocou as caixas que levava sobre a máquina de lavar para ajudá-lo, notou que no teto havia um alçapão quadrado. Não estava bloqueado ou parafusado e dava para o sótão, para que se pudessem consertar os dutos do ar-condicionado, canos ou qualquer coisa que havia naquele espaço onde só era possível se arrastar.

Era no teto, mas ela conseguiria alcançá-lo subindo na máquina de lavar.

Krista Morales, que era esperta e engenhosa, começou a bolar um plano.

15

Cinco segundos depois de levarem Krista, Jack correu para a porta e girou a maçaneta, mas estava trancada. Girou o mais forte que pode, empurrou, sacudiu para a frente e para trás, sem sucesso. Essas não eram fechaduras comuns. As maçanetas tinham sido trocadas para que só fossem trancadas pelo lado de fora e as fechaduras foram reforçadas. Jack esmurrou a porta de frustração e se enfiou na turba para tentar dissipar o medo. Ele não tinha para onde ir. Finalmente esgueirou-se para um canto, junto da madeira compensada, e recostou-se na parede estudando os outros prisioneiros.

O quarto era pequeno e parecia uma sauna. Um sopro de ar frio vinha do ar-condicionado no teto, mas era imediatamente engolido pelo calor de tantos corpos amontoados no um espaço minúsculo. O fedor estava deixando-o enjoado e ele se perguntou há quantos dias eles deviam estar viajando.

Treze pessoas foram enfiadas no quarto. Quinze, contando com Jack e Krista. Nove eram asiáticos, que pareciam estar na casa dos vinte ou trinta, mas três deles eram bem mais velhos. Havia dois latinos solteiros e um casal da Guatemala. Todos pareciam famintos, cansados e pobres. As roupas maltrapilhas e manchadas de suor eram ou muito finas ou muito grossas, e os olhos exprimiam medo. Alguns se abraçavam em sacolas de pano quase vazias, uma vez que os pertences tinham sido tomados quando foram sequestrados.

Os asiáticos tinham se amontoado no canto oposto, a maioria homens e mulheres jovens e magros, todos agachados e com expressões vazias. No entanto, um se sentou ao lado, sozinho. Ele também era jovem, mas não se parecia com os outros. Era musculoso e parecia em forma, as roupas eram de qualidade e os cabelos brilhantes eram espetados e curtos nas laterais. O olhar era duro e raivoso, e o rosto se enchia de rugas ao abrir e fechar a mandíbula. Devia ter sentido o olhar de Jack, pois virou repentinamente e lançou uma expressão morta que fez Jack desviar o olhar. Jack disse:

— Alguém aqui fala inglês? Alguém que saiba falar inglês?

O homem da Guatemala respondeu:

— Falo um pouco.

Uma asiática esbelta levantou uma mão delicada:

— Entendo alguma coisa. Meu falar não tão bom.

— De onde você é?

— Coreia. Estamos perto do Olympic Boulevard? Vamos para o Olympic Boulevard.

O sotaque dela era tão forte que Jack não entendeu de primeira, então percebeu que ela estava dizendo "Olympic Boulevard". Tantos coreanos tinham se estabelecido na área central entre Olympic e Wilshire que o bairro agora era conhecido como Coreiatown. Jack e Krista estiveram duas vezes por lá, uma para comer *galbi* e outra para ir a um bar de karaokê. Nenhum dos dois cantou, mas foi divertido de assistir aos outros.

Eles foram interrompidos quando a porta se abriu e dois guardas entraram. O primeiro era um negro baixo e musculoso. Ele varreu o quarto com o olhar e apontou para o garoto coreano com pinta de durão.

— Você. É, você, venha aqui, levanta.

Ele falava um inglês perfeito, mas Jack não sabia dizer se o garoto coreano entendia ou não. O guarda gesticulou para que ele se levantasse, e ele assim o fez vagarosamente. O guarda indicou para ele chegar mais perto e ele chegou mais perto. Ele não andou com os olhos baixos como os outros. Manteve-se ereto e encontrou os olhos do guarda, que pegou-o pelo braço e ambos saíram.

Depois de dois minutos, a porta se abriu novamente e Jack sentiu-se aliviado ao ver Krista. Os olhos dela diziam para que ficasse calmo, então ele não mostrou nenhuma emoção quando ela veio na sua direção.

O vigia que a tinha levado entrou no quarto, olhou para Jack e gesticulou para ele.

— Jack Berman?

— É, isso mesmo.

Enquanto Jack passava pelo grupo, Krista bloqueou seu caminho por um segundo, as costas para o guarda, o suficiente para sussurrar:

— Lembre-se do que falei.

Ela então saiu de lado e foi se sentar com os guatemaltecos enquanto Jack seguia o guarda, esforçando-se para se lembrar do que Krista tinha dito.

O homem o levou para uma sala grande, depois da entrada da casa, perto da cozinha. Algum dia, aquilo foi uma sala de estar, mas agora era uma caixa com portas e janelas cobertas por pesados lençóis e madeira compensada. Jack sentiu um cheiro forte de pizza que despertou sua fome.

O homem apontou para um ponto no chão, perto da entrada, e falou para Jack se sentar. O garoto coreano durão estava com dois guardas no canto mais distante, e outro vigia estava falando com uma latina no canto oposto. O coreano bateu os olhos em Jack, depois fitou o guarda.

— Meu nome é Samuel Rojas. Pode me chamar de Sam.

Jack fez que sim com a cabeça, mas não disse nada. Rojas tinha um caderno de espiral e uma caneta.

— Tinha um Mustang prata. Era o seu carro?

— É. Onde ele está?

— Você é cidadão americano?

— Sim. O que você fez com meu carro?

— Como você conhece Krista?

— Não. Conheço a mãe dela. Ela e minha mãe são amigas. Mas que porra está rolando por aqui? Quem é você?

— Qual o nome e o telefone da sua mãe? Gostaríamos de ligar para ela.

— Boa sorte. Ela está na China.

Rojas pareceu duvidar:

— Ela mora na China?

— Um *tour*. Ela foi com nosso grupo da igreja. Por que está perguntando essas coisas?

— Seu pai?

— Morreu ano passado. Por que estamos nesta casa toda coberta com placas?

Enquanto eles conversavam, um homem alto com um rabo de cavalo e um mais baixo com dentes estragados surgiram do corredor e pararam na entrada. Eles falavam suavemente em espanhol, mas o homem alto não parecia latino.

— Você tem irmãos ou irmãs?

— Sou só eu.

— Quando sua mãe vai voltar?

— Uma ou duas semanas. Duas.

Rojas estudou Jack, que se perguntava no que o outro estaria pensando. Rojas então olhou para o caderno, virou uma página e olhou para cima.

— O Mustang é um belo veículo. Como você pagou por ele?

— Minha mãe comprou para mim. Que diferença faz? Por que estamos falando disso?

— Você não estava com a carteira de motorista. Você não tem carteira?

— Deixei no carro.

Rojas balançou a cabeça.

— Não tinha nada no carro.

— Cara, deixei no carro com a minha carteira. Minha carteira, meu cartão de crédito, meu dinheiro. O que aconteceu com essas coisas?

Rojas falou para Jack ficar onde estava e se juntou ao homem alto e ao homem de dentes podres. Jack não entendia o que eles diziam, mas o homem alto franziu as sobrancelhas para Jack e parecia ser o que falava mais. Rojas era o que mais concordava com a cabeça, como se estivesse recebendo instruções.

Jack os observava quando o coreano durão gritou e suas palavras explodiram como tiros de espingarda. Ele estava de pé quando Jack se virou. Dois vigias bateram violentamente nele, jogando-o num canto. Um terceiro guarda se juntou a eles e bateu com um bastão de choque nas costelas do coreano. O estalo da descarga foi tão alto que Jack foi capaz de ouvir do outro lado da sala. Um segundo bastão de choque apareceu e o terceiro guarda girou um porrete. O coreano foi para o chão, mas o porrete continuava descendo e os bastões de choque estouravam e estalavam enquanto o rapaz se fechava em posição fetal. Os chutes, murros e choques continuaram até Jack ficar de pé.

— Parem! Ele já está caído!

Jack deu um passo, mas foi fortemente atingido por algo que o fez cambalear para frente. Um braço envolveu seu pescoço e o levantou do chão.

— Você quer um pouco?

Ele caiu de bruços no chão. O homem de dentes podres estava em cima dele, a voz rouca no ouvido de Jack:

— Você também quer? Tenho um pouco se quiser.

Naquele momento, Jack viu o coreano. Ambos estavam de bruços no carpete. O coreano olhava para ele. Os três homens amarraram suas mãos para trás.

O homem de dentes podres esmurrou Jack no flanco, nas costas e na cabeça fazendo-o cerrar os olhos. Ele foi posto de pé, chacoalhado e o homem deu-lhe um tabefe. Jack tentou cobrir o rosto, mas o homem bateu novamente e então empurrou as mãos dele:

— Quer que eu amarre suas mãos? Amarro suas mãos e você vai cagar nas calças. Você quer isso?

— Não.

— O que você disse?

— Não, senhor.

— Você vai criar confusão?

— Não, sem confusão.

O homem segurou Jack pela nuca, apertando-a como um alicate. Empurrou Jack para fora da sala de estar, pelo hall de entrada, depois para o quarto. Diante da porta aberta, ele parou segurando Jack e encarando Krista. Ele estava muito perto. Os dentes estavam tão encavalados e tortos que pareciam dentes entalhados numa abóbora. Olhou de Krista para Jack, então se aproximou tanto que o calor do bafo arrepiou a orelha de Jack.

— Estou de olho nela. Você fala merda de novo e a gente vê o que acontece.

O homem jogou Jack violentamente para dentro do quarto e bateu a porta. A tranca da fechadura soou como o machado de um carrasco decepando uma cabeça.

Jack tentou alcançar o balde antes de vomitar, mas não conseguiu.

ELVIS COLE:
quatro dias antes de ser sequestrado

16

A polícia ficou com os irmãos Sanchez à medida que o dia virava noite e o ar fresco ficava mais suave. Comprei uma Coca Diet e dois *tacos* de frango enquanto esperava. Os *tacos* eram como os da Cidade do México. Duas pequenas tortilhas de milho que envolviam frango, cebola e coentro, com generosas porções de *jalapeño* fresco e um molho salgado de *tomatillo* verde. Sem feijão nem queijo. Feijão e queijo eram coisas de maricas. Os *tacos* eram apimentados e suculentos, e o calor aumentava conforme eu os comia. Eram tão bons que pedi mais dois. Deliciosos.

Eu via movimento no escritório de tempos em tempos, mas meu ângulo de visão era ruim para ver mais. Dezoito minutos depois de comer meu último taco, o tira ruivo saiu e foi para o carro. Pegou uma maleta do banco traseiro, tirou uma pasta e colocou a maleta de volta no lugar. Começou a voltar para o escritório, mas parou abruptamente e estudou a rua como se sentisse que alguém o vigiava. Recuei ainda mais para trás da barraca de *tacos*, observando-o pelo espaço entre a barraca e o poste de telefone.

Meu celular vibrou no bolso, mas não me mexi.

Ele deu lentamente um giro até que seus olhos pararam na barraca de *tacos*. Uma latina de meia-idade pedia comida. O tira ruivo estava a quarenta metros de distância, mas eu ainda conseguia ver as rugas que marcavam seus olhos como teias de aranha.

O celular vibrava como um insistente alarme de relógio. Eu estava preocupado que a mulher pudesse ouvir e virasse para ver o que era. Cobri o telefone com a mão e esperei.

Ele encarou a barraca por muito, muito tempo, então voltou abruptamente para o escritório.

Vi a ligação e encontrei uma mensagem de Carol Starkey.

— Cara. Mas que porra? Me liga.

Starkey fala assim.

Liguei de volta.

— Sou eu.

— Você está tentando me foder, seu idiota?

Ela não parecia feliz.

— O que foi?

— Os federais vieram aqui, cara. ICE. A polícia de imigração? Eles viram minha busca pelo seu garoto, Sanchez. Queriam saber da porra do meu interesse.

— O que você contou a eles?

— Agora estamos preocupados? Estamos com *medo* que eu tenha te dedurado?

— Eu sei que você não me deduraria, Starkey. Quais foram as consequências pra você? O que você disse a eles?

— O nome apareceu numa batida em Green Light em que estou trabalhando. Fica em Hollywood. Falei pra eles que coloquei o nome por precaução, mas o meu Rudy Sanchez mora em Veneza, não em Coachella. Não era o meu.

Batida em Green Light significava máfia mexicana. *La Eme*. Mencionar o nome deles dava credibilidade na busca dela por um sobrenome em espanhol.

— Boa jogada.

— Você sabia que ele era um coiote?

— Sim.

— Seu maldito.

— Eu queria encontrá-lo, Starkey. Que diferença faz o tipo de criminoso que ele é?

— É, bem, toda a ICE estava atrás desse criminoso de merda. Ele estava envolvido com o cartel Sinaloa. Tem mais alguma coisa que você deveria me contar?

— Quem o matou?

— Se eles soubessem, não me diriam. Tem alguma ideia?

— Eles mencionaram Coreia ou gângsteres da Coreia?

— Do que estamos falando aqui, da porra da ONU? Você sabe alguma coisa sobre isso?

— Ainda não. Preciso ir, Starkey. Obrigado.

— Não me deixa esperando.

— Preciso ir.

Os três oficiais saíram e foram para o carro quando guardei o telefone. Pensei que eles fossem trazer um ou mais dos irmãos algemados, mas os irmãos ficaram no escritório. Depois de doze minutos, James, o irmão mais novo, passou zunindo pelo portão, montado numa motocicleta estacionada ao lado do escritório. Depois de oito minutos, Eddie e Rudy Júnior saíram juntos, mas foram para carros separados. Eddie desapareceu primeiro. Rudy Júnior partiu com calma pelo portão, mas parou na rua, puxou o portão para fechá-lo e o trancou com um cadeado. Enquanto trancava e caminhava para o carro, dei a volta pelo lado da barraca de *tacos* e comecei a segui-lo.

Depois de um quilômetro, Rudy Sanchez Júnior entrou no Ralphs onde Pike tinha esperado por mim. Coincidência.

Ele estava fora do carro e caminhando para dentro do mercado quando parei ao lado dele.

— Entre.

Ele tentou dar a volta no carro, mas pisei no acelerador, cortando-o.

— Vou estar aqui quando você sair, Rudy. Entra.

— Não vou entrar aí com você.

— Só vamos conversar. Só isso.

Ele saiu pelo outro lado, mas dei marcha à ré, cortando-o novamente.

— Conversar, Rudy. Não vou meter a mão na sua cara ou prendê-lo. Posso até ajudar.

Ele me estudou.

— Você não é um agente federal?

— Estou procurando Krista Morales.

— Não sei quem é ela.

— Tudo bem. É suficiente que eu saiba. Vamos. Entre no carro.

Rudy me encarou por alguns instantes, então deu a volta pela frente do carro e entrou. Dirigi para o lado mais distante do Ralphs e estacionei numa sombra. Ele sentou-se quieto, olhando fixamente para a frente como se um enorme peso o estivesse esmagando e ele não soubesse como detê-lo.

— Você e seu irmão são parte disso?

Ele balançou a cabeça.

— Não. O velho deixou a gente de fora. Era coisa dele, não nossa. Ele não queria a gente envolvido.

— Em trazer pessoas para o norte?

— É. Norte. Ele começou quando era criança, trazendo os primos. Ele nasceu aqui. Eles não. Acho que ele gostava de fazer isso.

— Quem eram os coreanos?

— Gente armada.

— Gângsteres?

— Jesus, olha pra minha cara. Não sei quem são. Nunca tinha visto esses caras até uns dias atrás.

— Eles mataram seu pai?

— Não. Eles pagaram para trazerem pessoas e as pessoas não chegaram. Duzentos mil dólares. Duzentos *mil*. Agora eles querem o dinheiro ou as pessoas e não querem pagar um centavo de resgate para tê-los.

Lembrei de Nita Morales recebendo o pedido de resgate.

— As pessoas que seu pai trazia naquela noite foram sequestradas?

— É isso que os *bajadores* fazem. Eles roubam pessoas, então tiram grana das famílias. O velho foi assaltado.

— Como você sabe que os *bajadores* os levaram?

— Alguns malditos do cartel vieram nos visitar. Eles falaram que um *bajador* roubou os *pollos*.

Os federais tinham contado a Starkey que o pai de Rudy Júnior estava envolvido com o cartel Sinaloa.

— Ele trabalhava para os Sinaloas?

— Como você sabe disso?

— Sei das coisas. Sou um *swami*.

— Não foi por escolha, cara. Aqueles safados dos Sinaloas roubaram o negócio dele.

Isso se encaixava com o que Thomas Locano tinha me contado.

— Então ele não era um coiote autônomo? Os coreanos deram o dinheiro para os Sinaloas?

— Isso mesmo. Merda, nós nem sabíamos que o velho tinha saído naquela noite. Então uns garotos o encontraram no lago. Foi quando

Spurlow e Lange vieram nos visitar. Foi assim que descobrimos. Então os Sinaloas vieram e contaram pra gente que o *bajador* o tinha pego — um cara chamado Sírio.

Starkey tinha razão. Estava começando a parecer as Nações Unidas.

— Sírio da Síria?

Rudy Júnior esfregou o rosto com as mãos.

— Quem sabe dessa porra? Eles fizeram parecer que esse cara rouba deles a toda hora. No geral, disseram que seríamos mortos se falássemos com a polícia.

— E deixaram vocês com os coreanos?

Rudy Júnior afundou-se no banco e balançou a cabeça.

— Disseram que tomariam conta disso, mas você viu. Acho que o cartel Sinaloa tem medo desses caras, mas eles não vão sair por aí reembolsando ninguém.

— Então os coreanos procuraram vocês.

Rudy piscava freneticamente e eu sabia que ele estava piscando para conter as lágrimas. Ele gritou de repente:

— PORRA!

Ali na sombra, eu o observei e acreditei nele. Ele e seus irmãos não sabiam o que o pai fazia naquela noite, eles não eram parte do negócio do velho, mas agora eram mantidos reféns pelo que aconteceu naquela noite, assim como Nita e Krista Morales. Eu disse:

— Você conhece o antigo local do acidente em que um avião de traficantes caiu, ao sul daqui, no deserto?

Rudy Júnior olhou para mim lentamente.

— Eu costumava ir lá quando era garoto. Todo mundo ia.

— O seu pai o usava como ponto de transferência?

Rudy Júnior franziu o cenho, mas eu podia ver que ele estava pensando.

— Às vezes. Coiotes e contrabandistas sempre usaram aqueles destroços, então pararam de usá-lo por muitos anos. Lembro dele dizendo, cara, por que perder um ponto bom daqueles?

— E na noite em que ele foi morto?

— Não sei. Ele não falava pra gente aonde ia ou essas coisas, mas ele gostava daquele lugar. Disse que era fácil de encontrar.

Talvez fácil demais.

Eu conseguia ver o caminhão do velho Rudy cortando o deserto e um homem chamado Sírio se movimentando rapidamente para sequestrar sua carga humana. Era fácil ver Krista e Jack sendo pegos na teia do Sírio.

— Talvez possamos ajudar um ao outro, Rudy. Os Sinaloas que vieram te ver, você consegue falar com eles se precisar?

— Você não é um federal?

— Faria diferença se eu fosse?

Ele me estudou por um tempo, então se virou como se estivesse envergonhado por admitir a verdade.

— Não a esse ponto. Não. Só quero sair desse pesadelo.

— Se eu precisar falar com eles, você arranja algo pra mim?

— Sim. Arranjo. Eles me deram um número.

Eu o levei de volta para o carro dele, então dirigi para casa. Todos tinham uma história e as histórias estavam se encaixando, mas eu precisava de mais e queria isso rápido.

Krista e Jack tinham sido sequestrados. Sequestrados por um *bajador* que o cartel Sinaloa chamava de Sírio. Eu tinha feito um bom trabalho naquele dia.

Contemplei a negra paisagem além das luzes da estrada e sabia que Krista e Jack estariam lá, na escuridão. Se encontrasse o Sírio, eu os encontraria.

Dirigi com as janelas abertas escutando o uivo do vento até ficar livre do deserto, então liguei para Joe Pike.

17

O ar sedoso da noite era frio. Eu dirigia para o oeste em direção a Los Angeles. O forte barulho do vento cavou um lugar pacífico no mundo quando Joe Pike atendeu minha ligação:

— Está com o chapéu?

— O chapéu se juntou à BMW e a seguiu para um bar de *soju* em Vermont, ao norte do Olympic. O chapéu e os ternos entraram, então estou vigiando o bar.

Soju era uma bebida coreana.

— Isso é na Coreiatown?

— Sim. O Blue Raccoon.

Anotei o nome.

— O que eles estão fazendo?

— Desconhecido. Estão dentro. Estou fora, a um quarteirão de lá. O bar fica num shopping de dois andares. Uma churrascaria. Estúdios *noraebang* de karaokê. Alguns comércios. Serviço de estacionamento. Lugar de alta classe.

Eu o deixei a par das minhas descobertas com Rudy Júnior sobre os coreanos e Sinaloas e sobre como os irmãos foram pegos no meio do fogo cruzado. Pike disse:

— Ele está dizendo a verdade?

— Acho que sim. A polícia está em cima deles, os coreanos estão pressionando pelos duzentos mil dólares e os Sinaloas estão deixando os irmãos na mão. Isso pode ser bom para nós. Se os Sinaloas disseram a verdade sobre esse cara que chamam de Sírio, é possível que o Sírio tenha capturado Krista e Berman no sequestro. Rudy confirmou que o pai deles às vezes usava o local do acidente como ponto de transferência.

Pike grunhiu:

— O Sírio os levaria para o sul?

Se eles estivessem ao sul da fronteira, seria mais difícil encontrá-los e chegar até eles.

— Não sei. Não sei nada sobre o Sírio. Os irmãos também não. Tudo o que eles sabem é o que os Sinaloas contaram.

— Você consegue descobrir?

— Estou trabalhando nisso. Vou ligar para o Locano assim que desligarmos. Se ele não puder ajudar, encontraremos outra maneira. Se precisarmos, iremos direto para os Sinaloas.

Pike grunhiu novamente e dessa vez percebi que ele tinha gostado. Pike era um sujeito bem direto. Eu disse:

— Precisamos de informações sobre os coreanos também. Você consegue pegar as placas do Subaru e da BMW?

— Espera.

Pike recitou as duas placas enquanto eu as copiava.

— Quanto tempo você pode ficar com esses caras?

— O tempo que precisar.

— Fica com a BMW. Se forem pra casa, você pega o endereço.

Pike desligou sem mais uma palavra e eu liguei para Thomas Locano. Já tinha passado do horário comercial, mas liguei para o escritório primeiro e deixei uma longa e vaga mensagem. Queria dar tempo para ele atender caso estivesse trabalhando até tarde, mas ele não estava. Procurei o número da casa dele, o que não estava na lista, e foi lá que o encontrei.

O senhor Locano parecia incomodado:

— Não estamos na lista. Como conseguiu esse número?

— Sou um detetive, senhor Locano. Consegui em duas ligações.

Ele ainda assim não gostou e agora soava impaciente:

— Bem, o que é? Estamos com visitas. Estávamos prestes a nos sentar.

— Rudolfo Sanchez está morto. Ele foi assassinado na mesma noite que Krista Morales e o namorado desapareceram.

— Meu Deus. Espere um pouco. Tenho que ir para a outra sala.

Ouvi um movimento, então ele voltou à linha falando enquanto andava, embora a voz estivesse baixa e cautelosa:

— Muito bem, posso falar. As duas coisas estão ligadas?

— Creio que sim. Sanchez não operava por conta própria como contaram para você. Ele costumava operar dessa forma, mas o cartel tomou conta.

— Qual cartel? Os Bajas, Tijuana, o Beltrán-Leyva, quem? Há muitos.

— Ele estava trazendo pessoas para o norte para os Sinaloas. Acreditam que ele foi assaltado por um *bajador* conhecido como Sírio.

— Como você sabe dessas coisas?

Contei a ele sobre Rudy Júnior e os irmãos, e sobre como o velho Rudy tinha usado o local do acidente algumas vezes como um ponto de transferência para entregar pessoas que ele trazia para o norte.

— Sabemos que Krista e Berman ficaram no local do acidente depois que os amigos voltaram para a cidade. Se eles estavam na cena quando Sanchez chegou, é bem possível que eles tenham sido pegos no sequestro.

— Você acredita que o *bajador* está com eles?

— Sim.

Descrevi as cápsulas de munição e o padrão dos rastros que Pike e eu encontramos no deserto, e como eles indicavam que três veículos menores tinham atacado um veículo maior. Contei a ele sobre a mancha marrom que Pike encontrou e as pegadas indicando que várias pessoas tinham se amontoado atrás de um grande caminhão.

— Isso explicaria os pedidos de resgate que Nita recebeu da filha. É assim que os *bajadores* agem com seus sequestros, não? Eles forçam as vítimas a ligarem para suas famílias.

— Sim. É assim que é feito.

— O senhor já ouviu falar desse cara, o Sírio?

— Não. Ele é da Síria?

— Não tenho ideia. Eles não usaram o nome verdadeiro ou disseram o motivo de ele ser chamado de Sírio. Rudy não perguntou. Só queria que eles fossem embora.

Locano ouvia em silêncio, até que voltou a falar:

— Os filhos estavam envolvidos?

— Rudy disse que não. Acredito nele. Eles estavam apavorados. Foram pegos entre o cartel, a polícia e os gângsteres coreanos que tinham gente no caminhão. Preciso de uma pista para esse cara, senhor Locano. Se ele está com Krista Morales, preciso encontrá-lo.

Senhor Locano ficou quieto por um longo tempo, mas eu sabia que ele estava pensando, e sabia que ele iria ajudar.

— Tenho ajudado pessoas que estiveram com os Sinaloas. Deixe-me falar com eles.

— Isso seria ótimo.

— Pode dar seu telefone de casa? Posso ligar à noite ou amanhã de manhã.

Dei a ele meus números do celular e do fixo, então pedi um segundo favor:

— Vou ligar pra Nita, mas eu gostaria que o senhor ligasse pra ela também. Um pouco de conforto não faria mal.

— Porque ela não tem documentos?

— Sim, senhor. Ela já tem muita coisa na cabeça e não precisa se preocupar em perder a casa e a empresa.

— Ela não vai perder nenhum dos dois. Os tribunais da Imigração estão sobrecarregados de criminosos violentos que não podem ser deportados com a devida velocidade. Uma mulher como Nita, com uma empresa estabelecida e empregados, pode facilmente pedir um adiamento. Essas coisas ficam a critério do juiz. Vemos isso o tempo todo.

— O senhor pode explicar isso a ela?

— Se chegar a esse ponto, eu a representarei.

— Obrigado, senhor Locano. Por isso e por tudo mais. Qualquer coisa que descobrir sobre o Sírio será de grande ajuda.

— Ligo de volta assim que puder.

Desliguei o telefone e respirei fundo. Queria ligar para Nita Morales, mas ainda não tinha certeza do que dizer e como dizer. Baixei os vidros e enchi o carro com o barulho da agitação lá fora. As luzes traseiras dos carros adiante eram como olhos vermelhos congelados; as luzes que vinham na direção oposta eram desbravadores brancos que gritavam. Estive correndo o dia todo, talvez até demais, talvez com tanta intensidade que eu precisasse diminuir antes de cometer um erro que pudesse custar a vida de Krista Morales.

Pike tinha me dado as placas do Subaru e da BMW. Fechei a janela, encontrei a nota com os números e liguei para uma xerife assistente de L.A. que trabalhava no turno da noite na delegacia West Hollywood. Ela era rápida, eficiente e contente em cooperar em troca de dois lugares garantidos no Dugout Club para uma partida dos Dodgers contra os Giants.

O Departamento de Trânsito mostrava que o Subaru estava registrado no nome de um tal Paul Andrew Willets, em Northridge, Califórnia. Eu não era um especialista em Subarus, mas o Departamento mostrava que o senhor Willets era dono de um Subaru azul, e o carro do homem de chapéu era marrom. Isso me dizia que o homem de chapéu estava dirigindo um carro roubado e tinha trocado as placas com o veículo do senhor Willets.

A BMW tinha uma história diferente. Estava registrada para algo chamado Yook Yune Entertainment, num endereço do Wilshire Boulevard e o número de um apartamento. O local poderia ser um escritório de verdade, mas suspeitei que fosse uma caixa postal. Usei o iPhone para procurar o site da Yook Yune Entertainment no Google, mas nada encontrei, nem mesmo lista de estabelecimentos comerciais ou menções de qualquer tipo.

Joe Pike ainda estava estacionado a um quarteirão do shopping quando liguei para deixá-lo a par dos fatos. Nem a BMW nem o Subaru tinham se mexido. Eram 22h07 naquela noite. Pike disse:

— Yook é um nome de família. Não sei sobre o Yune.

— Esquece o chapéu. Segue a BMW quando forem embora. Um endereço residencial pode nos ajudar a achar uma identificação.

— Lembra-se do Jon Stone?

— Claro.

— Jon fala coreano. Ele passou um tempo lá. Talvez ele possa ajudar.

— Ótima ideia. Ligue pra ele.

Pike desligou sem esperar uma resposta, deixando-me sem alternativa a não ser ligar para Nita Morales. Repassei o que iria dizer, então disquei. Havia muito o que dizer e a maior parte era ruim. Mesmo detetives durões como eu odiavam dar notícias ruins.

Entretanto, quando atendeu, sua voz estava fraca como uma folha seca e meu ensaio foi inútil. Ela já tinha ouvido algo bem pior do que eu ia dizer.

— É verdade, não é? Krista foi sequestrada.

— O que aconteceu?

— Ela ligou esta noite, usando aquela voz estranha com sotaque. Quando o homem pegou o telefone, ele pediu mais dinheiro. Falei que eles tinham pego até o meu último centavo...

A voz dela foi interrompida quando disse isso, mas se esforçou em meio aos soluços:

— Eles a fizeram gritar.

Eu disse:

— Você transferiu o dinheiro?

— Ainda não.

— Pague-os. Pague e continue pagando e eles vão mantê-la viva.

— Você sabia que isso era verdade?

— Sim. Descobri o que e como aconteceu. Sei quem a pegou.

— Quem fez isso?

— Um *bajador* chamado Sírio. Você sabe o que é isso, um *bajador*?

— Sim, sim, é claro. Onde ela está?

— Com o Sírio. Estou procurando esse cara. Quando encontrá-lo, vou encontrar Krista.

— O que você vai fazer?

— Levá-la para casa.

— Como? Como você vai fazer isso?

— Vou levá-la. Confie em mim, senhora Morales. Vou encontrá-la, pegá-la e levá-la para casa.

— Por favor. Por favor, senhor Cole...

A voz dela foi interrompida e engolida por lágrimas.

— Pode chorar, Nita. Chore o quanto quiser. Pode falar. Estou com você. Não vou te deixar.

Segui pela escuridão, sussurrando para Nita Morales até que o sinal se perdeu na noite escura. Perguntava-me o que eles teriam feito para Krista Morales gritar.

JACK E KRISTA:
quatro dias depois de serem sequestrados

18

Jack falou mais alto que o necessário quando pediu pelo sabão:

— Posso pegar um pouco do sabão? Fiz uma bagunça ali atrás.

A resposta dela foi tão formal quanto o pedido.

— Claro, mas preciso dele de volta. Tenho todas essas panelas.

— Já vou trazer de volta. Prometo.

Eles estavam na cozinha sendo vigiados por dois guardas, um sentado numa cadeira de praia, na entrada, e outro recostado contra a parede da sala de estar do lado oposto ao da cozinha.

Jack checou para ter certeza de que os guardas não estavam vendo e baixou a voz:

— Você viu? Foi fácil. Eles me deixaram vir.

— Shh.

Krista deu a Jack a garrafa de detergente. Ele saiu, então se virou.

— Eu poderia pegar um pouco desse papel toalha também? Vou precisar de mais que papel higiênico para limpar essa bagunça.

— Sim, claro. Pegue o rolo.

Ela deu o rolo de papel toalha para ele e o observou caminhar de volta para o banheiro do outro lado da casa. Krista trabalhava na cozinha. O trabalho de Jack era esvaziar o balde de urina do quarto deles. Era um serviço nojento, e o conteúdo nem sempre era líquido. Ele tinha permissão para carregar o balde até o banheiro três ou quatro vezes por dia, onde dava descarga no conteúdo e depois limpava o balde na banheira.

Havia alguns minutos que ele tinha derrubado um pouco do conteúdo no assento do vaso e no chão, tudo para que pudesse encontrar Krista e pegar o sabão e o papel. Ele tinha feito isso de propósito para ver se o guarda que vigiava o banheiro o seguiria para a cozinha ou o deixaria ir sozinho. O vigia deixou que ele fosse por conta própria.

Com o sabão e o papel toalha em mãos, Jack poderia voltar, o que era parte do plano. Krista queria que Jack ficasse alguns minutos sozinho na lavanderia. Ela não conseguira abrir o alçapão no teto, então Jack tentaria agora, mas ele precisava de um motivo para ir à lavanderia.

Krista voltou para a pia e continuou a lavar as panelas.

Os guardas tinham dado serviços aos que falavam espanhol e inglês. Somente dois dos coreanos falavam inglês e nenhum deles em espanhol, então os coreanos eram mantidos nos quartos. Agora, no quarto dia, Krista ainda não sabia quantas pessoas havia na casa, apesar de ela e duas outras mulheres cozinharem para toda essa gente. Ela raramente via o segundo grupo de prisioneiros, e o número de guardas ficava mudando, às vezes seis, às vezes oito. Krista chutou que na casa estavam vivendo mais de quarenta pessoas.

Os prisioneiros recebiam uma refeição por dia, no final da tarde. Krista e duas outras mulheres que falavam espanhol preparavam as refeições, serviam-nas e depois limpavam tudo. Isso era bom porque Krista tinha mais liberdade que Jack e que a maioria dos demais. Elas cozinhavam panelões de feijão ou sopa com enormes quantidades de arroz ou macarrão instantâneo. Havia pouca carne, apesar de um guarda às vezes trazer mais carne bovina ou de frango para si e para os outros vigias. Geralmente trazia pizzas ou tamales, mas eles nunca dividiam.

As cozinheiras recebiam três grandes panelas, uma frigideira enorme, dois descascadores e um balde com espátulas gastas, conchas e colheres. Não davam facas. Se era preciso picar cebola ou repolho, um guarda os picaria ou deixaria uma das mulheres fazê-lo enquanto ele ficava à espreita. Era o guarda da cadeira de praia, que se chamava Miguel. Para a limpeza, elas recebiam um caixa de esponjas da S.O.S. e uma garrafa grande de detergente Dawn. Azul.

Os deveres de Krista levavam de três a quatro horas, do começo ao fim. Ela passava esse tempo na cozinha e na lavanderia que dava acesso ao teto e à porta para a garagem. Miguel tinha trazido uma grande lixeira plástica para a lavanderia a pedido de Krista, pois assim seria mais fácil jogar fora os montes pesados de cascas, lixo e restos. Também seria mais fácil para ela mapear as idas e vindas dos guardas, entender como eles se moviam pela casa e dar olhadelas para a garagem quando eles abriam a porta.

Miguel agora ocupava a cadeira de praia. Um guarda magro como uma vareta que ela chamava de Louva-a-Deus vadiava pela sala de jantar e um terceiro vigia dormia num colchonete no chão da sala de estar. Toda tarde Miguel tirava uma soneca depois do almoço. Ela o tinha observado. Os olhos fechavam, o queixo abaixava e ele caía no sono.

Ver Miguel cair no sono fez Krista sorrir.

O restante dos guardas ficava nos fundos da casa junto dos prisioneiros. Um geralmente passava pelo corredor para vigiar as portas dos quartos e levar pessoas ao banheiro. Se um prisioneiro precisasse ir ao banheiro para fazer o número dois, não podia fechar a porta. Você tinha que fazer as necessidades enquanto o guarda vigiava do corredor. Às vezes dois ou três guardas se reuniam à porta para espiar as mulheres. Era humilhante e aterrorizante. Algumas das mulheres faziam as necessidades nos baldes dos quartos enquanto outras erguiam camisas dadas pelos homens, num tipo de cortina pesarosa de privacidade.

Durante o dia, o único momento em que a porta se fechava era quando alguém era trazido para ligar por dinheiro. Samuel Rojas tinha levado Krista para o banheiro duas vezes. A primeira vez em que Rojas fechou a porta, ela ficou com medo, mas ele explicou que fazia isso para que eles não fossem interrompidos ou perturbados. Ambas as ligações tinham sido discretas e calmas. As pessoas eram trazidas para ligar ao longo do dia, então a porta era fechada várias vezes.

Krista colocou para secar a última panela, então levou os restos para a geladeira. De lá ela podia ver o corredor e o banheiro, além de Miguel. Não conseguia ver Jack, mas sabia que ele estava lá dentro limpando a bagunça. Enquanto ela observava, Rojas e o guarda de dentes podres se aproximaram do banheiro. O guarda dos dentes dava-lhe arrepios. Seu nome era Vasco Medina, e ele estava no comando. Andava pela casa dizendo aos vigias o que fazer ou chutando-os quando eles caíam no sono. Ele a fazia sentir mais calafrios porque ela nunca sabia quando ele iria aparecer. Ela olhava em volta e o encontrava encarando-a como se os pensamentos dele estivessem a quilômetros dali ou espiando-a como se em suas fantasias ele estivesse lambendo a pele dela. Ele a fazia estremecer.

Medina disse algo a Jack, então ele e Rojas deram um passo para o lado enquanto Jack apareceu com o balde. Medina olhou para dentro do balde e deixou Jack passar.

Até ali, tudo bem.

Krista se ocupava com as panelas até que Jack alcançou a cozinha, onde ele fez uma encenação para manter o balde longe dela.

— Não encosta nisso. Está um nojo.

Ela fez uma encenação ao recuar apontando para a lavanderia.

— Urgh. Que nojento. Joga isso ali. Tem um lixo.

Miguel ergueu-se o suficiente para observá-los.

— O que vocês têm aí?

Jack segurou o balde na direção dele.

— Papéis toalha encharcados de mijo e merda. Tenho que jogar isso fora ou vai entupir o vaso.

Miguel nem se mexeu.

— Coloca essa merda num saco plástico, cara. A gente vai sentir o cheiro a noite toda. Amarra bem. Coloco pra fora mais tarde.

Krista disse:

— Tem um rolo de sacos de lixo na lavadora. Bem em cima.

Jack carregou o balde fedorento para a lavanderia e Krista virou-se de volta para a pia. Miguel não se mexeu na cadeira, mas o Louva-a-Deus tinha desaparecido.

O tempo de Jack na lavanderia seria curto, então ela voltou à geladeira para vigiar. Miguel apagou novamente, mas Rojas tinha destrancado a porta do quarto do outro grupo e chamado uma jovem latina para o corredor. Ela era uma das mulheres da Guatemala. Medina se juntou a Rojas, e eles conversaram por um instante. Rojas deu o telefone para Medina, então ele pegou a mulher pelo braço e a levou para o banheiro. A porta fechou e Rojas foi embora.

Krista nunca tinha visto Medina levar alguém para o banheiro.

Miguel de repente roncou, um único ronco barulhento, e acordou com o susto.

— Cadê aquele garoto?

— Ele está vindo. Não conseguiu achar os sacos. Tive que mostrar pra ele.

Alto o suficiente para que Jack ouvisse e saísse de lá.

Krista voltou para a pia pouco antes de Jack sair da lavanderia, bastante sério. Ele cravou os olhos nos dela, balançou a cabeça uma vez e sussurrou:

— Não consegui. Começou a ceder, mas eu precisava de mais tempo.

— Shh. Na sala.

— Um minuto, eu teria conseguido...

— Shh.

Jack colocou o detergente no balcão, lavou as mãos, então levou o balde de volta para o quarto. Krista o observava enquanto o vigia do corredor o deixava entrar, trancando a porta atrás dele.

Prisão.

Ela guardou a última panela, então virou para Miguel.

— Terminei.

— Guardou os feijões?

— Na geladeira. Não sobrou muito.

— Talvez eu coma mais tarde. Eles estavam bem gostosos.

— Posso ir?

— Claro. Você mandou bem com os feijões.

Miguel levantou-se para esticar as pernas enquanto Krista voltava para o quarto. Ela estava a dois passos da entrada quando ouviu do banheiro o apelo abafado da mulher:

— *Le pido.*

Eu te peço.

Krista parou, ficou paralisada como se tivesse visto uma serpente.

— *Por Dios, le pido que pare!*

O apelo rompeu-se num abafado e agudo guincho, um só, apenas um terrível choro calado.

Krista não conseguia se mexer. Ela fitava a porta como se fosse uma pintura angustiante do atormentado inferno pessoal de Hieronymus Bosch.

Então a porta se abriu e Medina empurrou a mulher para fora. Ela estava se contorcendo e soluçando.

Rojas apareceu quando Medina viu Krista. Ele olhou para ela, olhou em seus olhos e mostrou os afiados dentes encavalados. Ele empurrou a mulher para Rojas, deu-lhe o telefone e entregou-lhe um alicate com cabo de plástico vermelha.

Ele chocoalhava o alicate para cima e para baixo ao entregá-lo para Rojas, mostrando-o para Krista e abrindo aquele terrível sorriso de abóbora do dia das bruxas.

Rojas puxou a mulher e levou-a para o quarto.

Krista não se mexia. Ela queria, mas não conseguia. Tentou se mover, mas o corpo não respondia.

Medina abriu ainda mais o sorriso. Passou a língua pelos dentes quebrados e podres, beijou o dedo e apontou para Krista Morales.

Balançou então o dedo para ela — tchau, tchau — e desapareceu no quarto dos vigias.

Krista deu um passo. Depois outro. Foi colocando um pé na frente do outro até alcançar a porta. Rojas já tinha voltado, mas Krista olhava fixamente para a porta.

— Gostaria de entrar agora, por favor.

Samuel Rojas deixou que ela entrasse no quarto cheio, frio e úmido, e trancou a porta.

19

Jack voltou para o quarto furioso consigo mesmo. Ele tinha chegado *tão perto* de abrir o alçapão, mas havia tantas camadas de tinta na madeira empenada que o acesso ficara preso às bordas. Ele poderia ter empurrado com mais força, mas ficou com medo do barulho e finalmente desistiu, então eles ainda estavam lá. Presos.

Jack colocou o balde de volta no canto, foi para a parede oposta e se jogou debaixo da janela coberta. Um jovem coreano correu para o balde e urinou como se tivesse aguentado por horas. Ele tinha os olhos baixos de vergonha e tentava cobrir-se da vista dos outros, mas lá estava ele, urinando em um balde num quarto cheio de gente. Ninguém olhava. Todos tinham a bondade de ignorá-lo. A próxima seria a vez deles.

Jack tentava não ouvir e fechou os olhos. Tentava não sentir o fedor de toda aquela gente sem banho. Concentrou-se no alçapão. Se ele tivesse sido mais forte ou mais corajoso, poderia estar pulando agora mesmo pelo lado da casa. Poderia estar acenando para um carro ou usando o telefone de um vizinho para chamar a polícia. Poderiam estar livres.

Quando abriu os olhos, o jovem coreano durão o observava. Jack estava no seu lugar de sempre, debaixo da janela coberta, e o coreano no seu canto contra a parede contígua. Depois de quatro dias, todos tinham o próprio espaço no chão. Usavam o banheiro, pegavam comida, iam com Rojas fazer uma ligação — todos voltavam para seus lugares, os mesmos lugares, e ninguém jamais pegava o espaço do outro. Cada lugar era um lar.

Uma das garotas coreanas que falava um pouco de inglês contou a Jack que o nome do garoto era Kwan. Ela não sabia mais que isso, apesar de estarem viajando juntos desde que o grupo embarcou num avião em Seul com destino a Bogotá, na Colômbia. Kwan ficava na dele, falava pouco e não tinha nada a ver com os outros.

Jack encontrou os olhos de Kwan, desviou e então olhou de volta. Jack acenou com a cabeça uma vez, meio que dizendo um oi, mas Kwan não respondeu. O rosto esguio era quadrado, liso e tão caloroso quanto uma máscara de granito. Ele também tinha um lábio machucado e um hematoma feio no queixo, presente dos guardas.

Jack olhou para o lado no exato instante em que a porta abriu e Krista entrou. Ele sabia que havia algo errado quando a viu. Ela se movimentava de um jeito artificial, como se equilibrasse uma bandeja na cabeça, e estava pálida como um boneco de cera. Ele se endireitou, encarando-a, enquanto ela vinha até ele. Quando o alcançou, ele se levantou porque achou que ela fosse cair. Ela tremia como uma folha sob vento forte, fechou os olhos com força e apertou a cabeça no peito dele.

Jack sentiu uma corrente de pânico.

— O que aconteceu? Kris, está tudo bem?

Ela mergulhou no chão e ele a seguiu, os dois agarrados um ao outro.

— Krissy?

Ela se distanciou só o suficiente para vê-lo, mantendo a voz baixa e as costas para os outros.

— Temos que ir embora. Temos que sair daqui.

O pânico de Jack se espiralou num tornado de partir a cabeça.

— Machucaram você?

— A outra garota. Você não ouviu?

— O que aconteceu?

— Ele a levou para o banheiro. Você não ouviu?

— Nada. Não ouvi nada.

— Ele usou o alicate nela. Ele a machucou com um alicate. Ela estava chorando quando saiu toda curvada.

— Rojas?

— O cara dos dentes. Medina.

A pulsação na cabeça de Jack diminuíra.

— Vamos embora. Vamos sair daqui logo. Vou tentar o alçapão de novo.

— A garagem é melhor. Vamos usar a garagem.

— Não entre em pânico, Krissy. Vamos lá. Já falamos sobre isso umas cem vezes.

Talvez duzentas. Desde o primeiro dia que Krista contou sobre o portão da garagem na lavanderia e o alçapão de serviço no teto, eles tinham planejado e replanejado como escapariam. Tinham pensado em dois planos possíveis: um em que entrariam na garagem e levantariam o portão, e o outro em que Jack subiria no sótão e fugiria por um duto. O portão da garagem era mais lento e arriscado, então Jack não gostou da ideia. A porta da lavanderia que dava para a garagem ficava trancada, exceto quando os guardas a usavam para levar o lixo para fora, trazer comida ou ir e vir com seus afazeres. Isso significava que Jack e Krista teriam que ficar na cozinha quando os guardas estivessem usando a porta. Com o tempo, eles perceberam que havia breves espaços de tempo quando um vigia deixava a porta destrancada enquanto entrava em outro quarto. Tempo suficiente para Jack ou Krista, ou ambos, entrar na garagem, mas então eles teriam que abrir o portão, que era barulhento. Krista o ouvira abrindo e fechando enquanto esteve na cozinha. Apertava-se um botão e o portão erguia com um estrondo. O pequeno motor elétrico gemia enquanto vagarosamente levantava o portão barulhento pelos trilhos que rangiam. Eles só precisavam esperar que a porta levantasse uns trinta centímetros para então escorregarem por debaixo. E esperar por esses preciosos segundos poderia parecer uma eternidade se os guardas ouvissem o barulho. E, mesmo que conseguissem passar por debaixo, Jack não tinha certeza de que eles conseguiriam correr rápido o suficiente até que os guardas os alcançassem. Especialmente Krista.

Jack achava que o alçapão de serviço era mais seguro. O calor nesses sótãos do deserto era infernal, então ele tinha de ser ventilado. As áreas entre as vigas deviam ser forradas com isolamento térmico, e os dutos de ar-condicionado deviam cruzar o sótão, mas ele sabia que essas casas antigas do deserto tinham grandes dutos que passavam pelas cumeeiras. Se conseguisse chegar ao sótão, ele poderia empurrar a tampa de um duto, alcançar o chão e correr para uma casa vizinha, de onde chamaria a polícia.

O sótão era mais seguro, mais rápido e melhor do que usar a garagem, só que ele não tinha conseguido abrir o alçapão. Krissy disse:

— Amanhã de manhã.

— O quê?

Jack estava pensando no sótão.

— Quando você esvaziar o balde amanhã de manhã. Miguel disse que eles vão trazer mais papel higiênico, óleo de cozinha e outras coisas pela manhã. Ele vai me pedir para guardar tudo. Você pode esvaziar o balde e ir pegar mais sabão. Se eles nos deixarem sozinhos quando a porta estiver destrancada, quero que a gente vá.

— Quero tentar o alçapão de novo.

— Temos que ir.

— Nós vamos. Eu só quero tentar o alçapão de novo.

Krissy começou a chorar.

— Temos que ir o mais cedo que pudermos. Não podemos ficar aqui.

— Nós vamos. Vamos assim que pudermos e do jeito que pudermos. Quero apenas tentar o alçapão mais uma vez. Se eu não conseguir abrir, usaremos a garagem de qualquer jeito. Tudo bem?

— Não quero esperar, Jack. Ele machucou aquela garota com um alicate. Ele o mostrou para mim. Ele apontou para mim.

Os olhos dela estavam vermelhos e molhados, e as lágrimas desciam soltas pelo belo rosto.

Ele segurou os braços dela e concordou com a cabeça enquanto tentava acalmá-la.

— Na primeira chance que tivermos. Se pudermos entrar na garagem, vamos correr direto para fora daquele portão, tudo bem? Vamos conseguir, Kris. Na primeira chance que tivermos.

— Eu quero ir.

— Se conseguir entrar na garagem sem mim, entra e vai. Não espere por mim, está bem? Se estiver na cozinha e eles deixarem a porta destrancada, você entra e vai. Cai fora. Estou falando sério.

Ela chorou ainda mais e concordou com a cabeça. Jack sentiu que ela estava desmoronando.

Ele a trouxe para mais perto e acariciou seus cabelos. Ela tinha os cabelos mais macios do mundo. Mais macios que quaisquer cabelos de toda a história mundial. Kwan disse:

— Você precisa de motivo?

Jack olhou para ele. Kwan estava observando. Não era possível decifrar seu rosto de granito.

Jack não entendeu e balançou a cabeça. Kwan disse:

— Para os guardas. Vocês quer ir cozinha?

Ele olhou na direção da cozinha, então voltou para Jack, que se perguntava o quanto Kwan tinha ouvido e o quanto tinha entendido.

— Sim. Preciso voltar para a cozinha.

Kwan o encarava como se as palavras de Jack estivessem passando por águas profundas até alcançá-lo. Ele disse:

— Tá... bom.

O rosto dele se fechou como uma violenta armadilha de aço e ele se levantou. Um coreano de meia-idade estava usando o balde, mas Kwan atravessou o quarto, empurrou-o e pegou o balde. Ele o trouxe para a porta e bateu forte com o punho, gritando agressivamente. Quando o vigia abriu a porta, Kwan jogou a urina nele, largou o balde de lado e gritou para os guardas em coreano. Eles voaram para cima dele como tinham feito antes, jogando-o para dentro do quarto entre as pessoas que estavam amontoadas no centro.

Os vigias vieram com tudo e derrubaram Kwan. Foram necessários quatro deles para segurá-lo. E, quando tudo terminou, Medina olhou para a urina pelo chão. Jack disse:

— Vou pegar o papel toalha e o saco plástico. E um pouco de sabão.

Medina acenou para que ele passasse, então virou na direção de Kwan e chutou-o com força no flanco enquanto os outros guardas o seguravam. Medina chutou-o três vezes, então se ajoelhou e o esmurrou. Esmurrou com tanta força que gemia toda vez que dava um soco, mas Kwan apenas olhava para o chão e aguentava. Foi incrível como ele aguentou tudo aquilo.

Jack cravou os olhos em Krista, então correu do corredor até a cozinha. Ele pegou o detergente, o rolo de papel toalha e então se enfiou na lavanderia.

O coração dele batia forte. Ele não queria deixar Krista, mas, se conseguisse chegar à garagem, apertaria o botão para abrir o portão e correria como o diabo — mergulhar por debaixo do portão que se abriria, parar um carro, se pudesse, ou correr para a casa mais próxima.

A porta de acesso para a garagem estava trancada. Ele chacoalhou a maçaneta e a girou, mas os vigias tinham posto uma fechadura.

Jack olhou para o alçapão, então subiu na lavadora. Parou, prestando atenção para ouvir se alguém se aproximava, curvou-se embaixo do alçapão e colocou os ombros debaixo dele. Empurrou com as pernas o mais forte que pôde. Empurrou com tanta força que a lavadora balançou escorregando dois centímetros com um rangido.

Com o barulho, o coração de Jack foi à boca. Parou mais uma vez para prestar atenção.

Nada.

Jack encostou os ombros no alçapão e tentou novamente. Logo viriam procurar por ele, mas ele tinha que tentar. Não podia simplesmente desistir.

Empurrou o mais forte que pôde. Empurrou com mais força e continuou empurrando. Empurrou com tanta força que a visão embaçou, a cabeça latejou e a lavadora repentinamente deslizou para os lados. Jack perdeu o equilíbrio, vacilou e caiu no chão.

A lavadora tinha saído trinta centímetros do lugar.

A voz de Miguel veio da entrada:

— Vem limpar essa merda. Cadê o papel?

Jack gritou de volta:

— Estou pegando os sacos plásticos.

Ele empurrou a lavadora com o peso do próprio corpo, tentando freneticamente colocá-la de volta no lugar. Foi quando viu uma forma escura coberta por anos de poeira.

Jack a retirou de debaixo da lavadora e percebeu que havia encontrado uma antiga faca de pescador com cabo de plástico preto. De um dos lados da lâmina o corte era fino; do outro, uma serra para descamar peixes.

A voz de Miguel se aproximava.

— Os sacos estão bem na lavadora.

Jack empurrou a máquina no lugar e pegou a caixa de sacos de plástico quando Miguel apareceu na porta.

Ele ergueu a caixa.

— Achei. Pensei que estivesse na cozinha.

— Venha, limpa essa bagunça. A porra da casa toda está cheirando a mijo. Não esquece o sabão.

Miguel já tinha se virado.

Jack enfiou a faca no bolso e seguiu Miguel de volta para o inferno.

JON STONE:
três dias antes de Cole ser sequestrado

20

Àquela hora da manhã, faltando mais de uma hora para o nascer do sol, Jon Stone observava, de sua casa, Los Angeles tornar-se dourada sobre as colinas acima da Sunset Strip. O oceano à direita era um borrão negro, dissolvendo-se num céu escuro, enquanto o primeiro brilho do novo dia espreitava no horizonte. Em breve, a face leste dos arranha-céus do centro receberia a luz e, enquanto Jon Stone assistia, o fogo dourado pularia para os prédios altos do Wilshire Corridor, seguiria para os edifícios ao longo de Hollywood Boulevard e então pousaria nas torres gêmeas de Century City.

De pé e nu no deque ladrilhado ao lado da piscina, Jon levantou as mãos para a cidade e gritou o mais alto que pôde:

— BEIJEM. MEU. RABO.

Então gritou ainda mais alto:

— BEIJEM! MEEEU! RABOOOO!

Jon adorava Los Angeles, adorava sua casa e adorava estar em casa. Era ótimo estar de volta.

Então baixou os braços e falou baixinho com uma voz suave:

— Consegui de novo, seus putos.

Jon deu um salto mortal para frente, dobrou-se bem para uma rotação rápida, tocou a água fria, tocou o fundo, então subiu e voltou sem problemas para o deque num único movimento, pingando. Era uma piscina pequena, mas calma — Jon tinha o corpo de um mergulhador, mas nunca tinha mergulhado ou nadado competitivamente. Tinha jogado futebol americano e beisebol na faculdade, saltado com vara pelos quatro anos inteiros e tinha sido capitão das equipes de judô e esgrima. No terceiro e quarto anos, trabalhou meio período como segurança. Jon Stone era bom com o corpo e gostava de estar em forma.

Entrou pelo bar da sala de estar e se enfiou na geladeira atrás de uma caixa de suco de maçã. A casa estava escura, com exceção da faixa de luzes de LED azul royal debaixo do bar e dos armários do bar. Luz ambiente para equilibrar com a cobertura de aço e o balcão de mármore negro. Mais cedo, Jon tinha empurrado as quatro portas de vidro para o compartimento dentro da parede, juntando o piso interior de mosaico com o deque ladrilhado, tudo para abrir a casa para a piscina e para a cidade além.

Jon tinha comprado a casa no começo de uma queda do mercado: um imóvel antigo de 110 m², dois quartos num minúsculo terreno numa pequena rua saindo da Sunset Plaza Drive com vista épica e privacidade de celebridade. Ele vivia bem, mas a casa estava além das suas posses, tanto à época quanto agora, então ele colocou todos o seu dinheiro na reforma. Portas de correr que iam do chão ao teto, piso de mosaico, deque de ladrilho italiano e uma piscina cinza francesa. Os dois pequenos quartos foram transformados numa incrível suíte principal com vista para a cidade, banheira de hidromassagem, um chuveiro bem grande e um *closet* de seis metros onde ele guardava quase nenhuma roupa. Saca só a *Casa Stone*: balcões de mármore negro, objetos alemães de decoração, banheiros japoneses e uma cozinha inteira planejada, dessas de comercial. Áudio, vídeo, temperatura e alarmes avançados controlados por computador. Jon investiu seu dinheiro na casa. Era sua paixão. Uma obra de arte em andamento. Uma obsessão com um lar onde ele não vivia.

Ele mantinha as armas em outro lugar.

A maioria delas.

Pegou uma caixa de suco e voltou para o deque, onde, ainda molhado da piscina, se jogou numa espreguiçadeira. A piscina estava fria e o ar que precedia o amanhecer era ainda mais frio, mas Jon não se importava. Tinha passado vinte dos últimos vinte e dois dias a mais de três quilômetros e meio de altitude na cordilheira Hindu Kush do Afeganistão, não muito longe do Passo Khyber e perto da fronteira com o Paquistão. Tinha sido bem mais frio que essa bela casa acima de Sunset Strip. Conseguia ver o Whisky dali. Conseguia ver os grandes edifícios vermelhos, azuis e verdes do Pacific Design Center em Melrose, onde ele tinha comprado a maior parte da mobília em dinheiro vivo.

Jon Stone era um prestador profissional de serviços militares — um PSM, também conhecido como um mercenário. Atualmente, ele ganhava a maior parte do seu dinheiro posicionando outros profissionais em serviços contratados por uma taxa de 15%, apesar de ocasionalmente trabalhar como operador de equipes especiais para certas empresas e para o governo, ou seja, os bons e velhos Estados Unidos da América.

Stone tinha credenciais para fazer isso e, como muitos soldados de elite, suas credenciais eram surpreendentes. Tinha estudado na Universidade de Princeton com uma bolsa da National Merit, onde cursou História e Filosofia, apesar de gastar a maior parte do tempo tomando cerveja e praticando esportes. O curso foi um adendo, mas concluído com louvor. Depois disso, ele se alistou no Exército dos Estados Unidos. Nada que exigisse muita inteligência. Sua paixão em história tinha sido as grandes guerras e generais e as campanhas monumentais em terra e mar que esculpiam a história e elevavam alguns poucos homens à grandiosidade.

CARAMBA, como Jon adorava essas coisas!

Escola Preparatória de Cadetes do Exército. Infantaria, paraquedimo, Forças Especiais, Delta. Delta foi difícil, mas o resto tinha sido bem fácil. Investidas de alta velocidade. Explosões táticas. Resgate de reféns. Jon encarou tudo. Adorava ser soldado, adorava a companhia de homens que pensavam da mesma forma, adorava o barulho, as habilidades e a aventura louca que homens inferiores temiam.

Homens.

Inferiores.

Isso fez Jon sorrir, mesmo agora, contemplando sua cidade.

Treze anos de serviço, os últimos quatro com o Delta, e Jon tinha virado particular. Hora de ver e fazer outra coisa. Ter um pouco de diversidade na vida. Jon já tinha se casado seis vezes. Compromissos de longo prazo não estavam em alta na sua lista. Ele adorava ter uma missão, e completar a missão. E se conseguisse uma grana e chutasse uns rabos ao longo do caminho, que assim fosse. Se as coisas ficassem cabeludas e a pulsação explodisse, ainda assim era melhor que ter artérias entupidas.

Agora, depois de dezoito horas fora do avião que o trouxe do Afeganistão, Jon estava pensando no que viria a seguir, lá do deque enquanto a cidade brilhava e os vizinhos bundas-moles dormiam.

Seu telefone vibrou. Um zumbido distante no ladrilho embaixo da espreguiçadeira.

Stone checou a identificação, reconheceu o número de Pike e atendeu imediatamente. Jon tinha contratado Joe Pike no passado e também tinha trabalhado com ele. Poderia contratar Pike por dois mil ao dia, vinte mil no mínimo, adiantado e garantido. Para missões especiais, o céu não tinha limite. E Pike era muito, muito especial.

— Vamos fazer uma grana, mano. Sinto cheiro de verdinhas.

A voz grave de Pike retornou:

— Você fala coreano, certo?

— *Juh nun han gook mal ul mae woo jal hap ni da, moo aht ul al go ship eu sae yo?*

Jon dizendo que falava coreano perfeitamente e perguntando o que Pike queria saber.

— E quanto ao crime organizado coreano?

Jon tinha passado um tempo tanto na Coreia do Sul quanto na do Norte, e conseguia ler Hangul, a escrita coreana moderna. Entretanto, vindo assim de repente, a pergunta fez Jon falar com cautela:

— Depende. Aqui ou na Coreia?

— Estou vigiando um lugar no Olympic. As pessoas de quem estou atrás podem ser do crime organizado.

Stone tentou soar evasivo. Ele conhecia bem a Coreiatown. Gostava das mulheres. Gostava do karaokê. Os coreanos tinham fama de karaokê.

— Posso saber de alguma coisa. Preciso ver.

— Você sabe de alguma coisa ou não?

— Talvez.

— Você é bom em árabe?

Bum! Inesperado, e agora Stone estava sorrindo. Havia muitos dialetos árabes, do árabe marroquino com palavras berberes que geralmente nem soavam como árabe, ao árabe aristocrático falado pela família real saudita, que era diferente do árabe falado nas ruas.

— *enta bethahraf aina be naifham kuiais. eish auzanee le olak bel logha arabeia.*

Jon respondeu em árabe das ruas, dizendo a Pike que ele já sabia que era fluente e perguntando o que queria que fosse traduzido.

Jon Stone falava inglês, árabe, coreano, chinês, espanhol, russo e francês. Ele conseguia se virar em farsi, japonês, alemão e três dialetos africanos diferentes. Tinha estudado apenas inglês e francês na escola. Pike disse:

— Anote o endereço. Venha me encontrar.

— Não ouvi o barulhinho da grana.

— Vem.

— Estive fora, cara, fala sério.

Pike não respondeu e Stone sabia que Pike estava esperando por ele.

— Vinte dos últimos vinte e um. Ainda estou cheirando a camelo.

— Você já sente falta.

Stone fitou a clara luz ao leste e admitiu que Pike o entendia. Dezoito horas em casa e ele já queria sair.

— E quanto ao dinheiro?

— Sem dinheiro. É o Cole.

— Aquele preguiçoso de merda trabalha por quase nada. Por que você perde tempo com aquele cara?

— Se não puder ajudar, está fora. Fico te devendo um favor.

Agora Stone se animara. Favores de Pike significavam dinheiro. Ele deu um longo suspiro, como se fazer isso fosse um monstruoso pé no saco, mas ele já estava comprometido.

— Tudo bem. Tudo certo. Onde você está?

Pike deu o endereço.

Stone nem se preocupou em anotar porque não esqueceria. Jon Stone nunca se esquecia de nada e nunca tinha se esquecido. Ele ainda podia recitar os textos do segundo ano do colégio, os manuais de manuseio e manutenção para a metralhadora leve M249 SAW e de outros vinte e sete sistemas de armas pessoais, e os dois volumes de *Dominando a Arte da culinária francesa* de Julia Child. Cada palavra. Cada palavra de cada documento, livro, jornal e artigo que ele tivesse lido. A escola tinha sido fácil. O Delta tinha sido difícil. Jon gostava das coisas difíceis.

— Chego em trinta.

Stone colocou o telefone na barriga. Bem ao sul, um feixe de luzes brilhantes descia em direção ao LAX, o aeroporto internacional de Los Angeles. Dezoito horas atrás, ele estava amarrado a um feixe desses.

Jon fez uma concha com as mãos em volta da boca e gritou o mais alto que pôde:

— BEIJEM MEU RABOOOO!

Lá longe, no desfiladeiro abaixo, outra voz respondeu:

— Cala essa porra de boca, idiota!

Jon Stone riu, pelado, ali no quintal, olhando uma cidade dourada de cima. Então entrou para se vestir.

— PARTE II —

ELVIS COLE: três dias antes de ser sequestrado

21

Thomas Locano me ligou às seis da manhã seguinte, tão cedo que a neblina de ontem ainda pairava sobre o desfilandeiro atrás da minha casa. Eu tinha dormido no sofá.

— Não esperava receber notícias suas tão cedo. Está tudo bem?

— Minhas desculpas pela hora, mas eu disse que poderia ligar cedo.

— Sim, o senhor disse. Não tem problema.

— Pode me encontrar no Echo Park às sete?

Escorreguei para fora do sofá e fui à cozinha. O gato preto que mora comigo estava esperando ao lado da tigela, mas ele não estava esperando que eu o alimentasse. Ele tinha trazido a própria comida. Um pedaço de uns quinze centímetros de uma cobra de verdade estava no chão ao lado da tigela. Ainda estava se contorcendo. Talvez ele quisesse dividir. Eu disse:

— Você descobriu algo sobre o Sírio?

— Encontrei alguém que sabe sobre esse homem. Vamos vê-lo juntos se você me encontrar lá, mas tem que ser agora. Ele tem outras obrigações.

Levei a cobra para fora e joguei-a pela cerca. O gato soltou um longo e grave rosnado de guerra, então saiu pelo deque atrás da sua presa. Ele ficaria ressentido comigo.

Olhei as horas

— Vou sair em quinze minutos. Onde nos encontramos?

— No lado leste do lago, onde alugam os pedalinhos. Você vai me ver.

Fiz a barba, troquei de camisa e estava enchendo uma caneca com café instantâneo quando Joe Pike ligou. Ele disse:

— Jon está dentro. Ele conhece essa gente. Vem pra cá, ele vai nos contar tudo.

— Locano ligou primeiro. Estou indo me encontrar com ele agora. Ele pode ter uma pista sobre o Sírio.

— Vamos ficar com a BMW. Venha quando puder.

Joguei o telefone no sofá, tranquei a porta e segui pela estrada Hollywood para o sul, em direção ao centro de Los Angeles. Essa era exatamente a mesma rota que fiz quando fui me encontrar com Nita Morales pela primeira vez, mas agora saí da estrada no Echo Park, um bairro antigo estabelecido há muito tempo e construído em volta de um lago decorativo. O lago era circundado por uma estreita área verde cortada por uma ciclovia. Nos tempos antigos de Los Angeles, a indústria de filmes mudos era centrada no Echo Park antes de se mudar para Hollywood. Era nas vizinhanças ao redor de Elysian Hills e Angelino Heights que ficavam as casas dos ricos e famosos. A aparência da área tinha mudado lentamente desde que as pessoas do cinema foram embora, e agora era basicamente o lar de imigrantes operários da Ásia e da América Central.

Fiz meu caminho para o lado leste do lago Echo, estacionei numa rua próxima e corri para o atracadouro. Mesmo a essa hora, pessoas corriam e andavam circulando o lago. Mulheres morenas e baixas empurravam carrinhos de bebê em cardumes, ou ficavam conversando com as amigas com os carrinhos parados desordenadamente, como se fossem carrinhos de bate-bate.

Thomas Locano estava de pé entre duas palmeiras às margens do lago e não estava sozinho. Um garoto latino bem magro vestindo calças brancas e camiseta da mesma cor estava com ele. O garoto era careca, devia ter 1,65 metros e não devia pesar mais que cinquenta quilos. Ele também estava com as mangas arregaçadas, tinha uma tatuagem de gangue no pescoço e não devia ter mais de quinze anos. Eles me viram chegar e o senhor Locano falou primeiro:

— Senhor Cole, esse é meu amigo, Alfredo Muñoz. Fredo, esse é meu bom amigo, o senhor Cole. Ele também é próximo de outra boa amiga, Nita Morales.

— Oi, Fredo. Prazer em conhecê-lo.

— Hmm, é, você também.

Fredo encontrou meus olhos e então desviou deles ao me cumprimentar. Seu aperto de mão era mole, como se estivesse vagamente constrangido. De perto, vi uma fina camada de pó branco em seu rosto, pescoço e braços. Farinha. As mãos e antebraços estavam limpos, mas ele não tinha lavado acima dos cotovelos. Locano continuou com a apresentação:

— Fredo trabalha como aprendiz de padeiro aqui no quarteirão ao lado. Toda manhã, das cinco às sete, então vai para a escola às oito.

Concordei com a cabeça, tentando parecer encorajador.

— Cara, é bem cedo. Que bela agenda você tem, Fredo.

Fredo desviou o olhar.

— Hmm. Sem problemas. É boa. O senhor Locano que me arranjou.

Encarei Locano, minha expressão perguntando por que estávamos ali com aquele garoto, mas então Fredo falou novamente e, quando olhei de volta, ele estava me encarando.

— Essa tal de Sírio matou Raoul. Eu sei sobre esse cara. Posso contar o que sei.

Pisquei para ele, então olhei para Locano novamente.

— Raoul era o irmão de Fredo. Eles nasceram aqui, mas seus pais não. Eu os representei numa audiência de deportação.

— Um de dois, isso não é tão ruim.

Locano parecia constrangido.

— O pai deles foi realocado, mas demos um jeito de fazer com que a mãe ficasse.

— Ele conseguiu um visto de trabalho para ela. Foi bom.

O senhor Locano pigarreou.

— Raoul trabalhava com os Sinaloas aqui em Los Angeles e em San Diego. Fredo também.

Fredo disse:

— É. Eastside Kings.

Os Eastside Kings eram uma gangue latina com ligações com a máfia mexicana.

Estudei Fredo.

— Quantos anos você tem?

— Hmm. Não deixe isso te enganar, mas eu já parei com isso tudo. Estou pensando no futuro.

Locano preencheu as lacunas novamente.

— Os diferentes cartéis têm membros em toda parte dos Estados Unidos. Eles formam parcerias com gangues locais para a mão de obra e conexões. Uma dessas parcerias era com os Eastside Kings aqui, e uma filial dos Kings em San Diego. Raoul e os outros Kings eram os motoristas. Eles traziam maconha e cocaína para o norte por San Diego.

— Fiz essa viagem muitas vezes. Podia estar com ele naquele dia. Hmm.

Encarei Fredo e concluí que ele tinha um milhão de anos.

— Você se encontrou com o Sírio?

— Não. Eu queria, pra te falar a verdade, mas agora quero me endireitar.

— Então como você sabe sobre ele?

— Os chefes nos contaram o que tinha acontecido, e esses mexicanos dos Sinaloas vieram. Dois dos nossos caras escaparam, e os Sinaloas queriam saber de primeira mão. Eles disseram que foi ele, esse tal de Sírio e seu grupo. Eles apagaram o Raoul e esse cara chamado Hector, dois tiros bem aqui...

Sem cerimônia, Fredo tocou a própria cabeça.

— ... então levaram o caminhão. Lá tinha noventa quilos de cocaína, foi isso que disseram. Eu nunca vi. Jesús e Ocho, eles escaparam. Esses safados dos Sinaloas acharam que Jesús e Ocho estavam envolvidos no esquema ou em qualquer merda, contaram para o Sírio onde encontrar o caminhão ou sei lá, e os Sinaloas foderam pra valer com eles. Cortaram os dedos do Ocho, hmm. Os Sinaloas perguntaram como ele sabia qual era o caminhão. Ele tinha que tirar a informação de alguém, então culparam Ocho. Vi essa merda acontecer. Foi quando parei, cara, hmm. Não quero um safado atirando nas minhas costas. Minha mãe ligou para o senhor L. aqui e ele está me ajudando a ficar na linha. Está tentando trazer meu pai de volta também. Isso não é ruim.

Quando Fredo terminou, Locano concordou com a cabeça e cruzou os braços, pensativo.

— Quando você mencionou a conexão com os Sinaloas, lembrei do Fredo e do Raoul.

Encarei Fredo, depois Locano, então voltei para Fredo, que parecia uma criança.

— Jesús e Ocho conheciam o Sírio pessoalmente? Eles o reconheceriam?

— Os mexicanos tinham uma foto...

Ele levantou as mãos no ar, como se estivesse me mostrando uma foto, e apontou para o ar como se pudesse vê-la.

— ... é ele? Esse cara que te derrubou? Jesús e Ocho disseram que sim, que era ele, quem diabos é esse cara? Os mexicanos dos Sinaloas falaram o nome dele, disseram que ele trabalhava com eles.

— Ele trabalhou para os Sinaloas?

— Com eles, não para eles. Era um coiote, hmm, seja lá como chamam em sírio, lá do outro lado do mundo. Trazia gente de lá para o México e os levava para onde eles queriam ir, mas eu sei o que aconteceu, tomaram o negócio de merda dele e ele disse "Foda-se! Não trabalho pra vocês", então começou a roubar deles. Não só deles. Dos Bajas. Do Cartel do Pacífico. Qualquer um que estivesse trazendo coisas. Aquele Sinaloa, ele disse que era um coiote trapaceiro e que iríamos acabar com ele.

Pensei sobre isso e me perguntei se os Sinaloas tinham acertado sobre Ocho e Jesús.

— Então como ele sabia onde encontrar o caminhão do seu irmão?

Fredo olhou para Locano, então voltou o rosto e sorriu.

— Só tem um jeito. Ele compra informação. Os Sinaloas acertaram nessa parte, eles só erraram sobre Ocho e Jesús.

— Sírio paga pelas dicas?

— É assim que os *bajadores* fazem. Você não rouba alguma coisa a menos que saiba onde ela está, hmm. Eles pagam. Conheci esse cara, Wander, ele disse que o Sírio paga melhor que qualquer um.

Locano fixou os olhos em mim e concordou:

— Isso não faz muito tempo. Logo depois de o Fredo deixar os Kings. Essa informação é recente.

Fredo concordou, apoiando-se em cada palavra de Locano.

— Esse cara, Wander, trabalha aqui por perto. Costumava ser dos Latin Blades, mas caiu fora também. Quando ele descobriu que eu era um King, sabia que estávamos com os Sinaloas. Disse que conseguiria pegar uma grana, sabe? Eu não disse que tinha saído, hmm. Deixei ele falar, só ouvindo, pensando sobre o Raoul. Eu disse "cara, cê é louco, você sabe que os Sinaloas querem matar esse puto do Sírio?". Mas Wander disse que ele dá dicas para todos esses *bajadores* de cartéis e os caras se matam de todos os lados. Ele disse que o Sírio paga bem mais. Disse que se eu tivesse alguma coisa pra vender, podia fazer acontecer, botaria um bom dinheiro no bolso dos dois.

Estudei Fredo.

— Você acha que é verdade? Que Wander vende para o Sírio?

Fredo deu de ombros.

— Ele dirige um carrão. Tem uma fivela prateada maior que uma bandeja e uma pedrona aqui nesse dedão. Perguntei por aí. Ele está pagando as pessoas por informação, essa parte é verdade. Está pegando dinheiro de algum lugar, então acho que o resto é verdade também.

Locano disse:

— Quando os Sinaloas vieram, você disse que eles falaram o nome do Sírio.

— Hmm. Ghazi al-Diri. Era difícil de falar, mas eu pratiquei para falar certo. Ghazi al-Diri matou meu irmão, Raoul, atirou duas vezes na cabeça dele bem aqui.

Ele tocou a própria cabeça de novo. Eu disse:

— Se eu quisesse ver o Wander, você conseguiria encontrá-lo?

Fredo me estudou e não desviou o olhar.

— O que você diria?

— Que eu posso ter algo para o Sírio. Posso querer encontrá-lo.

Fredo concordou lentamente, seus olhos grudados nos meus.

— Por que ele gostaria de se encontrar com você?

Eu não tinha muito que dizer, então Fredo deu de ombros.

— Muita gente tenta encontrar com ele, e não consegue, hmm. Só porque você diz que quer não significa nada. Por que ele se encontraria com você? Você precisa dar um motivo pra ele.

— Vou achar um motivo.

— Tem que ser bom. Ele não está no negócio por brincadeira.

— Vou achar um bom motivo. O que estou pedindo é se você pode me arranjar um encontro com Wander.

Fredo chutou o chão, então olhou para o lago.

— Estive pensando sobre essa coisa que Wander me contou, ele com o Ghazi al-Diri, tentando pensar no que fazer. Eu poderia entregá-lo para os Kings, para os Sinaloas, todos eles querem o safado morto. Mas estou aqui, tentando me acertar. Tenho que deixar essas coisas pra trás.

Concordei. Eu sabia onde ele queria chegar.

Ele olhou para Locano.

— O senhor L. disse que você está tentando encontrar uma garota que esse cara sequestrou?

— Sim. Estou.

— Tudo bem. Vou te ajudar a fazer isso. O Raoul e eu podemos ajudar. Se eu ajudar você com ela, talvez isso me ajude a me endireitar. Entende?

— Entendo, Fredo. Entendo de verdade.

Ele pareceu notar a farinha nos braços pela primeira vez. Passou as mãos pelos braços, pescoço e rosto.

— Pareço um palhaço.

Locano disse:

— Não, Fredo. Dessa farinha se faz pão e pão nos dá vida. Isso não é maquiagem de palhaço.

Fredo bagunçou o cabelo e olhou para mim pela nuvem de farinha.

— Preciso ir pra escola. Ache um bom motivo. Ache um motivo tão bom que o Sírio não deixe passar, vou te arranjar um encontro com Wander, hmm.

— Eu te aviso.

Fredo estendeu a mão novamente, cumprimentou o senhor Locano e correu contornando o lago. Observei até que ele tivesse desaparecido, então olhei para Locano.

Ele também o observara partir e agora suspirava:

— Aquele garoto só tem catorze anos de idade. Ele só tem catorze anos.

Eu disse a ele que entraria em contato em breve, então atravessei a cidade para me encontrar com Joe Pike e Jon Stone, esperando que fôssemos achar alguma coisa tão boa que o Sírio não deixaria passar.

22

Jon Stone se inclinou entre nós e apontou um *hashi* para os dois homens entrando na BMW. Ele estava comendo *bulgogi* coberto com *kimchee*. *Bulgogi* eram tiras bem finas de carne assada que Stone tinha coberto com uma porção doce e apimentada de repolho em conserva. Stone conhecia as melhores churrascarias da Coreiatown. Ele também conhecia os melhores bares, clubes de karaokê, restaurantes e mercados. Para mim ele tinha pedido uma tigela de *galbi* repleta de costelas assadas, e para Pike uma tigela de verduras grelhadas e arroz. Jon Stone era frequentador assíduo da Coreiatown e tinha passado a manhã conversando com amigos antes que eu me juntasse a eles.

Stone tocou o ar com a ponta do *hashi* como se estivesse desenhando o pingo de um "i" com um bico de pena.

— O seu cara falante ali, ele é o Sang Ki Park. Ele não comanda a gangue. Quem faz isso é o tio dele, Young Min Park. Sang é o segundo na cadeia de comando. Eles são os Ssang Yong Pa, a gangue *Double Dragons*, direto da RDC. Durões e nojentos.

RDC era a República da Coreia.

Eu observava os homens enquanto ouvia. O grandalhão que eu havia colocado no chão no deserto abriu a porta da BMW para o jovem ríspido que tinha feito todo o falatório, então entrou no lado do motorista.

— Durões e nojentos no sentido de violentos?

— Afirmativo. Todas as gangues asiáticas são más, mas os coreanos são piores. É a China. Você cresce olhando para baixo por causa da China e isso fode com seu cérebro.

Pike disse:

— Por favor.

— Por favor, o quê? Lembra-se daqueles ex-soldados da RDC na África? Por que você os mandou para casa?

Stone virou-se para mim antes que Pike pudesse responder.

— A companhia mandou pra gente esses três merdas que tinham sido das Forças Especiais da RDC. Eles não faziam nada a não ser brigar. Não estou falando de lutar contra as pessoas com que fomos pagos para lutar, estou falando dos nossos próprios caras, os amigos, brigavam até uns com os outros. Os putos adoravam brigar. Pike aqui quase matou dois deles antes de mandá-los pra casa.

Stone olhou pra Pike.

— Posso cair morto se estiver mentindo. Estou certo?

Pike apenas olhava fixamente para a frente enquanto seguíamos a BMW, então Stone virou-se de volta para mim.

— Tá vendo? Ele sabe que é verdade. Esses putos são bravos como pit bulls. Você quer mais desse *kimchee*? É o melhor.

Ergui a tigela e pensei nisso enquanto Jon despejava o *kimchee*. Ele está certo sobre o *kimchee*. Era do tipo espetacular.

— O Sanchez disse que eles pagaram duzentos mil para os Sinaloas trazerem a gente deles. Você acha que eles vão pagar o resgate para o Sírio?

— Não é da natureza deles. Seu Sírio vai ficar amarrado em vinte ou trinta pessoas pelas quais ninguém vai pagar. E os Sinaloas estão com um azar de merda também, porque se esses caras aqui não pegarem o dinheiro, ou o pessoal deles, vão começar a Terceira Guerra Mundial.

Rudy Sanchez já tinha me dito que os Sinaloas estavam preocupados, e preocupação não era algo normalmente associado com o cartel de drogas Sinaloa.

Pike olhou para Stone no espelho.

— Por que trazer tanta gente?

— Precisam deles.

Eu disse:

— Para quê?

— Funcionários. Os *Dragons* têm comprado bares e restaurantes como fachada para o tráfico de drogas e prostituição. Como fornecem para executivos coreanos, querem pessoas que falem a língua e também em quem possam confiar. É a mesma coisa com os Tong em Chinatown. Trazem conterrâneos que estão com um puta medo da polícia e que acabam completamente dependentes da gangue para comida, abrigo e proteção. Para um cara como o Park aqui, coreanos são mais confiáveis do que americanos, e você já sabe de cara que nenhum deles é um agente federal.

Pike olhou para Stone pelo retrovisor.

— De onde você tira isso?

Stone se serviu com um pouco mais de *kimchee.*

— Dois ex-paraquedistas da RDC num bar de *soju* por aqui há umas semanas. Os *Double Dragons* têm esses dragões duplos tatuados nos braços, e esses dois idiotas queriam me impressionar com a tatuagem deles. Entregaram logo o ouro.

Stone abriu um sorriso.

— Muito *soju.* Igual àqueles merdinhas na África.

Seguimos a BMW só por seis quarteirões até que ela virou à esquerda, andou por mais alguns quarteirões e encostou-se à calçada na frente de um bar de *soju.*

Stone abriu o sorriso ainda mais sórdido.

— Isso é muito perfeito ou o quê? Foi bem nesse lugar que conversei com os caras da RDC.

O grandalhão ficou no carro e Park entrou. Ficou por quase vinte minutos antes que ele e outro homem saíssem. O outro homem era muito mais velho, com uma cara enrugada, cabelo grisalho cor de aço e os olhos quase escondidos por rugas. Não parecia feliz e nem Sang Ki Park.

Stone bateu no ar com o *hashi.*

— Esse é o tio, Young Min Park.

— O chefão?

— Ele mesmo. Esse foi o primeiro bar que os *Dragons* tomaram conta. Ele é dono do lugar.

Virei-me e olhei para ele. Stone deu de ombros.

— Aqueles caras da RDC não calavam a boca, mano. Eles simplesmente *não* conseguiam parar de falar. Você ouve essas merdas e acaba guardando, nunca se sabe.

Voltei a atenção para a BMW.

Jon Stone parecia um surfista maluco com o cabelo oxigenado espetado e a orelha furada, mas eu sabia do seu passado com o Delta. Às vezes você se esquece do que isso significa. A maioria das pessoas pensa no Delta e lembra de Rambo com uma arma gigante e músculos ainda maiores. Os *D-boys* são com certeza guerreiros mortais, mas você não vai encontrar muitos que se pareçam com Rambo. Isso porque você não consegue resgatar reféns ou sequestrar alvos de grande valor em vilarejos inimigos a menos que você os encontre, então os *D-boys* também são selecionados pela inteligência. Eles têm uma esperteza fora do padrão, parecem comuns e são treinados para se misturar em qualquer lugar e com qualquer um. É por isso que os *D-boys* são chamados de operadores. Jon Stone tinha usado os dois gângsteres bêbados da RDC por nenhuma outra razão a não ser reunir informação privilegiada. Estava em sua natureza.

Enquanto observávamos, o homem mais velho balançava o dedo nervosamente no nariz de Sang Ki Park que não gostava dessa atitude, mas aguentava. O velho foi ficando mais bravo até que o dedo já não era suficiente. Deu um forte tapa no rosto de Park e voltou para o bar. Stone disse:

— O velho não tem gostado muito do sobrinho nesses últimos dias.

Pike disse:

— O que eles estavam dizendo?

— Não consegui escutar, mas é um palpite fácil. O sobrinho aqui acabou de perder duzentos mil dólares e um monte de trabalhadores. Eles provavelmente não estavam falando sobre uma promoção.

A próxima parada foi num grande shopping de dois andares em Vermont. O shopping estava nas últimas etapas de remodelação, com um clube e um restaurante ocupando a maior parte do nível superior, e com o que parecia ser outro bar e um salão de karaokê no nível mais baixo. Uma grande placa em coreano e em inglês estava pendurada na frente do salão de karaokê: INAUGURAÇÃO EM BREVE. Stone disse:

— Tá vendo? É disso que eu estava falando. Não dá pra abrir o negócio sem gente pra trabalhar.

Eu gostava disso. Em construção era bom. Inauguração em breve era bom. Quanto mais pressão Park tivesse para recuperar sua gente, mais desesperado ele procuraria por maneiras de fazê-lo.

Paramos em outros dois shoppings e um grande edifício comercial na Western Avenue. Park encontrou pessoas em cada lugar e passeou pelas propriedades como se estivesse checando o avanço das obras, mas ninguém parecia feliz, especialmente Park.

Uma hora e trinta e seis minutos depois, seguimos a BMW dele por onze quarteirões em sentido norte para uma pequena casa de estilo *craftsman* entre Beverly e Melrose, não muito longe dos estúdios da Paramount. A casa e o jardim eram pequenos, mas organizados e limpos com um atrativo canteiro ao redor de uma árvore-de-júpiter. Um Porsche Cabriolet preto estava estacionado na entrada. A BMW encostou atrás dele e estacionou. A entrada da garagem era tão curta que a traseira do carro ficou sobrando na calçada.

Park desceu do carro, foi para a porta da frente e entrou sem chave. O grandalhão abriu os dois vidros dianteiros e ficou no carro. Ficaria ali por um tempo.

Eu disse:

— Aqui vamos nós.

Pike parou na frente da casa vizinha e nós três descemos, rápida e silenciosamente. Cruzamos a entrada do vizinho e seguimos diretamente para a BMW, Stone pelo lado do passageiro, Pike e eu pelo lado do motorista.

O grandalhão vislumbrou o movimento e se virou, mas daí eu já tinha sacado a pistola.

— Lembra de mim?

Ele se mexeu para os lados, mas parou quando viu a arma.

Do outro lado do carro, Jon Stone falava em coreano. O grandalhão segurou a parte de cima do volante com as duas mãos. Stone escorregou para o banco do passageiro segurando uma automática calibre 45. Eles tiveram uma conversa breve, então Jon explicou:

— Ele está visitando a namorada. Estou tranquilo aqui. Vão.

— Ela tem filhos?

Stone falou de novo:

— Sem filhos. Vão.

Pike e eu fomos para a porta da frente e silenciosamente adentramos a clássica sala de estar em estilo *craftsman*. Os pisos, portas e adornos em volta das janelas eram tão escuros que a madeira era quase negra. Seguimos as vozes. Pensei que os encontraríamos no quarto dela, mas eles estavam num jardim de inverno ao final do corredor.

Sang Ki Park e uma jovem estavam sentados em volta de uma pequena mesa redonda encostada numa grande janela de vidro e olhavam para um abacateiro. A mulher era esbelta, asiática e tinha provavelmente vinte e poucos anos. Park tinha tirado o casaco e arregaçado as mangas. Ela estava rindo de algo que ele dissera e Park sorria. Então entrei e os risos cessaram. A garota engasgou de surpresa e Park se levantou. Ele era esperto o suficiente para não pegar a arma, mas foi ficando bravo, endireitou-se e soltou uma torrente raivosa em coreano. Segurei a arma para o lado, apontando para longe.

— Relaxa. Estamos aqui para conversar.

Pike entrou e foi para a direita. Fui para a esquerda e apontei a arma para o teto. Deixei a arma pendurada em meu dedo indicador para que ela ficasse de ponta-cabeça, dizendo a ele que não tinha nada a temer:

— Estamos devendo três armas para você. Viemos trazê-las de volta.

Pike colocou as três armas num pequeno sofá de vime.

Sang Ki Park o observou, então olhou para minha pistola. Coloquei-a debaixo da camisa e mostrei minhas mãos.

— Tudo bem?

A raiva foi se transformando em desconfiança, deixando-o atento, mas curioso.

— Por que estão aqui?

— Você perdeu duzentos mil dólares para o cartel Sinaloa.

Ele me fitou, mas não disse nada.

— Os irmãos Sanchez não têm o dinheiro, então você não consegue tirar deles. Os Sinaloas têm, mas você vai ter que brigar para conseguir.

— Sim.

— Eles provavelmente vão negociar um abatimento com você, pagar em prestações, mas mesmo assim você ainda não terá seu dinheiro, nem sua gente. E acho que você quer sua gente.

Park concordou com a cabeça uma vez, um aceno tão pequeno que a cabeça mal se mexeu, então prossegui:

— Um homem chamado Ghazi al-Diri está com eles. Ele está pedindo resgate.

— Não vamos pagar.

— Eles vão morrer.

— Não pagamos.

Ele era duro e inflexível, o que era bom.

— Ainda bem. Ele vai tentar te sugar até que o dinheiro pare de entrar, então vai matá-los. É isso o que ele faz. Não vai libertá-los.

O olho esquerdo dele deu uma leve tremida. Era o primeiro sinal de tensão a escapar da fortaleza. Ele queria sua gente. Precisava mais deles do que do dinheiro, e eu me perguntava se alguns entre aquelas pessoas eram mais que simples funcionários contratados.

— Ele também está com alguém que eu quero. Quero mostrar uma coisa para você. Vou pegar no bolso, tudo bem?

Aceno com a cabeça.

Peguei a foto de Krista Morales. Ele a estudou por um bom tempo, então olhou para cima.

— É sua mulher?

Guardei a foto sem responder.

— O Sírio está com ela e um garoto. Vou recuperá-los.

— Sem pagar?

— Sem pagar. Não tem pagamento. Vou pegá-los.

— Onde eles estão?

— Com o Sírio. Ele está com eles no que a gente chama de casa-galpão. São prisioneiros. Quantas pessoas vocês traziam?

Ele pensou por um instante, provavelmente tentando lembrar como dizer isso em inglês.

— Vinte e seis.

— Sua gente estará lá também.

— Onde é essa casa?

— Não sei, mas vou descobrir.

— Como vai fazer isso?

— Com sua ajuda. O Sírio vai me levar para a gente dele, e a minha gente, e você e eu teremos o que queremos. Posso fazer isso, mas preciso da sua ajuda.

— Por quê?

— Tenho um modo de contatar o Sírio, mas ele não me conhece. Ele não vai me levar para ver a casa cheia de vítimas sequestradas porque eu me ofereço para comprá-las. Ele vai checar meu passado. Vai precisar acreditar que pode confiar em mim e que sou quem digo que sou. É aí que precisamos dos Sinaloas. Se eles acreditarem que sou um comprador legítimo, ele vai acreditar que sou um comprador legítimo. Preciso que você transmita isso aos Sinaloas.

Ele concordou novamente, mas não estava olhando para mim, muito menos concordando comigo.

— Vou discutir isso com meu tio.

— Entendo.

— Não, você não entende. Uma das pessoas que estamos trazendo é meu primo. O neto mais novo do meu tio.

— Agora eu entendo.

— Sim. Agora você entende melhor.

Sang Ki Park recuou e falou suavemente com a mulher. Ela se levantou imediatamente e foi para o outro lado da sala. Ele gesticulou para a cadeira onde a mulher estava sentada.

— Sente aqui agora. Vamos conversar.

Sentei.

Conversamos.

Bolamos uma oferta para o Sírio e um plano para o cartel. Ele então fez as ligações. Agora eu estava negociando com uma gangue coreana conhecida por extorsão, brutalidade e violência, e prestes a colocar minha confiança em um cartel de drogas conhecido por tortura e assassinatos em massa. Disse a mim mesmo que valia a pena. Disse a mim mesmo que não tinha escolha. Menti para mim mesmo e sabia que estava mentindo, mas escolhi acreditar nas mentiras.

23

Park falou primeiro com o tio, então com Winston Ramos, que controlava o transporte de drogas e humanos para o norte, pelas partes da fronteira controladas pelos Sinaloas, que iam de Tijuana ao estado do Arizona. Era Ramos quem tinha aceitado os duzentos mil dólares de Sang Ki Park para transportar sua gente para os Estados Unidos. E era Ramos que ganharia um alvo nas costas se o dinheiro ou as pessoas se perdessem. O homem estava perdido.

Ramos imediatamente ofereceu um abatimento na questão dos duzentos mil dólares, mas Park explicou que um segundo grupo estava prestes a chegar a Acapulco, e pediu para Ramos discutir o transporte deles para os Estados Unidos com o traficante que os trazia. Se tudo corresse bem, Park sugeriu que ele poderia se dispor a negociar a questão dos duzentos paus. Winston Ramos concordou. O traficante nesse caso era eu.

Depois de três horas, os ventos de Coachella estavam a toda, carregando areia do deserto para arranhar o vidro como estilhaços queimados pelo sol. O pátio da Sanchez & Filhos estava quieto. Rudy tinha mandado os funcionários para casa, e tanto ele como os dois irmãos tinham saído. Sang Ki Park e eu sentamos no escritório e esperamos até que Ramos e dois outros homens passaram pelo portão num Chevrolet Impala verde com uma placa da Califórnia. Saímos para encontrá-los.

Winston Ramos era baixo e rechonchudo, com rosto e corpo redondos. A camisa de manga curta marrom cobria a barriga como uma barraca, e as calças eram largas. A primeira coisa que ele fez quando saiu do carro foi ajustar o cinto.

Os outros dois homens tinham mais ou menos a mesma idade. O mais pesado calçava botas de caubói e o mais magro parecia um peso leve aposentado do UFC com uma carreira de pouco sucesso. O caubói carregava um pequeno bastão preto, um pouco mais longo e grosso que um controle remoto.

Ramos não ligou para as formalidades. Olhou para mim, mas falou com Park:

— Esse é o seu transportador?

Estendi a mão.

— Harlan Green.

Ele acenou para o caubói sem me cumprimentar.

— Ele vai te checar. Você sabe o que fazer?

— Sei.

Fiquei com os pés separados e os braços abertos.

O bastão parecia um daqueles usados por detectores da TSA, a Administração de Segurança de Transporte, mas esse não procurava metal. Passou por meu peito, costas, braços e pernas, procurando frequências de rádio ou infravermelho emitidas por transmissores, gravadores e aparelhos de escuta. Devo ter passado porque o caubói acenou para Ramos com a cabeça.

— Muito bem, agora esse aqui.

Quando o caubói foi até Park, Park deu um tapa no bastão com um rápido movimento da mão esquerda e o esmurrou uma vez no peito e duas no rosto com o punho direito. O caubói cambaleou e caiu de joelhos. Já estava caído e Park calmamente encarava Ramos.

— Se quer me revistar, faça você mesmo.

O lutador de UFC estava a dois segundos fora de alcance, então enfiou a mão por debaixo da camisa e mostrou uma pequena e vistosa Llama .380.

Nem Park nem eu nos mexemos para pará-lo, mas quando a arma foi sacada, Ramos viu os homens de Park vindo por detrás dos caminhões. Uma dúzia de gângsteres da *Double Dragons* com óculos escuros e belos ternos. Eu disse:

— Esses caras sabem se vestir, não acham?

Ramos olhou para mim, então falou para o lutador de UFC guardar a arma e levantar o caubói. Não parecia com medo.

— Vim fazer negócio e você começa com essa merda?

Park tocou-o no braço.

— Bem. Vamos falar em outro lugar.

— Vá se foder. Não vou a lugar nenhum.

Ele se desvencilhou da mão de Park, que o segurou novamente.

— Você não está aqui para morrer. Não estou aqui para ameaçar. Anda aqui. Longe de nossos homens, assim ninguém escuta.

Park o guiou pelo terreno para um caminhão. Fui com eles. Os homens de Park se reposicionaram sem uma ordem clara, protegendo a área e isolando os capangas de Ramos para nos darem privacidade. Telepatia. Ou talvez eles fossem bons nisso.

Estávamos sob o sol, com calor, mas sozinhos entre os caminhões e com os homens longe demais para escutarem. Ramos se desvencilhou da mão de Park novamente e contorceu-se como se achasse que alguém poderia esfaqueá-lo.

— Que porra é essa de você trazendo armas? Acha que pode me assustar para devolver o dinheiro?

Eu disse:

— Posso te dar o Sírio.

Bem assim. Na cara dele.

Peguei-o desprevenido. Levou um tempo para a ficha dele cair. Olhou para Park, então olhou sobre os ombros como se esperasse que agentes federais fossem sair dos caminhões.

— Do que você está falando?

— Ghazi al-Diri. O *bajador* que vocês chamam de Sírio. O cara que vem matando seus homens e roubando seus *pollos*.

— Sei quem ele é. Quem é você?

— Eu te disse. Harlan Green.

— Mentira. Você é um tira?

Ele olhou para Park.

— Você se dobrou para os Federales?

— Você deve duzentos mil dólares para o senhor Park.

Ele ainda estava falando com Park:

— Eu te disse, vamos dar um jeito com o dinheiro.

Eu disse:

— Esse cara está roubando seus bens e matando seus homens e você ainda não conseguiu pará-lo.

Ele finalmente virou-se para mim.

— E o que isso tem a ver com você?

Park calmamente voltou à conversa:

— Esse cara consegue chegar a Ghazi al-Diri. Vai ouvir ou vai sair?

Park apontou na direção do carro de Ramos como se estivesse mostrando a ele o caminho.

— Ouvir, sair. Escolha, pois esse homem oferece um jeito de os três poderem se beneficiar.

Ramos apertou os lábios. Ele estava desconfiado com a oferta de Park de dar a ele a opção de sair. Tentava entender o truque, mas queria o Sírio, então me estudou novamente.

— Harlan Green.

— Forneço trabalho desqualificado para corporações, agronegócio e pequenos e grandes negócios, aqui e no exterior. Eu estava esperando trinta trabalhadores de campo da Indonésia, mas a ICE os pegou em San Diego quando o barco deles chegou. Estou sem saída, meu agricultor já está falando com outra pessoa e preciso de uma equipe substituta o mais rápido possível.

Ele me estudou mais demoradamente, então balançou a cabeça.

— Não acredito em você.

— Você não precisa. Você só precisa convencer o Sírio.

Segui os passos do mesmo modo que tinha feito com Park.

— O senhor Park quer o pessoal dele. O Sírio tem alguém que quero também, então o senhor Park e eu estamos no mesmo barco. Você tem os duzentos mil dólares que ele pagou e quer ficar com o dinheiro, mas você provavelmente quer o Sírio mais do que o dinheiro. Nós três temos coisas que queremos, mas o Sírio quer alguma coisa também.

— O quê?

— Dinheiro. Ele quer dinheiro pelas pessoas que sequestrou.

— Park não vai pagar.

— Não Park. Eu. Posso fazer uma oferta para tirá-los das mãos dele. Uma taxa fixa. Uma compra.

Agora Ramos lambia os lábios. Ele me ouvia e prestava atenção pela primeira vez.

— Como você consegue chegar até ele?

— Uma conexão certa com alguém que trabalha pra ele. Certa. Se eu soltar uma oferta, consigo chegar ao Sírio.

— Ele não vai falar com você, cara. Ele não te conhece, por que falaria? Você deve ser um agente federal. Você não é ninguém.

— Não se os Sinaloas disserem a ele que sou alguém.

Park disse:

— É por isso que conversamos. Você faz dele alguém.

Ramos balançou a cabeça, mas eu não sabia dizer se ele estava tentando fazê-la funcionar.

— Aposta arriscada.

— Sim. É uma aposta arriscada.

— Ele não vai deixar você chegar perto. Não tem jeito. Como posso te ajudar com isso?

— Sou um desconhecido. Mas se ele estiver tentado pela oferta, vai checar meu passado. Vai fazer perguntas.

— Ele sabe que quero a cabeça dele numa bandeja. Você acha que ele vai me ligar e perguntar qual é a sua?

— Ele vai perguntar para as pessoas com quem costumava trabalhar antes de você tê-lo tirado do negócio. Vai perguntar, mas eles não ouviram falar de mim também, então vão procurar por aí e eventualmente vão perguntar pra alguém que esteja com os Sinaloas.

Ramos me estudou cuidadosamente.

— Harlan Green.

— Harlan Green.

Ele olhou para Park.

— Você vai deixar a questão financeira pra lá?

— Se eu recuperar minha gente, seu contrato está completo.

Ramos concordou, então olhou para mim. Seus olhos eram os olhos duros e brilhantes de um cão selvagem do deserto farejando sangue.

— Harlan Green.

— Sim.

— Muito bem, senhor Green. Você me dá o Sírio e seremos amigos, eu acho.

Encarei-o sem responder. Depois de um tempo, ele gesticulou para seus homens e os três voltaram para o carro. Park disse:

— Você é corajoso.

Segui direto para o carro e fui embora.

24

Joe Pike

Próximo à cabine do longo caminhão, Pike observava Cole, Park e Ramos. Jon Stone estava ao lado dele, observando os soldados de Park, mas Pike mantinha os olhos em Cole.

Eles estavam do outro lado da rua, num armazém sobre uma oficina mecânica, ao lado da barraca de *tacos*. Perto, caso algo desse errado.

Stone via a cena empoleirado numa velha escrivaninha com uma M4 sobre as pernas. Pike estava esticado na escrivaninha ao lado, mantendo vigia com uma mira telescópica Zeiss montada num rifle Remington 700, embutido numa Magnum 7 mm. Usando esse alcance e rifle, Pike poderia acertar melões a oitocentos metros de distância.

Ao lado dele, a voz de Stone:

— Essa merda é uma loucura.

Pike não movia os olhos do quadro de visão. Cole, Ramos, Park. A lente Zeiss tinha uma tela de laser que mostra o alcance em pequeninos numerais vermelhos na parte de cima do quadrante do visor. Elvis Cole estava a quarenta e dois metros de distância. Destruição total. Stone disse:

— Você sabe que tenho razão. Ele vai deixar o rabo à mostra com esses dois merdas? Posso cair morto se estiver mentindo. Tenho certeza que não mentiria.

Ramos saiu andando.

— Dois.

— Peguei.

Pike ficou com Cole e Park, deixando Stone com Ramos. Eles tinham designado Park como Alvo Um e Ramos como Alvo Dois. Jon estava com o Dois. Se o encontro desse errado, Jon derrubaria Ramos e Pike faria o mesmo com Park. Eles então mandariam bala para que Cole pudesse escapar. Se ele fosse morto ou ferido, eles acabariam com todo mundo no pátio de guinchos.

— O que estou dizendo é que sei que o tempo é essencial e tudo mais, mas confiar nessa gente para botá-lo para dentro e manter o bico deles calado é o que nos negócios chamamos de "duvidoso". O Dois e os garotos dele estão entrando no carro. *Hasta luego*, seus merdas.

— Entendido.

— Saíram do portão. Foram.

— Entendido.

Park e Cole terminaram a conversa e se separaram. Pike ficou com Park.

— Um.

— Estou com ele. Cole está indo para o carro dele. O Um está se juntando com seus homens.

Pike via isso enquanto Stone descrevia. Park encontrou dois de seus homens, falou brevemente, então foi com eles para a BMW preta. Se Jon desse o comando, Pike poderia, e o faria, derrubar os três em menos de dois segundos.

— O que estou dizendo é que... você está ouvindo? Esse safado do Sírio arranjou a informação sobre o caminhão em *algum lugar*, o que significa que alguém dentro do grupo de Ramos ou de Park está passando a perna neles. Merda, pelo que sabemos, as pessoas nos grupos desses dois merdas estão passando a perna neles. Esse maldito Sírio pode estar nadando em informação. Você pensou nisso?

A BMW de Park foi embora. Pike girou o rifle e seguiu Cole entrando em seu Corvette amarelo. Precisava ser lavado.

Pike baixou o rifle e se levantou.

— Sim. Também não gosto disso.

Guardaram a tralha e correram para seguir Cole.

JACK E KRISTA:
seis dias depois de serem sequestrados

25

Jack estava jogado contra a parede com o braço em volta de Krista quando o grito abafado de um homem veio pelas paredes. Krista fechou os olhos e tapou os ouvidos. Kwan acordou com o susto, piscando os olhos de sono enquanto se sentava. Duas das mulheres coreanas choravam e um adolescente de El Salvador estava rezando, mas eles também ouviam o grito alto e agudo do homem, até que de repente parou.

Kwan pulou para a porta. Estava cheio de galos e hematomas, mas bateu na porta com raiva furiosa. Os guardas não responderam.

Rojas e Medina tinham aberto a porta apenas alguns minutos antes. Rojas buscou alguma coisa na caderneta, então apontou para um coreano de meia-idade junto das duas mulheres. Ele era barrigudo e usava óculos de armação metálica notadamente quebrada. Medina levou-ou para fazer uma ligação. Depois de três minutos, o homem gritou, mais alto que qualquer um que já tinha gritado. E muita gente tinha gritado nos últimos dias.

Enquanto Kwan dispersava sua fúria, Jack apertava Krista em seu ombro e tateava em busca da faca escondida na beirada do carpete. Tocá-la fazia-o se sentir mais seguro. Ele temia que os vigias notassem a faca nas calças, então puxou uma ponta solta de carpete do rodapé, no canto sob a janela, e fez um esconderijo. Jack tinha mostrado a faca para Krista, mas não para Kwan.

Ele tinha medo de Kwan, apesar de terem ficado mais próximos desde que Kwan despejara o conteúdo do balde. Os guardas bateram muito em Kwan, mas ele aguentou os murros como se fosse uma espécie de recompensa. Depois, ele não pareceu intimidado ou temeroso. Encarava os guardas nos olhos como que desafiando-os a bater mais. Jack decidiu que ou Kwan não tinha medo ou era louco, ou ainda insanamente durão.

Sem camisa, os músculos rijos de Kwan saltavam enquanto ele esmurrava a porta. Machucados salpicavam da pele como marcas de queimaduras, similares a mordidas de cobra deixadas pelos bastões de choque. Jack se perguntava mais sobre as cicatrizes. A barriga e as costas de Kwan mostravam três ou quatro longas linhas enrugadas que um dia foram feridas, além de um grande furo nodoso que Jack acreditava ter sido resultado de um ferimento a bala. E a parte superior das costas ostentava uma incrível tatuagem de dois dragões ferozes encarando-se como que prontos para a luta.

Kwan socou a porta uma última vez e voltou para seu lugar contra a parede. Cravou os olhos nos de Jack apenas uma vez, então se jogou no chão.

Eles estavam com medo porque o tratamento recebido dos vigias tinha mudado. Medina vinha usando o alicate mais e mais. Se o dinheiro não fosse enviado, o calmo e sensato Rojas ficaria mais cruel nas ligações seguintes. Fazia ameaças terríveis. Alguns dos homens e mulheres começavam a chorar, relatando que Rojas ou Medina tinham lhes torcido os dedos ou usado o bastão de choque enquanto falavam ao telefone, assim as famílias os ouviam chorando.

Jack se perguntava o que os guardas teriam feito com o homem barrigudo para fazê-lo gritar tão alto. Todos no quarto estavam esperando para descobrir, mas, quando a porta finalmente abriu, Rojas entrou e fez um pequeno discurso. Uma das jovens coreanas traduziu para os coreanos.

— Vocês todos ficarão felizes em saber que o senhor Chun está a caminho de casa. Sua família foi generosa hoje. Vocês devem dizer às suas famílias para fazerem o mesmo. Eles transferiram o dinheiro que precisávamos e agora o senhor Chun está a caminho das pessoas que ama. Se suas famílias cooperarem da mesma forma, logo vocês estarão em casa também. Se não, então não.

Ele permaneceu no mesmo lugar até que a garota terminou de traduzir, então saiu. As pessoas no quarto murmuraram sobre a notícia, mas Jack notou que Kwan estava sorrindo com descrédito. Jack disse:

— Boa notícia. Um de nós se livrou.

Kwan bufou e se recostou contra a parede.

— Sem família. As pessoas para quem ele liga não pagam.

— Rojas mentiu?

— Não pagam.

Jack sentiu um calafrio ao perceber o que Kwan estava dizendo. Tateou o carpete para sentir a faca novamente. Beijou a cabeça de Krista e sussurrou entre seus cabelos:

— Vamos fazer isso, Krissy, tudo bem? Vamos simplesmente ir, é tudo, só fazer isso.

Ela concordou, o rosto ainda no ombro de Jack.

Eles procuravam uma chance de escapar todos os dias, mas ou a porta da lavanderia estava trancada quando os guardas estavam longe dela ou havia muitos deles por perto quando estava destrancada. Havia sempre algo errado, mas eles tentariam novamente em breve. Miguel apareceria em alguns minutos para levar Krista e a outra cozinheira para a cozinha. Toda vez que Kris ficava na cozinha, ela estava mais perto da porta. Jack acreditava que era só uma questão de tempo até que a chance de eles escaparem aparecesse.

Mais uma vez, ele a beijou suavemente.

— Quero que você me prometa uma coisa.

— O quê?

— Temos que sair daqui, certo? Alguém tem que sair, mesmo que seja só um de nós.

— Nós dois iremos.

— Eu sei, sim, nós dois iremos, mas escute, tudo bem? Se você tiver uma chance quando eu não estiver por perto, vá. Saia daqui e vá. E se entrarmos na garagem juntos, mas os vigias chegarem antes de sairmos, quero que você continue, tudo bem?

Ela se endireitou.

— Não entendo. O que você quer dizer?

— Estou dizendo para não esperar por mim. Se puder sair, vá que vou atrasá-los.

Ela o encarou e finalmente concordou.

— Ela vai nos encontrar?

— Sim, ela vai nos encontrar, mas nós não vamos esperar. Se tiver a chance, aproveite.

A porta se abriu novamente, matando a conversa, e Miguel disse a ela para levar o rabo para a cozinha.

Dois minutos depois que ela saiu, Rojas voltou e apontou para Jack.

— Venha aqui, limpador de mijo. Já que temos que esperar sua mamãe voltar da viagem, você tem que merecer sua estadia. Tenho um serviço pra você.

— Você quer que eu limpe o balde?

— Deixe aí. Tenho outra coisa.

Jack olhou firmemente para Kwan por um instante, então seguiu Rojas até o banheiro. Uma lata de limpador Comet, uma garrafa de desinfetante Mr. Clean e uma escova de plástico estavam esperando por ele numa pilha de toalhas surradas.

— Limpe a banheira. Use essas coisas, mas não jogue as toalhas fora. Vamos lavá-las. Quando terminar, traga as toalhas para a cozinha e entregue-as para o Miguel. Entende o que estou dizendo?

— Sim. Entendo.

— Quando sua mamãe vai voltar?

— Não sei. Dez dias talvez. Perdi a noção do tempo.

— É melhor esperar que ela não tenha gastado todo o dinheiro.

Rojas explicou para o vigia do corredor o que Jack iria fazer, então foi embora. Já entediado, o vigia recostou-se na parede.

Jack se perguntava o que Rojas queria dizer com o comentário sarcástico, então caminhou até os produtos de limpeza para ver como estava a banheira. O cheiro de fezes e urina era forte em toda a casa, mas ali era ainda mais forte.

Uma fina linha vermelha corria pelo azulejo da parede como tinta respingada de uma broxa. Manchas de um vermelho-claro coloriam o esmalte bege da banheira e uma espuma rosa se afinava em volta do ralo. Um único tufo de cabelos pretos boiava perto do ralo, preso em algo da cor de fígado, enquanto três longos borrões de algo marrom sujava o fundo da banheira. De primeira Jack não entendeu o que viu, então sacou que o senhor Chun tinha morrido ali. Eles o tinham matado, bem ali na banheira, enquanto seus gritos emanavam pelas paredes. Tinham cortado a garganta dele, o esfaqueado e ele tinha sangrado até a morte na banheira. Tinha morrido ali. Assassinado ali.

Estão nos matando.

Estão nos matando.

As mãos de Jack tremiam, e o tremor se espalhou para o peito. Todo o corpo tremia como junco num vendaval.

Ele olhou para o guarda, que vigiava com os olhos sonolentos de um lagarto.

Jack pegou o Mr. Clean e borrifou o desinfetante na mão. Cheirou e repetiu a ação, tentando esconder o fedor terrível preso no pequeno banheiro. Borrifou na banheira, nas paredes e no ar. Respirou fundo para que a química limpasse seu nariz. Limpou tudo com as toalhas, borrifou o Comet como neve azul e o molhou com mais Mr. Clean. Encharcou as toalhas com sangue, urina e Mr. Clean para deixá-las horríveis e imundas. Queria que elas ficassem tão encharcadas de morte e tão nojentas que Miguel se recusaria a tocá-las, mandando-o jogá-las na máquina de lavar.

Na lavanderia.

Com a porta de acesso para a garagem.

Jack esfregou e secou tudo até que a banheira estivesse limpa, recolheu as toalhas ensanguentadas, mijadas e sujas de merda e virou para o guarda.

— Está limpo. Samuel falou para eu levar as toalhas para o Miguel.

O guarda, que ouvira Samuel Rojas dizer exatamente isso, deu de ombros para a cozinha e deixou-o passar. Jack disse:

— Gracias.

Jack carregou os últimos vestígios do senhor Chun como um bebê super-alimentado. Cada passo o levava mais para perto da cozinha, de Miguel e de Kris, mas ele se sentiu tonto e separado do corpo.

ESTÃO NOS MATANDO.

Finalmente entendeu o comentário sarcástico de Rojas quando disse que era melhor que sua mãe não tivesse gasto todo o dinheiro. Tinham matado o senhor Chun porque a família dele não conseguiu ou não iria pagar. É assim que todos eles morreriam. Um por um, o dinheiro pararia de entrar, e eles sangrariam na banheira até a morte.

Jack e Krista tinham que ir embora. Hoje. Agora. Então Jack tinha que fazer isso acontecer. Estava frenético atrás de um plano, mas, se voltasse para pegar a faca no quarto, o vigia poderia não deixá-lo sair novamente. Ele queria falar com Kwan, fazer dele um aliado, mas ele estava no quarto, o que levava ao mesmo problema. Se Jack voltasse para o quarto, ele poderia não sair enquanto Krista estivesse na cozinha.

Jack deixou algumas toalhas caírem, ganhando tempo para pensar. Tinha que fazer isso agora, sozinho, sem a faca. Tudo bem, sem problemas. Absorve e acaba com isso. Pense!

Se a porta da garagem estivesse trancada, Miguel tinha a chave. Miguel era maior e mais durão, mas também era preguiçoso e estúpido, e virava as costas para Jack o tempo todo. Uma frigideira pesada poderia funcionar como uma boa arma, ou as latas grandes de tomate que Krista colocava na sopa. Aquelas latas deviam pesar alguns quilos.

Jack poderia levar Miguel para a lavanderia com facilidade e fingir algo errado com a máquina de lavar. Se Jack conseguisse pegar a frigideira, ou uma das latas, era preciso apenas ficar atrás de Miguel por um segundo. Ele faria o que fosse preciso para abrir a porta.

Jack estava com tanto medo que seus olhos marejaram. Piscou bastante, juntou as toalhas ensopadas nos braços e continuou em direção à cozinha.

Miguel geralmente estacionava o traseiro gordo numa cadeira dobrável na boca de acesso para a cozinha. Era ali que ele dormia, só que agora a cadeira estava vazia.

Jack tinha esperança de que isso significasse que Miguel estava na lavanderia ou na garagem, o que seria o melhor dos mundos, então apertou o passo.

O coração batia forte e a pulsação estourava nos ouvidos enquanto ele cruzava a entrada para a cozinha, preparando-se para a batalha que o aguardava...

Mas Miguel não estava na cozinha, e nada era como Jack esperava.

Medina estava sobre Krissy, que estava no chão. As mãos dela estavam erguidas para se proteger. O rosto manchado de sangue.

O mundo de Jack se reduziu a túneis vermelhos cheios de estática. Ele viu Krista caída com Medina sobre ela, então Medina o viu e seus lábios subiram mostrando os horríveis dentes encavalados.

Jack não hesitou ou teve dúvida, avançou sobre Medina enquanto as toalhas manchadas de sangue caíam no chão.

26

Marisol estava na cozinha quando Krista chegou com Miguel. O guarda magricelo que Krista chamava de Louva-a-Deus estava largado no balcão, mas ele sumiu para a sala de estar assim que Miguel chegou.

Miguel deu um chutinho nas caixas de papelão cheias de enlatados e sacolas plásticas no chão, perto da geladeira.

— Arroz e feijão. Faça os fígados. Tem uma sacola de dois quilos aí. Têm folhas de louro e pimenta malagueta. Está vendo ali? Vai ficar bom.

Marisol olhou para a caixa, mas Krista não estava nem aí. Pegou a maior panela do fogão, levou para a pia e abriu a torneira para enchê-la.

Marisol levou os sacos de arroz e feijão para o balcão, então pegou a segunda panela, alguns utensílios e esperou a vez para usar a torneira. Uma panela grande para o feijão e outra para o arroz.

Miguel foi para a entrada, jogou-se na cadeira e abriu uma revista de carros.

Krista olhou para ter certeza de que ele não estava vigiando. Ela não era alta, mas olhou por cima da pequena amiga enquanto sussurrava:

— Achei que ele não sabia ler.

— E não sabe. Só vê as figuras.

Compartilharam um breve sorriso, então se concentraram em encher as panelas. Krista gostava de Marisol. Era uma garota mirrada do Equador, com primos que moravam em Anaheim. Tinha viajado por quase dois meses pelo México todo para chegar aos Estados Unidos.

O seu sonho era trabalhar como empregada para uma patroa rica de Beverly Hills, e todo dia levar os poodles brancos dela para passear.

Marisol a cutucou.

— Como está no seu lado?

Marisol morava no outro quarto com o outro grupo de prisioneiros, muitos dos quais eram da América Central. Krista verificou Miguel mais uma vez antes de responder:

— Não muito bem. Estão machucando as pessoas.

— No nosso lado também. Se eles não conseguem o dinheiro, fazem as pessoas chorarem. Essa garota do Chile...

Marisol olhou para Miguel e baixou a voz ainda mais:

— O cara dos dentes tocou nela, lá embaixo. A mãe dela estava ao telefone e ele fez essas coisas com os dedos. Ele falou para a mãe dela o que estava fazendo.

Krista não abriu mais a boca até que elas tivessem carregado a primeira panela para o fogão e começaram a encher a segunda. Os feijões tinham que ser lavados, então ela os jogou na panela e remexeu os dedos na água para lavá-los de algum jeito.

A informação que Marisol compartilhou fez os cabelos de Krista se arrepiarem. Ela se lembrou do alicate, do jeito como Medina tinha olhado para ela e teve uma vontade repentina de gritar. Em vez disso, tentou encontrar algo encorajador para dizer:

— Um homem do nosso lado foi para casa hoje. Eles o fizeram gritar. Todos ouvimos, mas a família deve ter feito o pagamento. Eles o mandaram para casa.

Os olhos de Marisol se abriram como dois discos.

— Eles deixaram ele ir?

— Há alguns minutos. Está a caminho de casa agora.

Marisol lentamente balançou a cabeça.

— Não, Krista. Não. Eles não deixam a gente ir.

— Ele foi. Rojas contou pra gente.

Marisol a encarou e adotou uma voz imperativa:

— Eles não deixam a gente ir. Só ficam tomando o dinheiro. O dinheiro nunca é suficiente. Se nossas famílias não nos encontram, temos que fugir. Você não sabe disso, né?

Krista estava pensando em como responder quando a porta da lavanderia se abriu. Miguel imediatamente se levantou enquanto Medina entrava, vindo da garagem. Suas mãos e antebraços estavam lambuzados com algo gorduroso, e a camisa estava suja e manchada.

Miguel sorria como um Chihuahua.

— Precisa de mim para alguma coisa?

Medina o ignorou e lentamente desabotoou a camisa. Ele estudou Marisol de cima a baixo, então varreu Krista com o olhar. Ele escorregou para fora da camisa como uma serpente trocando de pele, e jogou-a no chão.

Encarou Krista, mas falou com Marisol:

— Lave isso. Deixe em água quente e use alvejante.

Marisol apressou-se em pegar a camisa e levou-a para a lavanderia.

Krista ouvia vozes fracas, a porta de um carro e um motor ligando na garagem. O portão da garagem rangia enquanto subia.

Como um bobo da corte, Miguel tentou novamente.

— Acho que está tudo bem, então, hein? Quer que eu cuide de alguma coisa?

Krista voltou para a panela porque odiava o peso dos olhos de Medina. Ele tinha um corpo largo e sem pelos. Era cheio de músculos, mas não era jovem, muito menos limpo. A pele frouxa se esticava e dobrava em gomos pálidos que ela achava obscenos.

Medina finalmente deu uma ordem para Miguel:

— Vá ver a garagem. Veja se Orlato não derrubou alguma coisa no chão. Use o alvejante.

Miguel passou apressado por Marisol em direção à garagem.

Krista fitava a panela enquanto a enchia e sentiu Medina se aproximar. Ela sentiu o calor do corpo dele. Ele parou atrás dela.

— Saia.

Ele usou o corpo para empurrá-la para o lado, então enxaguou as mãos e antebraços em água corrente, mandando a imundície para cima dos feijões.

— Dá o sabão.

Ele espremeu uma tira azul para cima e para baixo nos antebraços e mãos produzindo uma espuma grossa. Enxaguou a espuma sobre os feijões, fechou a torneira e a encarou. Água pingava dos braços no chão.

— Me seca.

Com os olhos, ela procurou Marisol, o Louva-a-Deus ou Miguel, mas eles estavam sozinhos.

— Me seca. Não vê que estou molhado?

Ele chegou mais perto e ela se distanciou, mas ainda não conseguia encará-lo.

— Você deveria ser boazinha comigo, garota.

Ela recuou, mas ele a segurou pelo pescoço tão rápido que ela caiu sobre ele, olhou para cima e viu os dentes encavalados. Dava tapas nele e tentava se livrar, mas ele ria. Então parou de rir e, com força, meteu um soco nela, no rosto.

Krista caiu sem nem perceber. Bateu no balcão, foi ao chão e olhou para ele como que envolvida por uma neblina cintilante. Ele parecia muito alto, longas pernas, braços mais longos ainda e com uma voz que ecoava bem de longe:

— Vai ser bom, sua *perra*.

Ele vinha do teto como um braço de borracha, Krista ergueu as mãos para se proteger e Jack apareceu do nada. Voou sobre ela e avançou para cima de Medina como um cão raivoso.

O impacto derrubou Medina para trás. Eles giraram pela cozinha, enroscados um no outro, braços e pernas. Jack grunhia quando rapidamente encontrou os olhos dela ao passar numa espiral.

— Garagem.

Krista se esforçou para levantar, mas não correu para a garagem. Agarrou a panela do fogão e virou para atirá-la em Medina, mas o Louva-a-Deus chegou correndo e ergueu Krista do chão. Miguel e os outros vigias apareceram e se amontoaram na cozinha para assistir.

Medina lutava com Jack no chão e o socava repetidas vezes, o punho subia e descia como um pistão.

Krista lutava para se livrar, mas o Louva-a-Deus a segurava apertado.

— Pare! Você está matando ele!

Ela implorava e tentava ajudar, mas a surra continuava.

— Pare!

Então a porta da garagem se abriu e o homem com rabo de cavalo entrou.

Miguel e o Louva-a-Deus imediatamente botaram Medina de pé. Ele lutou até que viu o homem recém-chegado, então imediatamente parou de lutar.

Krista implorava:

— Ele está machucado! Precisa de ajuda! Olhe para ele, por favor!

Jack jazia de bruços no chão. Os sangue saía das orelhas e escorria pelos lados do rosto.

— Ele precisa de um médico! Não tá vendo? Por favor!

O recém-chegado contemplou Jack, então franziu as sobrancelhas para Medina.

— Você está me custando dinheiro.

— Problemas de disciplina. É preciso mantê-los na linha.

O homem alto olhou para cada homem, um de cada vez, então considerou Krista. Ele tinha uma expressão tão pensativa que ela chegou a acreditar que ele iria ajudar, mas ele então virou para Medina.

— Os mortos não valem nada. Está vendo? Livre-se dele antes que os outros o vejam. E limpe essa bagunça.

Krista não entendera o que a ordem do homem alto significava até que ele e Rojas começaram a se virar para ir embora. Jack estava ferido, eles não dispunham de um médico, então iriam matá-lo para se livrar do corpo.

Krista deixou escapar a única coisa que ela esperava que fosse salvar a vida dele:

— Ele é rico! Eles são *ricos*! É por isso que a mãe dele está fora por tanto tempo!

O homem alto olhou para Rojas, que ofereceu o que sabia:

— Esse é aquele que a mãe está na China. Não tem ninguém para ligar até que ela volte.

Krista seguiu pressionando:

— Ela sempre faz essas viagens. Minha mãe disse que eles têm muito dinheiro. Se ele morrer, vocês ficam sem nada.

O homem alto pensou por um instante, então acenou com a cabeça para Medina.

— Veremos. Faça o que puder por ele.

O homem e Rojas desapareceram pelo corredor enquanto Miguel e outro vigia se abaixavam para pegar Jack. O Louva-a-Deus pegou o braço de Krista, mas Medina se inclinou para perto com aquela cara horrorosa.

— Assim que ele for embora, você vai fazer a primeira ligação. Você vai ligar para a mamãe. Vou fazer você gritar de verdade.

Ele olhou com mais malícia, então falou para o Louva-a-Deus levá-la para o quarto.

Krista estava com medo, mas aliviada. Ela tinha contado a eles um segredo sobre Jack, e isso tinha salvado a vida dele. Entretanto, ela tinha chegado perigosamente perto de contar de quem Jack era parente, e sobre o exército de gente que estava procurando por ele. Jack e Krista concordaram, na noite em que foram sequestrados, que não contariam aos *bajadores* de quem Jack era parente. Se esses homens descobrissem, eles o matariam. Jack e Krista só podiam rezar para que fossem encontrados rapidamente.

O Louva-a-Deus levou Krista de volta para o quarto.

O homem alto com o rabo de cavalo se foi depois de uma hora.

Medina cumpria o que prometia.

Krista fez a primeira ligação.

Ele usou os dentes terríveis e a fez gritar.

27

Nancie Stendahl

Stendahl baixou os vidros do carro alugado para deixar o jasmim da noite entrar. De Washington D.C. para L.A. sem parar, quatro horas no ar, chegou ao chão e, depois de quarenta minutos, lá estava ela, dirigindo pelo Kenter Canyon em Brentwood, Califórnia. Em casa. Stendahl tinha ido para casa por causa de uma ligação que recebera do chefe do departamento de polícia de Coachella, quatro dias antes.

Ela adorava dirigir pelo Kenter à noite, quando o jasmim, a erva-doce e o eucalipto floresciam, e os lobos e cervos podiam ser captados por seus faróis. A rua estreita começava no Sunset Boulevard, mas subia íngreme pelas árvores densas e casas afluentes até que uma vista estrelada da cidade se alongava a sul e a leste no horizonte. Nancie Stendahl sentia falta de dirigir nessa rota desde que foi transferida, há dois anos, para a sede do Bureau de Álcool, Tabaco e Armas de Fogo, em Washington. Se tinha uma coisa que ela não sentia falta era do sinal ruim do celular.

— Vou te perder, Tony. Estou a caminho da Bonnie.

— Pode me ouvir?

— Até aqui sim, mas não por muito tempo.

A diretora-assistente, Nancie Stendahl, representava o ATF na força-tarefa do congresso que incluía o FBI, a ICE, o DEA e as agências de aplicação de leis estaduais e municipais que se alinhavam pela fronteira dos Estados Unidos com o México. Essa força-tarefa se encarregava das atividades das gangues de cartéis no lado mexicano da fronteira. Tony

Nakamura era o oficial de contato dela com o comitê. Normalmente, o Bureau providenciaria um carro para alguém no cargo de Nancy, mas essa viagem era pessoal.

Nakamura continuou:

— Eu disse que o senador encheu o meu saco porque você deixou a cidade com a inspeção em andamento.

— Estou disponível para o senador 24 horas por dia, sete dias por semana, pelo telefone.

— Eu disse isso.

— Diga então que estou numa investigação que precisa acontecer. Se quiserem, mando um relatório completo.

Ela esperou, mas Nakamura sumiu. O sinal voltaria assim que ela chegasse ao cume, mas perdê-lo foi até bom. Sua mente estava ligada em outros assuntos.

Nancie deu a volta na última curva ao lado do Hanley Park e estacionou do lado de fora de uma casa lustrosa e moderna com uma vista do Pacífico de tirar o fôlego. Era a casa de sua irmã mais nova, que Nancie herdou quando Bonnie e Mel morreram num acidente de carro na estrada na costa do Pacífico. Isso foi há quatro anos, antes do seu segundo casamento, quando estava servindo como agente especial encarregada da divisão de campo da ATF em Los Angeles. Agora, quatro anos depois, com um novo marido, um novo emprego e uma nova vida em Washington D.C., ela voltava o mais frequentemente possível, mas por outros motivos além da casa.

Tirou a mala de rodinhas do porta-malas, colocou a bolsa no ombro e foi para a porta da frente. A casa parecia normal. As luzes de fora estavam acesas, e o brilho suave das luminárias laterais dizia que as luzes de dentro também estavam acesas, mas essas eram acionadas por *timers*.

O alarme ficou louco quando ela entrou, gritando que ela tinha sessenta segundos para desligá-lo antes que os melhores oficiais do LAPD chegassem. Nancie digitou o código de quatro dígitos (o ano de nascimento do sobrinho) para desligar o alarme.

— Oi, amigão! Está em casa? É a Nancie!

Ela seguiu pela entrada até a sala principal, que dava para a piscina de luzes brilhantes (também acionadas por *timer*) tão calma e limpa que parecia cheia de ar. Chamou de novo:

— Ei, cara!

A casa estava arrumada, em ordem e limpa. Ela estava a caminho dos quartos quando o telefone tocou. Presumiu que fosse Tony ligando de volta, mas viu o código de área 760. Era de Palm Springs.

— Stendahl.

— Ah, aqui é o sargento Conner Hartley do Departamento de Polícia de Palm Springs. Estou ligando para, ah, senhora Nancie Stendahl.

— É ela.

Ela não reconheceu a voz, mas isso não importava. Tinha recebido muitas ligações do deserto nos últimos quatro dias.

— Ah, diretora Nancie Stendahl? Do ATF em Washington?

Como se ele não conseguisse entender.

— Diretora-assistente, sargento, mas obrigada pela promoção. Vocês encontraram meu sobrinho?

— Ah, não senhora, não, sinto muito. Meu chefe mandou ligar. Ele quer que saiba que confirmamos que as partes do Ford Mustang encontradas em Coachella vieram de um veículo registrado em nome de, ah...

Ela completou para ele:

— Arrowhead Trust, Nancie Stendahl e Jack Berman, beneficiários.

— Ah, sim, senhora. Não houve boletim de ocorrência nem aqui nem em L.A. Checamos duas vezes o LAPD e os xerifes de L.A., caso tivesse passado despercebido, mas nada foi reportado.

A polícia de Coachella e os xerifes do condado de Riverside tinham sob custódia uma quadrilha de ladrões de carros que mantinham um desmanche em Coachella, Califórnia, não muito longe de Palm Springs. Durante as checagens subsequentes dos números de identificação dos veículos e registros, os investigadores descobriram que o dono registrado de um certo Mustang era algo chamado Arrowhead Trust, cujo endereço de correspondência era a sede do ATF em Washington D.C., a cargo da diretora assistente Nancie Stendahl. O chefe da polícia de Coachella a tinha imediatamente contatado para perguntar se ela ainda era dona do carro.

— As pessoas que vocês prenderam no desmanche disseram onde pegaram meu carro?

— Ah, bem, isso seria com os detetives de Coachella. Eles fizeram as prisões. Eu não saberia.

— Eles ainda estão sob custódia em Coachella?

— Ah, bem, vou ter que verificar.

A voz dela ficou fria.

— Você passaria meu número e pediria ao seu chefe para ligar direto pra mim? Eu gostaria de uma ligação esta noite, independentemente da hora.

— Ah, sim, senhora.

— Mais uma coisa. Vocês foram até minha casa em Palm Springs?

A Arrowhead Trust era dona da casa em Kenter, da casa em Palm Springs e do resto dos imóveis de Bonnie e Mel, tudo segurado para Jack como beneficiário e Nancie como responsável.

— Sim, senhora. O chefe mandou dois investigadores. Tudo parecia normal.

— Obrigada, Sargento. Por favor, peça para o seu chefe me ligar.

— Sim, senhora.

Ela desligou e fitou o brilho aquático da piscina, perguntando-se onde Jack estaria e como o Mustang dele acabou num desmanche sem que ele fizesse um boletim de ocorrência por roubo. Ela vinha se perguntando sobre essas mesmas coisas desde que o chefe de Coachella a contatara, e ela não tinha ficado contente com nenhuma das explicações. Depois da ligação do chefe, Nancie ligou imediatamente para Jack, mandou mensagens de texto e e-mails. Vinha repetindo isso todos os dias, sem retorno algum. Dois amigos do ATF de Los Angeles foram até a casa, mas não reportaram nada de incomum.

— Caramba, Jack! — falou Nancie Stendahl.

Largou a bolsa no sofá, tirou o paletó, então abriu a porta de correr de vidro e foi para a piscina.

Jack era menor de idade quando Bonnie e Mel morreram. A irmã e o cunhado tinham se dado bem na vida, ambos eram advogados, com a casa em Kenter e uma segunda casa em Palm Springs. Então, além disso, o acordo do seguro do bêbado que os matou tinha sido enorme. Nancie montou a credora, na qual ela era a responsável e Jack era o corresponsável e beneficiário. Na época ela estava entre um marido e outro e morando sozinha, então se mudou para a casa em Kenter como tutora até que ele começasse a USC, então apareceu a promoção e a transferência para Washington D.C. Financeiramente, Jack estava arranjado na vida, mas agora ele estava sumido.

Nancie passou os olhos pela lista de contatos e ligou para o agente especial no comando da divisão de campo de Los Angeles. Ele atendeu imediatamente.

— Ei, JT. É muito tarde?

— Não para você, chefe. Nunca. Está aqui?

— Na casa da Bonnie. Entrei faz cinco minutos.

— Nada do Jack?

— *No.*

John Taylor tinha sido seu agente especial assistente na época em que Nancie comandava o escritório de L.A. Ele era um agente afiado e durão com um registro estrelar e excelentes habilidades. Quando ela foi promovida para Washington, JT corretamente tomou as rédeas.

— Como posso te ajudar? É só dizer que eu consigo.

— O departamento de polícia de Coachella, de Palm Springs e os xerifes do condado de Riverside. Quero tudo o que eles têm sobre o desmanche.

— Feito.

Ela virou as costas para a piscina e voltou para dentro da casa.

— Arranje para mim um encontro com os investigadores de lá amanhã, o mais cedo possível.

— Pode deixar.

— Hora de encarar os malditos que eles prenderam. Seja lá quem tenha feito o contato, quero-os lá.

— Feito. O que mais?

Ela parou na sala de estar. Programou o telefone sem fio no balcão da cozinha e o monitor de segurança na parede.

— Quero um agente nos meus números de telefone. No celular de Jack, nas duas linhas fixas que temos aqui em Brentwood, e na outra em Palm Springs. Estão nos arquivos de vocês.

— Estão no meu telefone. Vamos identificar as chamadas feitas e recebidas das últimas duas semanas e fazer uma lista.

— Temos um sistema de segurança de vídeo aqui. Está ligado 24 horas por dia, sete dias por semana. Desgrava tudo a cada duas semanas. Preciso de uma cópia das duas últimas semanas com fotos de qualquer um entrando ou saindo dos arredores da casa.

— Dá pra acessar pela internet?

— Sim. Vou pegar os códigos.

— Fechado. Mais?

Ela se virou para a piscina e esforçou-se para pensar enquanto observava a água tremular.

— Não. Não, isso vai servir por enquanto. Obrigada, JT.

— A que horas você quer começar?

— O mais cedo possível.

— Vou colocar Mo e Roach nos seus números de telefones dentro de duas horas. Arranje os códigos das câmeras. Eles poderão acessá-las pelos *laptops*. Se não conseguirem, vão pegar o disco rígido da sua casa. Fale pra eles apenas quando chegarem aí.

— Obrigada, cara.

— Vamos encontrá-lo, Nancie. Confie em mim.

— Sempre confiei. Sempre confiarei.

Ela desligou e então andou pela casa. A casa de Bonnie, sua irmã mais nova.

Nancie sempre quis ter filhos, mas não podia engravidar. Ela se apegou a Jack e o amava como se fosse seu filho. Talvez até mais. Ficou em pé perto da cova quando Bonnie e Mel foram enterrados, segurando Jack apertado e ensopando-o de lágrimas. Ela tinha silenciosamente prometido para Bonnie que tomaria conta do seu bebê, sempre e para sempre, do mesmo jeito que Bonnie teria feito.

Ela tinha feito isso, até agora.

— Vou encontrá-lo, Bon. Você sabe que vou.

— PARTE III —

28

Danny Trehorn

Danny saiu do banho às 6h21 daquela manhã, esfregou a toalha na cabeça, nas costas e nas nádegas como um engraxate lustrando um sapato, e se apressou para uma partida de golfe às sete. Eram quatro advogados de L.A. que não jogavam nada, mas gostavam um do outro e não agiam com petulância quando perdiam uma tacada. Os escandalosos davam gorjetas irrisórias, mas eles eram ponta firme.

Ele jogou a toalha sobre o ferro da cortina, passou o desodorante e olhou as horas. Se ele saísse às 6h30, conseguiria chegar à casa de tacos às 6h45, bater o ponto, pegar o carrinho, encher a caixa-térmica com água e refrigerantes e estar pronto para a partida das sete com os quatro caras.

Perfeito.

Bermudas, camisa polo do clube, meias. Vistoso e pronto para ir.

Danny estava amarrando os sapatos quando algo bateu à porta tão alto que ele quase cagou nas calças...

BUM, BUM, BUM.

... no mesmo instante o celular tocou.

BUM, BUM, BUM.

Olhou para o identificador de chamada e viu BATF, enquanto a voz de um homem gritava lá fora.

— Daniel Trehorn! Polícia! Por favor, abra a porta.

Mas que porra? Parecia piada.

Com um sapato no pé e segurando o outro, Danny foi até a porta e espiou pelo olho mágico. Um homem mal-encarado com cabelo curto ruivo fitava-o segurando um distintivo.

Danny abriu a porta e deu de cara com cinco pessoas esperando. Dois policiais uniformizados, dois homens e uma mulher, todos de terno.

O ruivo baixou o distintivo.

— Daniel Trehorn?

Danny estava apavorado.

— Er, sim. O que foi que eu fiz?

A mulher disse:

— Meu nome é Nancie Stendahl do Bureau de Álcool, Tabaco e Armas de Fogo. Deixe-nos entrar.

Não tinha sido um pedido, mas sim uma ordem.

Quando os agentes do governo foram embora, não passou pela cabeça de Danny que ele chegaria bem atrasado, mas isso já não fazia diferença e ele não se importava. Estavam procurando por Jack. Danny queria ajudar.

ELVIS COLE:
42 minutos antes de ser sequestrado

29

Wander Lawrence Gomez dirigia um Audi azul-escuro com janelas fumês e rodas de liga leve. Foi o que contei a Pike e a Jon Stone, e era isso, que eles esperavam, mas Wander parou ao meu lado no Burger King da Cathedral City dirigindo um furgão cinza desbotado pelo sol. Nenhum plano de ação sobrevive ao primeiro contato com o inimigo.

Wander espiou com o terrível olho que revirava. Um sorriso sem expressão se alastrou por seu rosto como uma serpente cruzando a estrada.

— Vamos. Não quero deixá-lo esperando.

— E o meu carro?

— Não vamos demorar tanto tempo.

Pike e Stone estavam em veículos separados em algum lugar por perto, mas eu não sabia onde e não procurei por eles. Tinha chegado ao Burger King uma hora antes de Wander. Pike e Stone chegaram uma hora antes de mim.

Andei pelo lado do passageiro do furgão e entrei. O furgão estava detonado, mas o ar-condicionado funcionava bem.

— O que aconteceu com o Audi?

— O cara me deu esse. Assim não dá pra você ver aonde estamos indo. Deixou seu telefone no carro?

— Sim. Como você disse.

Eu não deveria levar o telefone, relógio, *pager* ou qualquer eletrônico. Ele tinha me avisado que eu seria revistado. O cara tinha regras e não havia exceções.

— Se eu achar alguma coisa, vamos jogar fora ou você volta pra casa.

— Eu sei. Prestei atenção.

— Tudo bem. A culpa é sua se o negócio der errado.

Wander Gomez tinha 1,90 metro, era parte salvadorenho, parte afro--americano. Tinha a cor de um café com leite forte, com exceção de parte da bochecha direita que foi golpeada pelo pai com um bloco de concreto quando ele tinha doze anos de idade. Os ossos orbitais em volta do olho direito foram esmagados, deixando a bochecha afundada e a pele ao redor cheia de pontos pretos e rosa. O olho parecia um ovo cozido. Estava livre para girar para onde quisesse. Vagava sem parar, cego e raivoso. Foi daí que tirou o nome. Wander*. Ele o chamava de olho mágico. Dizia que conseguia ver a verdade.

Depois de dois dias, Fredo o indicou, apoiado contra o Audi, do outro lado de um bar não muito longe do lago Echo. O bar era um ponto de encontro para que salvadorenhos sem documentos compartilhassem notícias e informações da terra natal. Era também frequentado por coiotes recém-chegados que articulavam os negócios antes de ir para o sul, oferecendo informações de contato para qualquer um que tivesse amigos ou parentes no país de origem. Wander usava a experiência salvadorenha e o olho mágico para pegar informações sobre *pollos* que estavam para chegar. Ele então as vendia para o Sírio ou para outros *bajadores*. Alimentava-se da sua própria gente.

Aproximei-me dele, joguei minha história. Não mencionei o Sírio ou sugeri onde Wander poderia encontrar mão de obra preparada. Minha única regra é que eu não faria negócio com os Sinaloas. Ao sugerir que havia sangue ruim entre mim e o cartel, tinha dado ao Sírio algo para verificar. Ele o fez e concluiu que eu parecia limpo no que tangia aos negócios.

Dois dias depois, Wander e eu nos encontramos no Burger King. Quase três quilômetros depois de entrarmos no furgão, ele saiu da estrada, entrou numa área rudimentar próxima ao Rancho Mirage e parou no acostamento.

— Saia. Mais fácil fazer isso aqui.

— Bem aqui?

— Claro, aqui. Essas pessoas não podem ver merda nenhuma.

Podíamos ser vistos pelos carros que passavam, mas Wander passou o bastão de frequência de rádio em mim. Fez um serviço profissional, o que significava que ele tinha feito o mesmo com outras pessoas anteriormente.

— Está certo. Volta pra dentro que vou conferir os sapatos.

Sentei-me no banco e comecei a descalçar os sapatos, mas Wander me interrompeu.

---

* "Wander" em inglês, é um verbo que significa "vagar, divagar, perambular". (N. E.)

— Lá atrás. Passa pelos bancos antes de tirar os sapatos. Você vai ter que ficar lá de qualquer jeito.

Espremi o corpo pelos bancos, descalcei os sapatos e os entreguei.

Furgões de entrega eram furgões de trabalho. Não havia janelas atrás dos bancos da frente e a traseira era uma caixa de metal suja que cheirava a pesticida e graxa. Angelo Buono e Kenneth Bianchi tinham usado um furgão idêntico para torturar suas vítimas, assassiná-las e gravar seus gritos.

Wander verificou meus sapatos com a mesma assiduidade com que tinha me averiguado — procurou dentro, tirou as palmilhas, examinou a sola e o cadarço. Checou cada sapato com as mãos e também passou neles o bastão. Então devolveu-me e me deu uma fronha preta.

— Coloca isso.

Quando ligou naquela manhã, Wander dissera que eu teria que usar um saco na cabeça para não conseguir ver aonde estávamos indo. Concordei, mas agora estava num furgão escuro que cheirava a pesticida e me lembrava dos Estranguladores de Hillside.

— E se a gente esquecesse o saco? Não consigo ver nada daqui.

— Está brincando comigo que vai começar com essa merda agora?

O olho raivoso me fitou, então foi para o lado, então voltou antes de rodar para o alto da cabeça. Ele parecia furioso quando ia e vinha. Eu me perguntava o que ele via através do ódio.

Wander balançou a fronha.

— Coloca o saco. Eu te avisei e você disse que tudo bem. Coloca o saco ou a gente volta para o Burger King.

Peguei a fronha e coloquei-a na cabeça. Cheirava a limpeza. Devia ser algodão egípcio.

— Como estou?

— Aprenda a gostar dela porque você vai usá-la algumas vezes hoje.

— Como assim algumas vezes?

— Nunca tem um caminho direto para o cara. É assim que ele fica seguro. Você pega algumas caronas antes de chegar aonde quer ir.

Wander ligou o motor e nos guiou de volta para a estrada. Mesmo com o saco na cabeça, eu sentia o olho vidrado em mim, raivoso e evidente. O olho mágico.

Eu me sentia preso no saco. Fácil de ser morto. Esperava que Joe e Jon Stone estivessem por perto.

JOE PIKE:
o dia em que Elvis Cole é sequestrado

30

Joe Pike

Pike observava o Corvette de Elvis Cole de um posto Shell do outro lado da estrada, a quatrocentos metros do Burger King. A Rover preta de Jon Stone estava do mesmo lado da estrada em que estava Cole, quatrocentos metros depois do Burger King. Para qualquer direção que Cole saísse, tanto Pike quanto Stone estariam do lado certo para mantê-lo em vista.

A voz de Stone chegou ao ouvido de Pike:

— Movimento.

Eles estavam ao celular, cada um com um fone Bluetooth no ouvido. Tinham telefones de satélite, mas celulares comuns eram mais fáceis desde que tivessem sinal e aparelhos de GPS de uso militar.

— Sem contato.

Isso significava que Pike não tinha visto os veículos. O campo de visão de Stone era melhor e ele estava usando binóculos.

— O furgão está saindo...

O furgão desbotado arrastou-se pela linha de visão de Pike assim que Stone falou. Ele ligou o Jeep e virou-se para a rua.

— Estou com eles. Cole está dentro?

— Afirmativo. Cara, você tem que ver o motorista. É feio pra caralho.

O furgão deixou o Burger King e virou em direção à estrada, afastando-se de Pike, que disse:

— Indo na sua direção.

Ele acelerou o Jeep para fora do posto Shell e virou para a estrada no primeiro cruzamento. Perdeu o furgão de vista quando diminuiu a velocidade para os carros que vinham no sentido contrário, mas ziguezagueou pelo trânsito e rapidamente o alcançou.

— Oito veículos para trás. Estou perto de um caminhão amarelo de dezoito rodas.

— Procurando.

Pike ainda estava se acostumando à situação quando a seta direita do furgão piscou. Eles tinham andado menos de um quilômetro e meio.

— Seta.

— Merda, não vejo você.

— Las Palmas. Lado oeste.

— Estou procurando.

Pike diminuiu para garantir distância entre ele e o furgão. Uma buzina tocou atrás dele, então outra, mas ele freou ainda mais, mantendo distância enquanto o furgão virava numa rua entre grandes terrenos crus. O furgão parou à vista de toda a estrada.

Pike saiu da estrada e virou na direção oposta, observando o furgão do espelho lateral. Depois de cem metros, ele virou num estacionamento perto de uma loja de liquidação de móveis.

— Pararam num terreno vazio.

— Estou vendo. Estão fora do furgão. O cara está fazendo uma vistoria nele. Merda, bem a céu aberto.

— Estou ao norte. Fique no sul.

— Entendido. Estou fazendo isso.

Pike sabia que a revista não demoraria muito e de fato não demorou. Cole e Wander entraram de volta no furgão e mais uma vez rumaram para o sul na estrada, então a leste, deixando as áreas endinheiradas de Rancho Mirage e Palm Desert para trás e seguindo para os bairros operários de Indio.

Pike e Stone mudavam as posições frequentemente para que Wander não notasse nenhum veículo constante em seu espelho. Pike tinha retrocedido quando a voz de Jon Stone chegou a seu ouvido:

— Seta.

Pike estava a uma distância de sete veículos atrás da Rover de Stone. Espalhavam-se entre eles cinco sedans, duas caminhonetes e um motoqueiro numa Harley. A seta esquerda de Stone piscou e ele falou novamente:

— Virando à esquerda no Taco Bell.

— Sim.

— Preciso diminuir a velocidade. Chega mais perto.

Pike levou o Jeep para mais perto.

O furgão virou depois do Taco Bell para uma área que misturava pequenas casas e um comércio modesto. Isso tornava a perseguição mais difícil, porque havia menos trânsito, então Stone teve que ficar ainda mais para trás. Pike o seguia, dois quarteirões atrás, considerando as ruas paralelas no GPS, caso precisasse manobrar. Stone disse:

— Seta. Ele está parando. Três quarteirões adiante. Também vou parar.

Pike virou imediatamente à direita, apertou o acelerador e derrapou para a esquerda numa rua paralela, atento a possíveis crianças ou carros circulando. Cinco quarteirões adiante, pisou no freio, virou à esquerda duas vezes e acabou na rua de antes, seguindo lentamente na direção oposta. O furgão cinza estava estacionado três casas adiante e à esquerda, na via de entrada, esperando o portão da garagem abrir. Pike disse:

— Estuque amarelo no seu lado direito. Endereço três-seis-dois.

Todas as casas ao longo da rua tinham telhas asfálticas de cores suaves sobre estuque, saídas de ventilação dos sótãos ao longo das cumeeiras, duas garagens para carros e cercas gastas de arame. A maior parte das casas tinha árvores e algum tipo de vegetação, mas no quintal da amarela havia rochas e areia ressecada.

Stone seguiu adiante enquanto Pike deslizou pela frente da casa. A porta da garagem estava aberta. Um grande SUV verde estava lá dentro. Não havia espaço para o furgão. Enquanto passava, Pike vislumbrou Cole pulando sobre o banco dos passageiros.

— Garagem aberta. Eles estão saindo.

— Estou com eles. Wander e Elvis. Estão na garagem. A porta está fechando. Aguarde...

Pike virou à direita na primeira rua e fez uma rápida manobra de retorno. Ele parou pouco antes do cruzamento, porém com uma boa vista para a casa. Stone faria o mesmo no próximo cruzamento.

O campo de visão de Pike permitia que ele enxergasse o portão da garagem, a porta da frente, duas janelas dianteiras e duas janelas laterais. Todas as janelas estavam fechadas, as persianas abaixadas. Em todas as janelas, não sobrava nem um centímetro de espaço na parte de baixo das persianas.

Pike baixou o vidro e se lembrou dos caçadores Masai que conheceu na África e se perguntou se eles conseguiriam ouvir a casa falando. Olhou para a casa e prestou atenção.

Pike manteve a posição por menos de cinco minutos depois que o portão da garagem começou a se mexer.

— Jon.

— Sim.

A porta ainda estava subindo quando Wander passou por baixo dela e voltou para o furgão. Stone disse:

— Viu aquela porra de olho?

— Viu o Elvis?

— Só o feioso.

O portão estremeceu e baixou.

— Tinha alguém na garagem?

— Negativo. Só o feioso.

Wander saiu da entrada e partiu passando por Pike, deixando o local pelo mesmo caminho da chegada. Stone disse:

— Mas que porra!

Esperaram. Um minuto. Dois minutos.

— Você acha que eles têm reféns lá dentro?

Pike não respondeu.

— Acha que al-Diri está lá dentro?

— Shh.

Três minutos depois que Wander partiu, o portão da garagem ganhou vida e subiu pelos trilhos mais uma vez. Quando estava aberta, um Ford Explorer verde-escuro deu ré cuidadosamente. As janelas eram tão escuras que pareciam pretas. Stone disse:

— É uma excursão. O que fazemos agora? Seguimos ou ficamos?

O portão da garagem fechou. A garagem estava agora vazia, mas isso não significava que a casa também estivesse.

O Explorer deu marcha à ré para a rua e partiu, passando por Jon. Pike disse:

— Vê alguém?

— Não, cara. Não por aquele vidro. Você acha que ele está lá? Elvis.

— Não sei.

— Diz aí, o que fazemos?

Pike fitou a casa. Não tinha jeito de saber se Elvis estava dentro ou fora.

— Vai com o Explorer. Vou vigiar a casa.

— A caminho.

Pike ficou vigiando a casa e esforçou-se para tentar ouvir as vozes que ninguém conseguia escutar.

31

Jon Stone

O Explorer desceu para o sul, saindo de Indio, passando por Coachella e então para o deserto. Ficou na pista da direita, nunca variando a velocidade do fluxo regular do trânsito e não fez nada fora do comum. Jon achava isso suspeito.

Ele ficou tão para trás que dirigiu com os binóculos Zeiss no meio das pernas. De tempos em tempos dava uma rápida espiada para garantir que o carro estava onde deveria estar e, sim, lá estava ele.

Passaram por Thermal, Califórnia, que tem o nome mais legal de todos os tempos para uma cidade no deserto, e então Jon pensou que eles poderiam estar seguindo para o México. Não muito longe do aeroporto de Thermal, o Explorer virou para o leste.

Jon acelerou sem dificuldade. A Rover preta tinha um motor muito potente. Seguiu o carro pela parte de cima de Salton Sea até um pequeno bairro residencial rodeado por fazendas. Ligou para Pike.

— Parece que estamos indo para outra casa. Estou numa cidadezinha chamada Mecca, no lado norte de Salton.

Pike não respondeu, o que era típico dele.

— Pegou algum movimento por aí?

— Não.

— O feioso voltou?

— Não.

Não. Respostas de apenas uma palavra. A típica "não conversa" de Joe Pike.

— Muito bem. Vou te manter informado.

— Jon.

— Sim?

— Rodeei a casa.

Isso significava que Pike havia circulado a casa para uma vistoria. Jon sabia que isso também significava que Pike estava preocupado. Pike era o melhor homem de reconhecimento espacial que Stone conhecia, e circular uma casa rodeada por nada além de areia e terra era pedir para ser visto. Pike também sabia disso e conhecia os riscos.

— As persianas não estão só puxadas. Estão presas. A casa está toda trancada.

— Você ouviu algo?

— Não.

— Ar-condicionado funcionando?

— Sim.

— Se quiser entrar, eu volto. Vamos escancarar essa porra.

— Não. Fique com o Explorer.

— Entendido.

Stone recuou um pouco mais quando a seta do Explorer piscou. Ele teria que ser ainda mais cuidadoso nas ruas residenciais confinadas. Não que isso o incomodasse, mas a Rover de oitenta mil dólares se destacava na área decadente como um diamante negro brilhante. Esse era outro desafio, e Stone adorava desafios. Eles deixavam a vida interessante.

Conferiu o GPS e viu que a vizinhança se formava numa grade retangular. Fácil, fácil.

Três quarteirões adiante, o Explorer virou à direita. Stone esperou duas batidas de coração para que eles desaparecessem, então enfiou o pé no motor potente e largou com tudo. A Rover saltou como um F18 saindo de um porta-aviões. Quando alcançou o cruzamento, Stone freou, colocou a cabeça para a frente e viu o Explorer cruzando a intersecção paralela a três quarteirões de distância.

Stone ganhou os três quarteirões de distância da Explorer num salto, mas o carro não apareceu no quarto cruzamento. Jon virou à esquerda na rua do Explorer, depois à esquerda novamente e então sorriu.

— Homem morto, seu filho da puta.

No lado direito, quatro casas adiante, o carro estava parado de frente para uma garagem aberta. Outro veículo estava na garagem, mas Jon não conseguia distinguir a marca nem o modelo. Esperou até que o portão da garagem fechasse, então dirigiu lentamente pela frente da casa.

O Explorer desapareceu dentro de uma casa cor-de-rosa desbotada com telhas asfálticas vermelhas. Stone passou por ela, deu a volta, então encostou em um ponto do outro lado da rua, três casas depois. Estacionou entre uma picape Dodge e um Toyota Cruiser, esperando que a caminhonete e o SUV ajudassem na camuflagem da Rover.

Estudou a casa e prestou especial atenção às janelas. As persianas estavam abaixadas e presas como as da casa em Indio. Nenhum som ou sinal de movimento emanava da propriedade. As saídas de ventilação do sótão ao longo da cumeeira estavam dispostas de tal modo que pareciam portinholas. Uma estava entreaberta como se estivesse com as dobradiças soltas. Diferente do quintal estéril da última casa, essa possuía dois carvalhos desiguais na frente, uma fila descontínua de cedros em volta e uma tabela de basquete presa no telhado, acima da garagem. A tabela estava descascando e a rede tinha sumido fazia tempo.

Stone se perguntava quanto tempo havia passado desde que alguém enterrara uma bola naquela cesta no exato momento em que o portão da garagem ganhou vida, revelando um Explorer verde-escuro e um Escalade preto. Jon afundou-se atrás do volante.

O Escalade deu marcha à ré e saiu diretamente diante da Rover. Jon vislumbrou o motorista e viu uma forma no banco do passageiro, mas tudo o que viu foi uma sombra.

Stone ficou dividido entre seguir o Escalade ou ficar com o Explorer. Decidiu ficar. Você tem que dançar com a garota que traz para a festa.

Stone arrastou-se para o banco de trás e abriu uma bolsa verde de nylon. Vasculhou o interior dela até encontrar um estojo de plástico duro da Pelican, e considerou usar o que tinha nele.

O trabalho de segurança de Jon geralmente requeria que ele usasse várias escutas e aparelhos de monitoramento para conseguir informações. Ele estava pensando em dar uma olhada dentro da casa. Faria isso com um furo de dois milímetros e meio de diâmetro na parede, e por ele inseriria uma câmera acoplada a um microfone num fio do tamanho de um lápis nº 2.

Estava decidindo qual ponta da furadeira usar quando o portão da garagem abriu mais uma vez e ele fechou o estojo.

Observava o Explorer sair da garagem e notou que o ambiente não tinha a bagunça típica de tralhas que as pessoas acumulam nas garagens.

Nenhuma caixa, bicicleta, equipamento para cortar grama ou decoração de natal se acumulava nas paredes ou se apoiava nas prateleiras. Vasculhou a memória e atinou que a garagem na casa em Indio também estava em ordem, sem bagunça.

O Explorer o levou para o norte passando pelo aeroporto de Thermal até Coachella. Jon achou que eles estavam voltando para a casa em Indio, mas eles viraram para oeste por La Quinta e Indian Wells, seguindo então para o sul em direção ao deserto.

Jon checou o GPS e viu que a estrada se desviaria dos bairros do deserto e iria para o profundo nada do deserto de Anza-Borrego, a oeste do Salton Sea. O trânsito diminuiu, então ele tomou distância até que precisasse dos binóculos para ver o carro. Mantinham-se rápidos numa contínua velocidade de 110 km/h por quase vinte minutos até que os faróis de freio piscaram. Jon imediatamente diminuiu e deu uma olhada no GPS, esperando ver uma estrada, mas não viu nada. Mudou do modo mapa para o modo satélite e ampliou a imagem até ver um estreito filamento saindo da estrada. Devia ser um local sem asfalto ou a estrada de um rancho.

O Explorer saiu da estrada e imediatamente levantou uma nuvem de poeira que Jon pode ver sem a ajuda dos binóculos.

— Merda!

Deixou o espaço entre eles aumentar. Não estava preocupado em perder o Explorer porque o rastro de poeira era óbvio. Segui-lo, no entanto, seria um problema. Se ele conseguia ver o Explorer, o Explorer também conseguia vê-lo.

Quando chegou à curva, saiu da estrada e comparou o rastro de poeira restante com a imagem no GPS. As poucas estradas sem pavimentação corriam por quilômetros como estreitas linhas cinza antes de cruzarem outra linha estreita. O Explorer estava agora numa estradinha que virava a noventa graus da estrada principal e em breve se juntaria à outra estrada que corria paralela à rodovia por quilômetros. Essa segunda então cruzava uma terceira que levava de volta para a estrada principal. Jon sorriu quando notou isso, jogou a Rover de volta para a rodovia e pisou fundo no acelerador.

Depois de cerca de sete quilômetros e meio, a 175 km/h, ele saiu da estrada para entrar na terceira estradinha, bem à frente do Explorer. A poeira estava bem atrás dele, e se distanciando. Conferiu o GPS novamente e rastreou-os lentamente. Seguiu-os pelo deserto por quase quatro quilômetros até que a nuvem de poeira sumiu, o que significava que eles tinham parado.

Jon parou a Rover e procurou com os binóculos a ponta da nuvem que sumia, até notar um brilho no horizonte que oscilava com o calor. Voltou para a bolsa de nylon e pegou um telescópio de precisão Zeiss com *zoom* de sessenta vezes montado num pequeno tripé. O Zeiss tinha se mostrado ideal para localizar merdinhas nas encostas rochosas do Afeganistão. Ele o colocou no capô da Rover, ajustou o foco e achou o Explorer.

Estava estacionado em uma elevação perto do que parecia um pequeno muro de pedra. Duas pequenas figuras carregavam algo grande em direção aos arbustos. Depois de alguns instantes, eles voltaram para o carro e carregaram outra coisa grande. Jon teve um mau pressentimento de que uma daquelas coisas poderia ser o corpo de Elvis Cole.

Fizeram mais duas viagens além dos muros, então subiram no Explorer e foram embora. Jon estava dividido entre seguir o carro ou procurar por Cole, mas na verdade só havia uma decisão a ser tomada.

Ele observou até que a pluma de poeira baixasse, ajustou a suspensão da Rover para terreno irregular e seguiu o caminho deserto adentro. Parou a sessenta metros dos muros em ruínas, saiu com a M4 e liberou a trava de segurança. A nuca ficou arrepiada como se tivesse formigas debaixo da pele, deixando-o totalmente preparado para o combate, pronto para disparar trinta tiros de balas 5.56.

Jon passou pelos arbustos até encontrar os rastros do Explorer, então seguiu as pegadas passando pelos muros até um fosso baixo. Sabia o que iria encontrar mesmo antes de alcançar a beirada. O zumbido raivoso de enormes moscas do deserto e vespas carnívoras diziam tudo. O fedor de camarão estragado e órgãos disseram o resto.

Os corpos tinham sido desovados na vala, uns sobre os outros, numa mistura de carne coberta com plástico. Um pó branco fora livremente borrifado por cima dos corpos, mas não ajudava a espantar o cheiro, muito menos as moscas. Elas rodeavam violentamente numa nuvem e se arrastavam por baixo do plástico.

Jon contou oito corpos ao todo, mas então concluiu que havia nove, homens e mulheres, mas não conseguiu vê-los bem o suficiente pelo plástico para saber se Elvis Cole estava entre eles.

Baixou a M4, fotografou os cadáveres com o iPhone, então voltou para a Rover. Tirou os óculos de sol, esfregou o rosto e gritou para o horizonte.

— São pessoas, seus malditos. Jesus do céu, são PESSOAS, caralho!

Olhou fixamente na direção da vala, guardou a M4, tirou a camisa e a amarrou sobre a boca e o nariz para evitar as moscas.

Jon voltou para a vala e desceu entre os mortos. Tirou os plásticos, procurando por Elvis Cole.

Sabia que Pike iria perguntar.

32

Joe Pike

Nem Wander nem o Explorer tinham voltado. Jovens mães e pais passavam com crianças presas aos assentos dos carros e três garotos deslizavam em seus *skates*. Pike se perguntava se Cole estava dentro da casa com Ghazi al-Diri e se tudo estava correndo como planejado.

Uma mulher vestindo calças cargo pretas e um top da mesma cor saiu da casa vizinha com um grande pastor-alemão. Para uma mulher pequena, ela tinha ombros largos, braços delineados, e parecia um soldado especial com todo aquele preto. Entretanto, não parecia feliz.

A mulher e o cachorro passaram andando pelo Jeep como se tivessem feito essa mesma caminhada milhares de vezes e não havia nada de novo. O cachorro puxava pela coleira e a mulher o mandava parar. Parecia brava, mas Pike não achou que ela estava. Caminharam juntos milhares de vezes, e toda vez que o cachorro puxava, a mulher reclamava. Os braços e o rosto estavam tensos. Pike se perguntava por que ela não mudava a disposição das coisas. Mude uma coisa e tudo muda. Tudo o que precisava fazer era falar com o cachorro.

O telefone dele vibrou. Olhou para o número no aparelho e reconheceu Stone.

— Manda.

— Eles estão desovando corpos. Segui o Explorer até o deserto e os vi. Estão matando as pessoas nas casas.

Pike estudou a casa e se perguntou se alguém lá dentro estava morrendo.

— Elvis?

— Não. Não, cara, chequei. Desovaram quatro hoje, mas contei nove. É feio pra caralho.

Pike concluiu que deviam ser gente de Park.

— Coreanos?

— Era o que eu esperava, mas não. São indianos ou paquistaneses. Quantas pessoas esse cara sequestrou nessa porra?

Isso surpreendeu Pike. Ele se perguntava se eles eram mantidos na casa que ele estava vigiando ou na casa em Mecca, ou outra, e quantos mais ainda eram prisioneiros.

— Há quanto tempo eles estão mortos?

— Os quatro foram hoje, não mais que cinco ou seis horas. Os outros estão aqui há dias.

— Onde você está?

— A caminho agora, mas os corpos estão a trinta e dois quilômetros ao sul de Palm Desert. Fixei uma marcação no GPS. O que está acontecendo por aí?

— Nada.

Stone não emitiu comentário, o que significava que ele não gostava da situação. Pike também não. Cole devia estar na casa, mas Wander não tinha voltado para levá-lo de volta para o carro, e ninguém mais tinha chegado. Se eles tivessem levado Cole no Explorer, ele agora não tinha apoio algum, e Pike gostava menos ainda disso.

Stone leu sua mente.

— Você sabe, não temos motivos para acreditar que ele estava no Explorer.

— Hmm.

— Mas se o Sírio estava em Mecca, talvez eles devam ter largado Cole no caminho da desova dos corpos.

Pike pensou que Stone poderia estar certo sobre o encontro num local secundário, mas só havia um jeito de descobrir.

— Vou entrar.

— Espera. Estou a quinze daí. Chego em doze.

— Não vou esperar.

Pike largou o telefone e foi para a traseira do carro. Tirou a camiseta, vestiu o colete à prova de balas e depois a camiseta sobre ele. Prendeu uma Kimber .45 semiautomática num bolsinho nas costas e estava prestes a prender a Python .357 quando o cachorro passou correndo e arrastando a coleira no chão. Pike recuou para o lado mais escondido do Jeep e cobriu as armas.

O cachorro correu diretamente para a porta da casa vizinha e arranhou-a para tentar entrar. Pike imaginou que a mulher tinha ficado cansada de ser puxada. Ela veio pela rua alguns segundos depois, a cara fechada e gritando para o cachorro parar. Ele não parou. Pike deu-lhe as costas quando ela bateu os olhos no Jeep.

Assim que a mulher e o cachorro entraram na casa, Pike prendeu a .357 na cintura e dirigiu até a casa. Saiu com uma marreta de sete quilos e sem a preocupação de bater à porta.

Pike golpeou a fechadura. Ela afundou na madeira, mas a porta não cedeu. Ele girou novamente e espatifou mais madeira, mas algo estava bloqueando a passagem.

Deu um passo para o lado. Ouviu pelo buraco, mas não escutou nada. Não havia vozes, movimento ou homens correndo para pegar armas.

Pike correu de volta para o Jeep e dirigiu em direção à casa, até o para-choque pressionar e amassar o portão barato da garagem.

A porta da lavanderia caiu com a marretada.

Ele vistoriou toda a casa rapidamente, arma em punho, na mira, pronto para agir. A casa estava vazia. Pike não encontrou nenhum corpo, objetos, comida ou roupas. A única evidência remanescente de que algo terrível tinha acontecido ali eram as pesadas placas de madeira compensada cobrindo as janelas e as portas. Essa casa tinha sido uma prisão.

Pike terminou a vistoria e ficou de pé na sala de estar, respirando. Tentou ouvir o que a casa sabia, mas só ouviu as batidas baixas e contínuas do coração.

Pike tinha ficado de vigia desde que o furgão cinza deixara Cole naquela casa, mas agora Cole estava desaparecido.

Seu amigo tinha sido sequestrado.

Ele correu de volta para o Jeep, saiu da garagem e disse para Jon Stone encontrá-lo em Mecca.

33

Joe Pike

A casa em Mecca tinha ainda menos coisas. A madeira compensada tinha sido removida e os buracos dos pregos tapados com massa corrida. Nenhum sinal de Cole ou de qualquer outra pessoa. Stone disse:

— E agora?

— O carro dele.

— O quê?

— Não podemos deixar o carro dele no Burger King.

— Eu quis dizer para onde vamos daqui?

— Eu sei o que você quis dizer.

Ambos deixaram o carro de Pike no aeroporto de Palm Springs. Stone os levou até o Burger King, onde Pike pegou o Corvette de Cole. Ele tinha a chave. Levariam o Corvette para casa, dormiriam um pouco e Stone os levaria de volta na manhã seguinte. Pegariam o Jeep de Pike e checariam os corpos. Se nove corpos foram desovados, poderia muito bem ter um décimo.

Depois de duas horas e quarenta e seis minutos, Pike contornou a última curva para o chalé de Cole e guiou o velho Corvette para dentro da garagem.

Estava tudo escuro, mas Pike conhecia a casa de Cole tanto quanto a sua. Acendeu a luz da cozinha, um abajur na sala de estar e abriu as janelas de correr que davam para o deque.

O desfiladeiro abaixo estava salpicado de luzes. Algumas das casas ficavam tão perto que Pike via as cores oscilantes dos televisores, enquanto outras mantinham o brilho azul-celeste das piscinas. Pike gostava do deque de Cole. Tinha ajudado o colega a reconstruí-lo depois que cupins atacaram a estrutura, e ajudava a envernizar a madeira a cada três anos. O ar noturno estava frio e cheirava a erva-doce selvagem. Pike disse:

— Estou te ouvindo.

O tic-tic-tic de garras se aproximaram, então o gato de Cole encontrou as pernas de Pike.

Ele olhou para o gato, que devolveu o olhar. Era um animal descuidado, com cicatrizes nuas cortando a cara negra e com orelhas picotadas.

Pike se agachou e passou a mão no gato, da cabeça cheia de caroços até a ponta da coluna. Por um instante o gato gostou disso, então recuou. O pelo ao longo da coluna se eriçou. As orelhas dobraram e se esticaram, e a cara de guerreiro ganhou uma expressão raivosa. Pike disse:

— Ele não está aqui.

Pike foi para dentro. Achou uma lata aberta de comida de gato e uma garrafa de cerveja Abita na geladeira. Colocou os restos da lata num prato limpo, então colocou água fresca, comida e um pires com cerveja no chão.

O gato parou ao lado da comida, mas não comeu.

Pike bebeu a maior parte da cerveja, acendeu a luz da garagem e fitou o carro de Cole. Sujo. Pike lavava o Jeep todos os dias e o encerava a cada dois meses. A casa de Cole era limpa e organizada, e ele era enfadonhamente limpo ao cozinhar, mas o carro era uma bagunça. Pike não entendia, apesar de frequentemente imaginar se isso revelava alguma verdade que ele não era capaz de entender.

Achou um balde e toalhas na lavanderia, jogou detergente no balde e levou-os para o carro. Um exército de mosquitos rodeava a lâmpada do teto da garagem.

Pike puxou a mangueira do lado da casa, encheu o balde com água e sabão e então enxaguou o carro. Começou pela frente, esfregando com a mão para arrancar a sujeira. O gato veio assistir. Gotículas de água caíam em seu pelo, mas ele não se mexeu.

Pike amoleceu a sujeira do capô, das laterais e da traseira, mergulhou uma toalha na água com sabão e passou pelo carro novamente. Esfregava com vontade e, depois de deixar a lataria limpa, dedicou-se aos pneus e às rodas, então enxaguou a lataria novamente. Secou o carro com as toalhas restantes e limpou o interior.

Quando terminou, Pike tentou se lembrar de quando fora a última vez que ele vira o carro de Cole limpo daquele jeito. Não conseguiu, mas também não ligou. Estava limpo agora. Quando voltasse, o carro estaria pronto para ser usado.

Pike esvaziou o balde e foi para dentro. Tirou a roupa, colocou-as na lavadora com as toalhas e tomou um banho no banheiro do quarto de visitas. O gato o seguiu pela casa e também quando ele colocou as roupas molhadas na secadora.

Enquanto secavam, Pike foi para o andar de cima pegar os suprimentos de limpeza de armas de Cole e levou-os para a mesa de jantar. Limpador, pedaços de algodão, uma bucha, uma vareta e um pano macio de algodão.

Pike descarregou as pistolas e desmontou a Kimber. Podia desmontar a Kimber e montá-la novamente com os olhos vendados, no escuro, e sob quaisquer condições. Não era preciso pensar sobre o que estava fazendo. As mãos conheciam o caminho.

O gato o observava do outro lado da mesa. Pike empurrou pedaços de algodão embebidos em lubrificante pelo cano, sobre o quadro, o ferrolho, o conjunto de molas de recuo e a culatra. Pike olhava para o felino enquanto trabalhava e notou que o gato não estava olhando para ele, mas para as partes das armas enquanto eram escovadas e limpas.

Ele colocou os conjuntos de molas de recuo no quadro da Kimber, recolocou o ferrolho e apertou a trava de segurança no lugar. Com a Kimber já remontada, Pike a colocou de lado e começou a limpar a Python. Olhou para o gato novamente. Os olhos tinham se transformado em fendas que ardiam, e o rabo se movia como uma serpente perigosa.

Pike esfregou lubrificante pela câmara e pelo tambor cilíndrico da Python, então passou sobre a placa de recuo e embaixo do cilindro. Correu a escova pelo tambor e pelas câmaras, então esfregou o aço, mas ele não olhou para a arma enquanto a limpava. Olhava para o gato.

Ele andava no outro lado da mesa, deslizando de um lado para o outro, o rabo dando golpes violentos no ar enquanto a coluna se eriçava.

Pike recarregou a Kimber. Empurrou uma grande bala dourada .45 ACP de ponta oca, depois uma atrás da outra para dentro do pente da Kimber até que estivesse cheio, então a colocou sobre a mesa. Puxou o ferrolho para deixar uma bala em posição e acionou a trava de segurança.

O gato veio na sua direção, mas deu meia-volta. A cara negra era tão feroz quanto a de um Maori. Os pelos da coluna estavam espetados como os cabelos de um guerreiro moicano.

Pike colocou a Kimber de lado e carregou a Python. Abriu o cilindro e encaixou uma longa bala de Magnum .357 no tambor.

O gato chegou mais perto.

Pike colocou uma segunda bala, então uma terceira e agora o gato estava a poucos centímetros de distância, mas não olhava mais para a arma. Ele fitava Pike, e seu rosto deformado estava furioso.

Ele terminou de carregar a Python. Seis buracos, seis balas. Fechou o tambor, segurou a pistola com firmeza e fitou o gato de Cole. O gato de Elvis Cole.

O gato lambeu os lábios ferozes e soltou um rosnado baixo.

Pike acenou com a cabeça.

— Sim. Vou encontrá-lo.

Colocou então as armas nos coldres, bebeu uma garrafa de água e ligou para Jon Stone.

— Vem me buscar. Não vou esperar até de manhã.

Stone o encontrou depois de alguns minutos.

JACK E KRISTA:
sete dias depois de serem sequestrados

34

Um dia depois da surra, Jack abriu os olhos, piscou e olhou para ela. Suas pupilas estavam dilatadas.

— Quem tá na TV?

— Pode me ver? Estou aqui.

Os olhos viraram e voltaram para ela.

— Nancie. Mamãe tá em casa.

Krista tocou os lábios dele. Uma pontada de medo passava por ela toda vez que ele mencionava a tia.

— Shh, gatinho. Não fala da Nancie.

Os olhos dele viraram novamente, se abriram e então fecharam.

Jack estava esticado ao longo da parede, no espaço deles debaixo da janela. Os vigias tinham levado Jack para o quarto e o colocado perto do balde de urina. Deram para Krista gelo embrulhado numa toalha para a cabeça dele. Foi o máximo que fizeram. Kwan o puxou para seu espaço sob a janela. O gelo tinha derretido, então Krista dobrou a toalha úmida e a colocou embaixo da cabeça de Jack como uma almofada.

Kwan ficou sentado por perto. Ninguém mais no quarto tinha se aproximado. Como se tivessem medo de que os guardas pudessem fazer o mesmo com eles.

— Falando mais. Bom.

Jack estava praticamente inconsciente ontem depois da surra. Krista achou que ele fosse morrer. A pele ficou pálida e fria, e ele tremia violentamente entre períodos de calmaria. Começou a murmurar mais cedo naquela manhã. Krista achou que isso era um bom sinal, mas não sabia direito. Jack estava bem machucado. Ela esperava que fosse apenas uma concussão, mas pensamentos sobre hemorragias cranianas, dano cerebral e monitores com linhas contínuas rondavam sua cabeça. Kwan disse:

— Como você tá?

Quando ela levantou a cabeça, ele apontou para o ombro dela. Tinham ligado para a mãe dela ontem. Medina a segurou enquanto Rojas ligava. Quando a mãe atendeu, Medina mordeu seu ombro para fazê-la gritar. Ele a mordeu com força, esfregando-se nela.

Ela respondeu rapidamente e dispersou a memória:

— Estou bem. Não é nada.

Kwan grunhiu como se aprovasse a bravura dela.

— Eu mato.

Ela olhou e Kwan sorriu, mas estava escuro e muito sombreado.

— Em breve.

Ele se ajeitou contra a parede e fechou os olhos, mas o sorriso permaneceu.

Dois outros coreanos tinham sido liberados nas horas seguintes à surra de Jack. Rojas fez o mesmo discurso, alegando que eles tinham sido liberados para suas amáveis e generosas famílias, mas Kwan mais uma vez sorriu sem acreditar.

— Não pagam.

Krista disse:

— Você acha que eles foram mortos?

— Não pagam, você morre.

— Você ainda está vivo. Quem está pagando para você?

Kwan apenas sorriu e não disse mais nada.

Vinte minutos depois, Rojas e Medina forçaram-na a falar com a mãe, e Medina a fez gritar.

Ela tocava a cabeça de Jack agora, e se concentrava nele para se esquecer da lembrança. Focou em Jack. Ela tinha que mantê-lo vivo até que fossem salvos.

Krista estava totalmente focada no que poderia fazer para ajudá-lo quando a porta se abriu e Medina, Rojas e Miguel entraram. Ela pensou que Medina viera para buscá-la novamente, mas os três homens começaram a chutar as pessoas sentadas no meio do quarto, jogando-os para os lados. O homem alto com o rabo de cavalo esperou à porta até que o chão estivesse livre, então veio diretamente até Krista. Ela tinha certeza de que eles tinham vindo para buscar Jack e se levantou.

— Não o machuquem! Ele precisa de um médico.

O homem alto a empurrou de lado e se agachou ao lado de Jack. Examinou um olho, depois o outro, e tomou a temperatura na testa de Jack. Então ele levantou e virou para Krista. Falou em espanhol excelente:

— Ele é forte. Quanto tempo para a mãe voltar?

Krista se segurou. Ela estava com tanto medo que queria vomitar, mas seu pânico amainou. Se o homem estava fazendo perguntas, ele ainda podia ser convencido.

— Ele falou uma semana para mim, mas não tenho certeza. Ele não fala bem espanhol e eu inglês.

— Você é de Sonora?

— Si. Hermosillo.

— Como você sabe que ele tem dinheiro?

— Minha mama, ela me disse. Ela trabalhava na casa deles.

— Ela disse que eles são ricos?

Krista tentou responder do jeito que uma garota do interior responderia:

— Eles têm muitas casas e carros. A mãe dele viaja para lugares maravilhosos. O garoto, ele não trabalha. Nenhum deles trabalha. É por isso que ela pediu que ele me levasse até ela.

Krista fez o possível para parecer tímida e um pouco envergonhada.

— Ela espera que ele goste de mim.

O homem alto deu um pequeno sorriso e Krista sentiu uma fagulha de poder.

— Que tipo de carros? Mercedes? Porsches? Bentleys?

Ela o fitou como se ele falasse línguas estrangeiras e balançou a cabeça.

— Eu não sei o que é isso.

Ele sorriu novamente, mas dessa vez para a burrice dela. Isso a encorajou ainda mais.

— Mas ela disse que eles são ricos.

Krista sabia que ele estava caindo nas mentiras porque queria acreditar, então tinha que dar algo em que ele pudesse acreditar sem que parecesse um absurdo:

— Ela disse que o pai dele foi morto num acidente. Eles pegaram muito dinheiro do seguro. Tanto que agora são ricos.

O homem alto grunhiu como se isso fizesse perfeito sentido, então olhou para Jack e grunhiu novamente:

— Ele é forte. Vai viver.

— Ele precisa de um médico.

O homem alto sorriu, mas agora de modo cruel.

— Você é a médica dele. Salve-o e talvez você possa casar com o dinheiro dele. Vou te dar mais gelo.

O homem alto se virou e Krista o viu partir. Quando a porta se fechou, ela se sentou ao lado de Jack e tocou a cabeça dele. Ele estava vivo. Tinham sobrevivido mais um dia. Pessoas estavam procurando por eles.

Recostou-se na parede e ponderou sobre a cobiça do homem alto.

Ela pensou, *sou mais esperta que você. Vou ganhar de você.*

Então Kwan murmurou algo que ela não entendeu.

— Não te ouvi.

Ele a fitou.

— Eles morrem logo. Eles morrem logo, logo.

— Como você sabe?

— Minha gente vai vir.

Krista tocou a cabeça de Jack e tentou manter a esperança.

— Minha gente virá também. Eles estão a caminho.

Jack Berman gemia e tremia de um frio que ninguém jamais sentiu.

ELVIS COLE:
sequestrado

35

Wander Lawrence Gomez disse que estávamos prestes a parar, mas que eu tinha de manter a fronha na cabeça. Ele desacelerou, virou, derrapou nos cascalhos e freou.

Um portão rangeu enquanto levantava, o furgão avançou para a frente e o portão rangeu novamente. Wander tirou a fronha ao abrir a porta do passageiro e a porta lateral. Um homem negro estava apontando uma arma para mim. Um cara latino no assento do passageiro segurava uma pistola com as duas mãos em posição de combate.

Pisquei para o homem negro.

— Você é o Sírio?

— Garoto, eu sou de Compton. O cara não está aqui. Vamos te revistar de novo e te colocar de volta na estrada.

— Por que vocês têm que me revistar de novo?

— Porque é assim que fazemos as coisas. Tire seu rabo daí.

Wander me deu o sorriso feioso, que era provavelmente para ser encorajador.

— Você passou na revista, mano. Está tudo certo.

O cara negro recuou, então pude sair e ficar no pequeno espaço entre o furgão e o Ford Explorer verde-escuro. Eles me levaram para uma casa vazia para me revistar, mas Wander ficou no furgão. Foi a última vez que o vi.

Depois de alguns minutos, eles me colocaram no banco traseiro do Explorer, ensacaram minha cabeça e me levaram para outra casa. O homem de Compton dirigiu. Dessa vez, quando o capuz foi retirado, estávamos enfiados numa garagem com um Cadillac Escalade preto.

Dois latinos esperavam perto de uma porta aberta na ponta da garagem, olhando para nós. Um deles era robusto e forte, e o outro tinha um lábio leporino mal operado.

Tentei soar entediado, como se estivesse tão familiarizado com o mundo de tráfico humano que esse tipo de coisa fosse algo do passado.

— Essas pessoas não são sírias. O cara está aqui ou não? Se não vamos fazer negócio, então foda-se.

— Ele está aqui. Vai falar com ele agora.

Os dois homens deram um passo para o lado, deixaram-nos passar e continuaram na garagem. Eles se juntaram ao homem que estava no banco de passageiro do Explorer.

Meu motorista me levou pela lavanderia, depois para uma cozinha, e então para uma sala de estar. A casa cheirava a uma mistura de repolho estragado com banheiro masculino de rodoviária. Dois guardas me vigiaram de um corredor, e outro de um colchão na sala de estar. Dois colchões, duas cadeiras dobráveis e três abajures eram tudo o que havia de mobília. Um dos vigias do corredor seguiu por ali. Eu disse:

— Casa maneira.

Pesadas placas de madeira compensada foram parafusadas sobre cada janela e sobre a porta de saída, como uma armadura. Até mesmo a porta de entrada e as janelas de correr. Do que pude ver, a única maneira de entrar ou sair era pela garagem. A casa tinha sido transformada num *bunker*.

Ghazi al-Diri e outro homem surgiram do fundo. Al-Diri era um homem alto, musculoso, pele morena, olhos negros e uma ruga entre as sobrancelhas. O cabelo preto estava preso num firme rabo de cavalo. Ele vestia jeans desbotados, uma malha verde-limão e três anéis estreitos dourados na mão esquerda. O outro homem era mais baixo, com olhos pequenos e o rosto crivado.

Al-Diri sorriu cordialmente e ofereceu a mão.

— Bem-vindo, senhor Green. Sou Ghazi. Esse é meu sócio, Vasco Medina.

Medina mostrou dentes que pareciam uma prótese usada em filmes de terror.

— Sou Harlan. Sei que você pode me ajudar.

— Isso é verdade. Perdoe-me, eu ofereceria um lugar para sentar, mas não há lugares para oferecer.

— Sem problemas. A mão de obra está aqui para que eu a inspecione?

Meu coração batia com força, mas tentei parecer calmo. Se os coreanos estivessem na casa, era possível que as pessoas capturadas com eles também estivessem lá, mas não tinha como ter certeza.

Eu estava focado nos negócios e estava pronto para a coisa começar, mas al-Diri não estava tão ansioso. Ele colocou os dedões nos bolsos e ignorou minha pergunta.

— Contaram que você fornece mão de obra. Sua área de interesse é o agronegócio?

Disse a ele a mesma mentira que passei para Winston Ramos.

— Ofereço oportunidades de carreira para pessoas de países emergentes ao fornecer mão de obra de baixo custo para empresas abertas para trabalhadores com credenciais não testadas.

Al-Diri franziu o cenho como se não soubesse se eu estava brincando, então continuei:

— Agronegócio. Sim. É por isso que preciso inspecionar essas pessoas. Idade e saúde são importantes. Gênero, nem tanto. Estamos falando de jovens garanhões ou velhos decrépitos? Preciso vê-los antes de dar um preço.

Como se isso fizesse perfeito sentido, al-Diri finalmente concordou com a cabeça e gesticulou em direção ao corredor.

— Os trabalhadores que você deseja ver estão aqui.

— Perfeito.

Conversávamos cordialmente como se não estivéssemos num galpão cheirando a urina, onde pessoas eram torturadas e mortas. Ele disse:

— Sei que você não trabalhará com os Sinaloas.

— Tivemos um desentendimento.

— Eles têm desentendimentos com muita gente.

— Com você?

Ele deu um tapa nas minhas costas.

— O inimigo do meu inimigo é meu amigo. Aqui, veja o que tenho para você.

Um vigia posicionado diante de uma porta fechada destrancou-a quando nos aproximamos. Al-Diri a abriu, mas Medina entrou primeiro. O cheiro de urina, fezes e pessoas sem banho saiu do quarto como uma neblina ácida. Meus olhos se encheram de água, mas al-Diri e Medina pareceram não notar.

— Temos vinte e três trabalhadores que eu gostaria de vender. Quatorze homens e nove mulheres. Três desses homens são mais velhos, mas saudáveis e ainda fortes. Três falam espanhol, quatro um pouco de inglês, mas não são fluentes. A maioria só fala coreano. Quer tocá-los? Sentir a força. Algumas das mulheres são atraentes.

A sala estava cheia de gente sentada ou deitada no chão, mas nenhuma delas era Krista Morales ou Jack Berman. A maioria era asiática, mas muitos eram latinos e todos me observavam com olhos pesarosos. Estavam sem banho, sujos, e os homens estavam com a barba por fazer. Tentei não respirar. Eu disse:

— Estamos falando dos coreanos?

— Sim. Só os coreanos.

— Aqui não tem vinte e três.

— Há outros no outro quarto. Vou mostrar.

— Me disseram que você estava com vinte e seis.

Medina mostrou os dentes separados como cercas.

— Você sempre perde alguns. Merdas acontecem.

Quando Medina abriu a segunda porta, Krista Morales e Jack Berman foram as primeiras pessoas que vi. Estavam no chão contra a parede do fundo e Berman parecia estar dormindo. Eu os vi e os ignorei. Dei uma olhada apressada no quarto, então virei para Ghazi al-Diri.

— Preciso de trinta.

Al-Diri balançou a cabeça.

— Só vinte e três estão à venda.

— Entendo, mas preciso de trinta. Perdi trinta fazendeiros em San Diego. Meu comprador precisa e está esperando trinta. Esses outros *pollos* vão servir.

Passei pelo quarto como se estivesse avaliando se eles eram adequados. Olhei para Krista e Jack, e percebi que ele não estava dormindo. Os olhos dele balançavam, abertos, reviravam-se e fechavam. Havia uma crosta escura em volta da orelha.

— O que há de errado com ele?

— Você é americano? Pode ajudá-lo? Ele está ferido.

Krista estava apavorada. Tão apavorada que soava completamente diferente do que ao telefone.

Agachei como se estivesse olhando Berman de perto, mas, em vez disso, olhei para ela e baixei minha voz:

— Não se esqueça do sotaque. Você está fingindo ser mexicana.

Ela me encarou como se eu tivesse lhe dado um tapa, mas levantei antes que ela pudesse responder e me virei para al-Diri.

— Mas o que é isso? Essas pessoas estão machucadas e doentes?

Medina disse:

— Ele não está doente. Dei uma surra nele. É preciso fazer isso às vezes.

Encarei Medina e sorri.

— É. Algumas pessoas precisam levar uma surra.

Virei para al-Diri.

— Lido com ferimentos o todo tempo. Quer que eu dê uma olhada?

Al-Diri entrou no quarto e gesticulou para que eu me juntasse a ele.

— Isso não é importante. Temos negócios. Venha.

Olhei de volta para Krista e vi que ela me encarava. Queria contar que ela estava a apenas alguns minutos de sair daquele inferno, mas me juntei a al-Diri no corredor.

O homem corpulento da garagem e um branco com mãos largas estavam na cozinha quando chegamos à entrada. O corpulento gesticulou para Medina. Al-Diri pediu para que eu esperasse na sala de estar e juntou-se à conversa deles. Os quatro falavam bem baixo, o que fez com que eu me sentisse sozinho.

Depois de um tempo, Medina veio e ficou por perto com os braços cruzados. Eu disse:

— O que está rolando?

— O maldito Orlato sempre tem alguma merda pra resolver.

Orlato era o homem com a barriga.

Al-Diri seguiu Orlato para a cozinha, o homem branco se aproximou junto e ficou atrás de mim. Eu tentava vigiá-lo e ao mesmo tempo ignorá-lo.

Trinta segundos depois, al-Diri retornou da cozinha com uma arma balançando junto da perna. Eu disse:

— Qual é o problema?

Al-Diri ergueu a arma.

— Você.

Então o branco deu um passo para o lado e também apontou a arma para mim.

Orlato voltou da cozinha com um homem menor que parecia um lutador de UFC com cara de perdedor. Ele era o guarda-costas de Winston Ramos e estivera conosco na empresa de guinchos de Rudy Sanchez.

O Sírio olhou para ele, então mexeu a arma.

— Esse é o cara?

— É ele. Ele não é quem diz que é. Ele é amigo do Ramos.

Vasco Medina mostrou os dentes e me deu um soco na cara.

36

O homem branco gritou por cima da pistola:

— *Abaixa*. Vai para o chão *agora*.

Medina amarrou meus pulsos com algemas de plástico quando eu estava abaixado. Ele me socou nas costas duas vezes e uma vez na lateral do pescoço. Os dois homens então me levantaram até que eu ficasse de joelhos.

Al-Diri andou até mim e guardou a arma.

— Quem é você?

— Harlan Green. Jesus, o que está fazendo?

— Estou desconfiado de que você seja um agente federal.

Olhei para o lutador de UFC.

— Está louco, dando ouvidos para esse merdinha? Você me investugou. Por que me traria aqui se não tivesse me investigado?

Al-Diri olhou para o lutador de UFC e disse algo em espanhol. Orlato pegou o braço do lutador e o levou para a cozinha. Eu me perguntava se Pike tinha visto o sujeito chegando ou saindo, e se perceberia que havia algo errado.

Al-Diri virou-se para mim novamente.

— Eu sei do que ouço, e agora ouvi falar que você é amigo dos meus inimigos por alguém que você deveria saber. Isso me faz pensar que não ouvi direito.

— Você foi roubado. Aquele cara não sabe do que está falando.

— Ele nunca errou antes.

— Ele está bem errado agora, e está te custando grana.

Mantive a voz tranquila. Krista Morales e Jack Berman estavam a seis metros de distância e precisavam de mim. É bom ter calma quando se está tentando aparentar ter mais controle do que você realmente tem.

— Seu delator me viu com Winston Ramos e Sang Ki Park da gangue *Double Dragons.* Winston Ramos é o safado que me quer morto. Os *Dragons* vieram como meus seguranças, ou o seu delator não mencionou que Park chutou o rabo do parceiro dele e o humilhou na frente do chefe?

Surpreso com a confissão, Sírio arqueou as sobrancelhas.

— Você se encontrou com o homem que te quer morto?

— Pode apostar o seu rabo. Não quero um preço na minha cabeça. Chamei logo na chincha pra acertar nossas diferenças. Os *Dragons* entraram nessa porque não gostam do Ramos também, graças a você. Esses coreanos que você tem são gente do Park. Ouvindo Park e Ramos foi onde tive a ideia de comprá-los de você. Você não está fazendo nenhum dinheiro com eles. Venda-os para mim por um preço baixo e nós dois ganhamos uma grana.

Ghazi al-Diri me encarou. Se ele tivesse falado com gente de dentro dos Sinaloas que sabia por que Ramos tinha me visto com Park, minha versão dos fatos ganharia credibilidade com o que ele tinha ficado sabendo. Eu disse:

— Faça o que deve ser feito. Encontre alguém que saiba o que Ramos e eu discutimos na nossa reunião.

O Sírio passou a mão na cabeça e pelo rabo de cavalo. Isso revelava ansiedade, o que significava que ele acreditava em mim o suficiente para colocar seu desejo pelo lucro contra a qualidade de seu informante. Ele disse:

— Você compraria esses trabalhadores se eu os vendesse?

— Trinta. Preciso de trinta para fazer meu comprador feliz. Mas depois dessa merda, só vou pagar metade do que eu pagaria.

Ele semicerrou os olhos.

— Tenho muitos compradores.

— Então venda seus *pollos* para eles e me solta. Tenho que encontrar trinta pessoas pra levar para o meu comprador.

A ruga entre os olhos dele se aprofundou, mas então Orlato veio correndo da cozinha. Segurava um telefone e parecia ainda mais frenético que antes. Tiveram uma rápida conversa em espanhol, mas ninguém falava calmamente. Al-Diri virou-se e latiu ordens para Medina e os outros homens. Eles correram em diferentes direções, gritando uns com os outros.

Ele se virou para mim abruptamente.

— Vou ver isso mais tarde e decido se você pode ser confiável. Agora, temos que partir. Os *pollos* devem ser transferidos.

— Certo. Ligue quando descobrir o que quer fazer, mas não espere muito.

O Sírio deu um sorriso de aspecto reptiliano.

— Não haverá ligação. Você será meu convidado até que esses assuntos sejam resolvidos.

Soltou uma dura torrente de comandos para Medina e sumiu. Medina e o grandalhão branco me levantaram, me empurraram em direção à garagem e ensacaram minha cabeça novamente.

Depois de vinte e cinco minutos, o saco foi retirado e eles me levaram de uma garagem diferente para uma cozinha diferente, onde uma mulher indiana nervosa, com um *bindi* vermelho na testa, mexia uma panela de sopa. Cheirava a nabo.

Eles me colocaram no chão da sala de estar. Medina falou para o homem com o lábio leporino mal operado que o Sírio voltaria para me buscar. Deu instruções para que o homem cuidasse bem de mim. Disse que o Sírio estava ansioso para me matar.

Mostrou os dentes estragados e partiu com o branquelo.

Os vigias foram cada um para o seu lado. Nenhum deles me preocupava. Depois de quinze ou vinte minutos, a mulher indiana me trouxe um copo com água e segurou-o em meus lábios. Os olhos dela eram grandes, marejados e assustados.

Ela sussurrou enquanto eu bebia.

— Só sobraram quatro de nós. Estão nos matando.

— Eu sei. Sinto muito.

— Pode me ajudar?

— Sinto muito.

Ela deixou que eu terminasse a água, então voltou para a cozinha. Lágrimas escorriam do meu rosto e eu senti meu coração partido. Queria ajudá-la. Queria ajudar todos eles. Queria ajudar a mim mesmo, mas temia que toda a ajuda tinha se esvaído.

— PARTE IV—

Presídio do Condado de Riverside Indio, Califórnia

Hermano Pinetta

37

Dois agentes do condado de Riverside guiaram Hermano Pinetta da sua cela para uma pequena sala de entrevistas no Presídio do Condado de Riverside. Hermano, que no momento vestia o macacão azul do condado de Riverside, era um criminoso de quarenta e quatro anos que tinha cometido dois crimes graves e pegaria um bom tempo caso fosse condenado das acusações decorrentes de sua mais recente prisão.

O advogado de Hermano estava no corredor, Oscar Castaneda era um homem de meia-idade nervoso, de cabelos longos que ele constantemente tirava do rosto, e olhos que piscavam como mariposas raivosas.

Oscar olhou para o agente na liderança como se tivesse vergonha de fazer contato visual.

— Um segundo, por favor?

Os guardas pararam para que ele tivesse o seu segundo, então Castaneda chegou mais perto e baixou a voz:

— Eles vão perguntar sobre um carro. Você vai ter uma chance aqui. Se você quer ir para casa nesta vida, então responda às perguntas daquela mulher.

— Que mulher? Do que está falando?

O agente puxou o braço de Hermano antes que Oscar pudesse responder e empurrou Hermano para dentro da sala. Hermano tinha estado nessa mesma sala de entrevistas três vezes desde a prisão, mas nunca com mais de dois detetives locais que ele conhecia pelo primeiro nome. Agora, a pequena sala estava lotada de homens mal-encarados e vestindo ternos. Eles o observavam com olhos famintos. A mulher solitária estava sentada à mesa de entrevistas com os homens ao redor como um coral de anjos. As mãos dela repousavam sobre um envelope de papel manilha, os dedos cruzados.

Os agentes empurravam Hermano para uma cadeira, do lado oposto ao da mulher, então prenderam as algemas a uma barra de aço soldada na mesa. Ela disse:

— Hermano Pinetta.

— Sim, senhora.

— Você foi preso e fichado por manter um desmanche e receber propriedade roubada, a saber, vinte e sete acusações de vários veículos e partes de veículos roubados. Esses são crimes estaduais. Você não está atualmente sendo acusado por nenhum crime federal. Você entende a diferença?

Oscar se inclinou e sussurrou algo na orelha de Hermano:

— Diga sim.

Hermano disse:

— Sim, senhora.

— As acusações contra você serão processadas pelo escritório do promotor do condado de Riverside. Essas acusações são o que chamamos de "vacilos", o que significa que Riverside tem a discrição de processá-las como crimes, delitos ou nem isso. Você entende o que isso significa?

Oscar sussurrou novamente:

— Se eles seguram você por um crime, será seu terceiro, e você fica por aqui para o resto da sua vida. Fala para ela que você entende.

— Sim, senhora.

— Meu nome é Nancie Stendhal. Sou diretora assistente do Bureau de Álcool, Tabaco e Armas de Fogo. De Washington. Você gostaria da minha ajuda em Riverside?

Hermano se sentiu enjoado. Ele olhou para Oscar, cujos olhos dançavam e espiralavam como vagalumes moribundos.

— Sim, senhora. Definitivamente agradeceríamos sua ajuda.

A mulher abriu o envelope, tirou uma foto e colocou-a na mesa de modo que Hermano pudesse vê-la. A foto mostrava duas crianças brancas e magrelas de pé ao lado de um Mustang prateado.

— Partes desse veículo foram encontradas no seu local de comércio. Você reconhece esse carro?

— Não.

A mulher e todos na sala simplesmente esperaram e Oscar mais uma vez sussurou em seu ouvido:

— Fale a verdade, seu idiota filho da puta.

Hermano pigarreou.

— Sim, já vi esse carro. Claro.

A mulher se inclinou para a frente.

— Onde você o conseguiu?

Hermano hesitou, mas a voz de Oscar flutuou em seu ouvido novamente.

— Dá um nome para essa mulher ou não vai ter ninguém nesse mundo que vai ajudar o coitado do seu rabo.

Hermano disse:

— Meu primo Luis. Luis Pinetta.

A mulher sorriu pela primeira vez, mas não era um sorriso agradável.

JOE PIKE:
um dia depois de Elvis Cole ser sequestrado

38

Quando Pike percebeu que Washington e Pinetta retornariam para pegar suas coisas, ele jogou Haddad contra a porta.

— Anda. Saia agora, Jon. Anda.

Entraram e saíram da casa tão rápido quanto os indianos que foram ali assassinados, Stone empurrando Haddad para o banco de trás do Jeep, Pike ligando o carro e saindo, liberando a cena antes que Washington e Pinetta retornassem. O portão da garagem ainda baixava quando estacionaram atrás de uma picape Dodge a menos de um quarteirão de distância, o motor do Jeep girando.

Pike se enfiou atrás do volante, mas não viu nem Stone nem Haddad pelo retrovisor.

— Ele está abaixado?

Atrás dele, a voz de Stone veio da escuridão:

— Tão abaixado que a próxima parada será a porra de uma cova.

Tudo mudara quando eles deixaram Orlato e Ruiz no deserto. Orlato, Haddad e Ruiz tinham sido enviados para desovar os corpos, mas não tinham voltado ou ligado. O Sírio podia mandar alguém para ver se o Escalade tinha quebrado no deserto, mas Pike pensou que era mais provável que o Sírio tivesse presumido que seus homens tinham sido presos e tudo o que eles sabiam seria compartilhado com a polícia. Ele enviaria Washington e Pinetta para limparem as evidências da casa o mais rápido possível. Stone disse:

— Não vamos pegar esses caras, certo? Vamos segui-los?

— Sim.

— Maneiro.

Jon Stone não disse mais nada. Nem Pike.

O telefone de Pike vibrou depois de dezoito minutos. Ele olhou para a tela e viu que o número era do homem que gerenciava uma loja de armas da qual ele, Pike, era dono.

— Sim?

Ronnie disse:

— Ei, cara. Achei que você deveria saber. O ATF passou por aqui hoje.

— Tudo bem.

Pike não pensou sobre isso. A loja era licenciada pelo governo para vender armas de fogo. Um agente do Bureau de Álcool, Tabaco e Armas de Fogo aparecia por lá uma vez por ano para verificar a papelada e fazer perguntas. Pura formalidade.

— Não estavam aqui por causa da loja. Disseram que estavam tentando contatar o Elvis e acharam que você poderia saber onde ele está. Pediram pra você ligar e deixaram um cartão.

— Por que estão procurando Elvis?

— Eles querem perguntar sobre um cliente antigo ou alguma coisa assim.

Ronnie ainda falava quando Jon Stone tocou o ombro de Pike, que cortou Ronnie:

— Preciso ir.

Pike guardou o telefone enquanto um Toyota SUV escuro se aproximava da casa dos assassinatos, no canto oposto da rua.

Stone puxou Haddad. Quando o Toyota virou na entrada, a janela do passageiro estava aberta, revelando um negro de cabelos encaracolados. Haddad disse:

— Esse é Washington. Pinetta está dirigindo.

A garagem engoliu o Toyota, então se fechou. Pike disse:

— Esses dois é quem sempre arruma as casas?

— Sim. Eles preparam as casas antes e as limpam depois. Todo mundo tem um trabalho.

Pike se lembrou das pesadas placas de madeira compensada parafusadas nas janelas, e de como os buracos deixados pelos parafusos na casa em Mecca tinham sido preenchidos com massa corrida.

— Eles tiram a madeira compensada também?

— Sim.

Stone disse:

— Qual é o seu trabalho?

— Como?

— Todo mundo tem um trabalho. Qual é o seu?

— Falar com as pessoas da minha parte do mundo. Pegamos *pollos* que não têm nenhuma outra língua.

Stone disse:

— Então seu trabalho é foder com sua própria gente.

Haddad ficou mudo.

Pike olhou pelo espelho retrovisor, mas não viu nenhum dos homens. Ele estava pensando nas casas.

— Vocês usam casas diferentes para cada grupo de *pollos*?

— Sim. Às vezes, mais de uma se tivermos que mudar.

Stone disse:

— Isso é casa pra caralho. Onde vocês as conseguem?

— Não sei. Orlato dá o endereço e a gente vai.

Eles ainda conversavam quando o portão da garagem abriu e o Toyota deu marcha à ré. Pike olhou as horas. Washington e Pinetta tinham ficado dentro da casa por apenas dezesseis minutos. Stone disse:

— Olha pra essa merda. Eles com certeza não limparam muito.

Haddad deu de ombros e pareceu confuso.

— Não tenho como saber. Eles talvez precisem de alguma coisa. Talvez estejam indo para o deserto à nossa procura. Orlato já teria falado com o Sírio a uma hora dessas. O Sírio deve saber que alguma coisa está errada.

Pike esperou até que o Toyota virasse a esquina, seguiu-os para o sul pelo trânsito da madrugada de Coachella para Mecca, e então em direção à escuridão vazia das fazendas irrigadas a oeste do Salton Sea. O trânsito diminuíra até que Pike percebeu que seus faróis eram os únicos nos espelhos do Toyota. Ele então recuou e desligou os faróis do Jeep.

Chegaram numa pequena área de restaurantes, postos de gasolina e comércios locais, e então as luzes de freio do Toyota acenderam e o carro parou num pequeno estacionamento, perto de um bar.

Pike passou direto, virou de repente e deu a volta para estacionar no lado oposto. Pike já estava fora do carro antes mesmo de o Jeep parar de balançar.

— Você dirige. Fique pronto para sair.

— Sempre.

Pike entrou pela porta lateral e se dirigiu para um telefone público.

O bar estava brilhantemente iluminado, com cerca de dez pessoas espalhadas entre o balcão e algumas mesas velhas. Pinetta estava no balcão, mas Washington havia ficado no carro. Pinetta e o atendente do bar estavam conversando como se conhecessem um ao outro. O atendente deslizou uma garrafa de Crown Royal numa sacola marrom, colocou-a no balcão e Pinetta pagou. Pinetta enfiou a sacola debaixo do braço como se fosse uma bola e sorriu ao sair pela porta da frente.

Pike se apressou pela porta lateral, onde Stone o pegou. O Toyota passou por eles depois de cinco segundos. Stone esperou mais cinco e saiu pela estrada.

— O que aconteceu?

— Ele comprou bebida.

— Bebida?

— Crown Royal.

O Toyota os levou para uma área misturada de pequenas casas e apartamentos, onde Stone foi forçado a desligar as luzes. Haddad disse:

— Aqui deve ser onde Pinetta mora. Ouvi dizer que ele tem uma mulher na margem oeste do lago.

Stone olhou pelo espelho.

— Você está zoando com a minha cara?

— Por que zoaria sobre uma coisa dessas?

O Toyota estava a quatro longos quarteirões de distância quando as luzes de freio brilharam novamente e ele virou num estacionamento fracamente iluminado de um pequeno prédio de dois andares. Stone imediatamente saiu da rua e enfiou o carro na sombra de um prédio.

O Toyota estacionou na base da escada. A luz do interior do carro se acendeu quando Pinetta desceu, então desligou quando ele fechou a porta. Washington ficou no carro. Jon murmurou:

— Tá me zoando? Estamos seguindo esse safado por todo o deserto para uma porra de visita conjugal?

Pinetta e seu Crown Royal estavam na metade da escadaria quando lampejos azuis explodiram por detrás de um prédio, um quarteirão adiante. O carro de patrulha pulou do nada e rugiu em direção ao Toyota, ao passo que mais luzes azuis convergiam de todas as direções possíveis. Pike sabia que isso era um enorme evento tático e que eles estavam em apuros.

— Recua, Jon. Devagar. Sem luzes.

— Estou recuando.

As unidades derraparam para dentro do estacionamento e bloquearam o Toyota enquanto uma voz amplificada os identificava como a polícia.

Pinetta foi pego na escadaria. Largou a garrafa de bebida e ficou parado, mãos abertas e longe do corpo, mas algo claro brilhou duas vezes dentro do Toyota e Stone murmurou uma única palavra:

— Perdedor.

Brilhos e altos estrondos emanaram dos carros ao redor, espatifando as janelas e para-lamas do Toyota como martelos furiosos. A pistola de Washington brilhou mais duas vezes, então três rápidas vezes — flash, flash, flash —, mas os policiais perfuraram o Toyota até que a voz amplificada ordenou o cessar-fogo.

Quando os tiros pararam, Pike viu um grande SUV branco do lado mais distante do estacionamento, com a exceção de que esse SUV não era um veículo comum da polícia. As letras azuis e a insígnia na lateral eram difíceis de enxergar sob a luz fraca, porém eram legíveis. ATF. EQUIPE DE RESPOSTA ESPECIAL. Era a EQUIPE DE RESPOSTA ESPECIAL, a versão SWAT do ATF.

— Jon. Viu o furgão?

— Vi. Os chefões vieram brincar.

Eles estavam se arrastando atrás dos pátios escuros e tinham quase alcançado a próxima rua quando a traseira do Jeep foi repentinamente clareada por uma luz branca. Uma sirene deu um sinal e mais carros brilhando cortaram a rua atrás deles.

Estavam cercados. Quando os oficiais vissem Haddad e a M4 de Stone, a busca deles por Cole terminaria. Pike disse:

— A pé. Temos que escapar a pé.

— Entendido.

Stone fez uma curva fechada na direção contrária, caiu numa entrada e pisou fundo no acelerador, correu com a tração nas quatro em direção a um espaço estreito entre duas casas mais próximas. Pike se segurou:

— Estreito demais!

Stone disse:

— O suficiente.

Jon Stone puxou o freio de mão para travar as rodas traseiras e virar o Jeep de lado entre as duas casas, bloqueando a via com a porta de Pike virada para a escuridão.

Stone disse:

— Pega ele. Cubro aqui. *Vai*!

Jon Stone não olhou para trás. Abriu a porta do motorista e saiu com as mãos para cima para encarar a polícia que se aproximava, gritando para que não atirassem. Estava se entregando para cobrir a fuga de Pike, que escorregou pela porta e correu para a escuridão entre as casas.

39

Pike saltou as cercas de arame entre quintais escuros e paredes arqueadas de blocos de cimento para as sombras entre as casas. Duas vezes ele pulou cercas com cães em seu encalço, e um *pit bull* o perseguiu por uma rua vazia. Pike virou e bateu com força no focinho da fera com a .357. O cachorro desistiu da perseguição. Pike continuou a correr, seguindo rápido em direção ao lago e para longe da estrada.

Parou duas vezes para prestar atenção ao barulho, mas não escutou nenhuma perseguição. Os sons da polícia se foram. Nenhum tiro fora disparado, então Jon estava bem.

Pike virou para o sul do lago e correu outros oitocentos metros antes de voltar para a estrada. Um motorista de caminhão ligado em Ritalina deu uma carona para o norte. Depois de trinta e oito minutos que a polícia explodira ao seu redor, Pike chegou ao aeroporto de Palm Springs, usou a chave do estacionamento que ele carregava e subiu na Rover de Stone.

Respira.

Pike fechou os olhos, encheu os pulmões, então empurrou com o diafragma. Respirou fundo novamente. Respiração *pranayamica* do hatha ioga. Pike se perdeu na clareira de uma floresta fresca, salpicada pela luz do sol e filtrada pelas verdes folhas cor de limão. Quando ele respirava, sentia o cheiro do musgo e do sumagre. Seu pulso diminuiu. Foi se acalmando. Centrou-se.

Ligou a Rover, então percebeu que não sabia o que fazer, portanto desligou o motor. Seus instintos diziam para seguir em frente, mas

Haddad, Washington e Pinetta já eram. Jon já era. Cole e os dois jovens ainda estavam desaparecidos e a polícia estava envolvida. Quando Ghazi al-Diri descobrisse que Pinetta havia sido preso, ele ficaria desnorteado e amedrontado.

Isso era bom. O Sírio seria soterrado de informações, mas nunca o suficiente para responder suas próprias questões. Ficaria paralisado à procura de respostas e entraria em pânico. Pânico era bom quando era o outro cara que o sentia.

Pike focou no que ele sabia. O ATF visitou sua loja de armas procurando por Elvis Cole e agora um grandioso evento tático envolvendo o ATF tinha surpreendido Pinetta e Washington. Pike não tinha ideia de como os dois eventos estavam ligados, mas o ATF era uma pequena agência de elite. Não tinham a mão de obra para inundar uma área com agentes, então ele acreditava que isso não era uma coincidência. Pegou o telefone e ligou para Ronnie.

— A que horas o ATF foi aí?

— Esta manhã. Um pouco antes das onze.

— O que eles disseram?

— Só sobre o lance de perguntar ao Elvis a respeito de um cliente antigo. Era mentira?

— Sim.

— Me disseram que ele não estava em apuros. Falaram para dar a notícia, uma vez que Cole não estava retornando as ligações deles.

Pike achou isso interessante e perguntou-se quantas vezes eles tinham ligado e há quanto tempo vinham tentando falar com Cole.

— E eu?

— Estavam esperando que você pudesse dizer onde ele estava. Foi tudo o que disseram sobre você.

— Um agente ou dois?

— Dois.

— Deixaram um cartão?

— Tenho ele aqui. Agente especial Jason Kaufman, Divisão de Campo de L.A. em Glendale.

— Número.

Pike copiou o nome e o número, então ligou para a própria casa em Culver City. Seu número não constava na lista, mas encontrou uma mensagem de um agente do ATF que se identificou como agente especial

Kim Stanley Robinson. Robinson lançou uma história parecida com a de Kaufman, mas não idêntica. Robinson queria falar com Cole a respeito de alegações de um antigo cliente que agora estava sob custódia federal, e esperava que Pike pudesse ajudá-los a falar com Cole. Robinson também deixou um número, mas esse número era em Washington D.C. O marcador de tempo na gravação mostrava que a mensagem tinha sido deixada dezesseis minutos antes de Kaufman visitar a loja de Pike.

Pike em seguida ligou para o escritório de Elvis Cole. Não tinha jeito de ele checar as mensagens de voz da casa de Cole, mas ele sabia o código do escritório e encontrou mais duas mensagens do ATF. A mais recente tinha sido deixada na manhã do dia anterior pelo agente Kaufman. A mais antiga fora deixada um dia antes por uma mulher do ATF que se identificara como Nancie Stendhal, pedindo para que o senhor Cole ligasse para ela o mais rápido possível. Deixou o número de Washington D.C. e nada mais.

Pike copiou os dados de contato dela assim como fizera com os outros, então guardou o telefone. O ATF queria Cole o suficiente para trabalhar tanto de Washington D.C. quanto de L.A., e Pike estava convencido de que tinha a ver com o Sírio, mas ele não entendia como esse dado o ajudaria a encontrar Cole.

Pike focou nas três casas, incluindo a casa onde os indianos foram assassinados. O número de casas a que o Sírio tinha acesso o incomodava assim como a madeira compensada. Pike entendia o envio de homens para tirarem DNA e evidências forenses, mas perder tempo com madeira compensada parecia um risco desnecessário. Quanto mais tempo o criminoso ficasse na cena do crime, maiores seriam as chances de ele ou ela serem pegos. O Sírio obviamente achava que o risco era necessário. Pike se perguntava se isso tinha a ver com a fonte de suas casas.

Ligou a Rover e dirigiu para o sul em direção à casa em Indio.

Já era tarde, a vizinhança estava silenciosa e a casa às escuras. A garagem era uma caverna negra com a porta amassada, mas se alguém tivesse vindo se espantar com o estrago, não estava mais presente.

Pike passou diante dela para ver se alguém estava vigiando, então estacionou numa rua adiante e aproximou-se da casa a pé, pelos fundos. Verificou as casas vizinhas, quintais, telhados e veículos. Quando estava confiante de que ninguém vigiava a casa, voltou para a Rover, rodeou o quarteirão novamente e estacionou em frente à casa da mulher com o cachorro.

As janelas estavam iluminadas, então Pike foi até a porta. A uma hora dessas sabia que ela relutaria em abrir a porta, então ele tirou os óculos escuros para parecer menos ameaçador e limpou a poeira do jeans e da camiseta.

O grande pastor-alemão latiu quando Pike estava a meio caminho da entrada, e continuou latindo quando a mulher gritou para ele calar a boca. Um padrão, como o cabo de guerra quando o cão e a mulher passeavam.

Pike tocou a campainha e o latido aumentou freneticamente.

— Cala a boca! Por favor, cala a boca! Jesus! O que vou fazer com você?

Pela distância da voz, Pike sabia que ela estava olhando pelo olho mágico.

— Está tarde. O que você quer?

— Meu nome é Pike. Eu gostaria de falar sobre a casa ao lado.

— O quê? Jesus, pode calar a boca, porra, não consigo ouvir o homem! Desculpe, o que tem a casa?

Pike recuou da porta e esperou. Depois de alguns segundos, uma fresta se abriu e o cachorro latiu ainda mais alto.

A mulher olhou pela fresta e abaixou-se, uma vez que estava segurando a coleira do cachorro. Ela tinha olhos castanho-escuros. Os olhos do cachorro eram dourados.

— Não consegui te ouvir. Desculpe. Ela é muito protetora.

Pike estudou os olhos dourados.

— Ela está com medo. Vai ficar quieta se você abrir a porta.

— Não estou brincando. Ela morde.

— Ela está bem.

A mulher abriu a porta o suficiente para a cabeça da pastor-alemão passar, mas ela não parou de latir. Era um animal bonito, com uma máscara negra que ia ficando castanha entre os escuros olhos dourados. A mulher agora bloqueava a porta com o quadril para que a cachorra não conseguisse escapar e gritou para ela se calar. Pike disse:

— Boa garota.

A cachorra baixou as orelhas e parou de latir.

Pike estendeu as costas da mão para o focinho dela. Ela farejou, então choramingou para ele pela fresta. A mulher disse:

— Meu Deus, nunca a vi desse jeito.

— Ela é uma boa cachorra.

A mulher abriu a porta e saiu segurando a cachorra pela coleira. Ela se esforçava para chegar mais perto de Pike, e batia o rabo no pórtico. A mulher se apresentou.

— Joanie Fryman. Você é da polícia?

— Não, senhora. Quero apenas perguntar sobre aquela casa.

— Por isso achei que você fosse tira. Liguei por causa do lugar.

— Hoje?

— Quatro ou cinco dias atrás. Tem alguma coisa acontecendo ali. Esses carros vêm e vão, mas você nunca vê ninguém, e eu achei que tivesse ouvido alguém gemer.

Ela franziu as sobrancelhas em direção à casa como se fosse o lugar mais nojento no planeta, então notou a garagem.

— Jesus, o que aconteceu com a garagem deles?

Pike disse:

— Parece deserta, então bati. Você conhece as pessoas que moram aí?

— Só os carros entrando e saindo. É alugada. Jesus, espero que eles tenham ido embora.

— Há quanto tempo eles a têm?

— Só há algumas semanas. Uma família chamada Simmons morava aí antes. Eles eram ótimos.

Joanie Fryman repentinamente olhou para ele.

— Você está interessado em alugá-la?

— Talvez.

Ela exibiu um sorriso brilhante.

— Talvez quem viva de aluguel não seja tão ruim.

— Conhece o dono?

— Senhor Castro, mas ele mora em Idaho. Ele usa uma agente imobiliária. Eu a encontrei. Tenho o cartão dela aqui...

Joanie virou-se para ir buscar o cartão, mas a pastor-alemão puxou para ficar com Pike.

— Jesus, cachorra, você vem?

— Deixe-a comigo.

Joanie Fryman revirou os olhos e soltou a coleira da cachorra. Ela correu para Pike, orelhas para trás, rabo balançando enquanto lambia e farejava as mãos dele.

— Meu Deus, isso é loucura.

Joanie Fryman revirou ainda mais os olhos e correu para dentro da casa.

Pike se agachou na frente da cachorra. Passou os dedos nos pelos grossos, nos ombros e pescoço, e acariciou as laterais da cabeça. Era uma cachorra forte e poderosa, com todos os instintos corretos, mas sem regras para guiá-la. Um bom cão precisa de regras, o mesmo para um homem.

Pike estudou os olhos dourados. Quando era fuzileiro e oficial do LAPD, ele conhecera tratadores K-9 que tinham matado homens para proteger seus cães, e ele tinha visto esses mesmos homens durões pedirem demissão quando perdiam um cachorro, como se tivessem falhado com seus parceiros e não conseguissem viver com o luto. Pike disse:

— Cuide dela. Faça seu trabalho.

Pike acariciou as orelhas da cachorra até que Joanie Fryman retornasse com um cartão bege.

— Essa é ela.

Ele olhou para o cartão. Imóveis Desert Gold. Aluguéis para Comércios e Residências. A corretora era Megan Orlato.

O canto da boca de Pike tremeu quando ele viu o nome. Orlato. Ela era a mulher ou irmã de Dennis Orlato, ou talvez a mãe. Orlato fornecia as casas do Sírio.

— Espero que esteja disponível. Você seria uma bela adição para a vizinhança.

Pike agradeceu, mas ele não tinha certeza do que mais dizer. Deixou a cachorra lamber sua mão e acariciou a cabeça dela.

— Eles são cães de guerra. Ela morreria por você.

Pike deixou Joanie Fryman com a cachorra e voltou para a Rover. O escritório da Desert Gold ficava no Palm Desert, não muito longe dali. Ele digitou o endereço no GPS da Rover, colocou os óculos escuros e chegou lá em dez minutos.

40

Jon Stone

Jon Stone estava calmamente sentado em uma limpa e clara sala de entrevistas na delegacia do xerife do condado de Riverside, em Indio. Estava algemado à mesa, mas os detetives que o prenderam saíram sem dar explicações e também sem fazer perguntas. Achou isso interessante e se perguntou se eles tinham sido mandados para fazer isso e por quem.

Ficou lá sozinho por quase uma hora até que uma mulher de cabelos castanhos curtos e jeito de executiva entrou. Ele sorriu quando a viu. Ela vestia um terno amarrotado preto e Jon achou que ela parecia cansada.

— Como está, senhor Stone?

— Bem. E a senhora?

Jon levantou-se da melhor maneira que pôde com as algemas e ela pediu que ele se sentasse.

— Por favor, sente-se. Já tive dias melhores, mas suspeito que você possa dizer o mesmo.

— Alguns melhores, outros piores. Ossos do ofício.

Ela tomou o lugar oposto ao dele.

— E qual ofício seria esse?

Jon deu a ela um de seus sorrisos mais brilhantes.

— Sou um consultor militar sob contrato do governo dos Estados Unidos e algumas corporações multinacionais aprovadas pelos Estados Unidos para empregar alguém como eu.

Ela sorriu de volta e arqueou as sobrancelhas como se ele fosse um idiota.

— Verdade?

— Não tem como ser mais verdade.

Ela estendeu a mão e se apresentou. Nancie Stendahl. ATF. Diretora Assistente em Washington D.C. Jon estava impressionado. Ela estava obviamente por trás da prisão de Pinetta e agora aqui estava ela na sala de entrevistas. Sozinha. Isso era interessante.

Ela pigarreou e fez a coisa ficar ainda mais interessante.

— Você sabe ou é associado a um homem chamado Elvis Cole?

Essa o pegou desprevenido, mas ele respondeu sem hesitar:

— Alguma lembrança. Ele canta?

— Estou tentando encontrá-lo.

— Gostaria de poder ajudar.

— Senhor Haddad disse que você está tentando encontrá-lo também.

— Não conheço um senhor Haddad.

— Você conhece um homem chamado Joe Pike?

Jon deu a ela o sorriso que o fez parecer um tubarão-tigre em movimento.

— Se vamos conversar, gostaria do meu advogado. Pedi que os detetives ligassem para ele, mas disseram algo malcriado.

Pela primeira vez o rosto dela se fechou com irritação.

— Você deu a eles um número de Washington e pediu que ligassem para o Diretor da Agência Nacional de Segurança.

— Sim, senhora. Ele vai atender se você usar meu nome. O sujeito me tem na discagem rápida.

Ela o ignorou completamente, o que impressionou Jon ainda mais. Todo aquele lance de "direito a um advogado" saiu direto pela janela.

— O senhor Haddad alega que você e o senhor Pike assassinaram um homem chamado Dennis Orlato e um cidadão colombiano chamado Pedro Ruiz não muito longe daqui, no deserto.

O sorriso de tubarão de Jon se esticou ainda mais.

— Parece meio absurdo. As minhas impressões digitais mostraram alguma coisa?

As digitais de Jon foram escaneadas quando ele foi fichado, e elas foram automaticamente submetidas ao Departamento de Justiça para uma verificação de histórico criminal e identificação. Jon sabia o resultado do seu registro e esperava pela reação dela.

— Mostraram. Você não tem nenhum histórico criminal e um registro militar interessante.

— Dizia "interessante"?

— Estava em branco, com exceção de uma nota nos instruindo a contatar o Departamento de Defesa para detalhes adicionais.

— Huh. Eles fazem isso às vezes. Para pessoas com trabalhos especiais, se é que você me entende.

Jon arqueou as sobrancelhas e sorriu novamente.

— Sei por que eles fazem isso, senhor Stone. O senhor Haddad também alega que o senhor Pike atirou em Orlato na cabeça, à queima-roupa.

— Outra mentira absurda. Viu aqueles dentes verdes? Viciado em drogas.

— Onde está o senhor Pike agora?

— Não faço ideia.

— O senhor Haddad disse que o senhor Pike estava com você no Jeep e fugiu segundos antes de vocês serem presos.

— Não sei o que dizer. Se você acredita em uma mentira, vai acreditar em todas.

Ela olhou para baixo, para os dedos entrelaçados, e Jon percebeu que ela estava com os dedos desse modo porque estava se contendo. Ela olhou para cima umedecendo os lábios.

— Isso não é uma mentira. Uma mulher chamada Nita Morales contratou o senhor Cole para encontrar a filha dela, uma garota chamada Krista Morales. Ela contratou o senhor Cole porque achou que Krista estava fugindo com um garoto chamado Jack Berman. Jack Berman é meu sobrinho.

Jon acenou com a cabeça e precisou de todo o treino e disciplina para não demonstrar mais nada.

— O senhor Pike e o senhor Cole trabalham juntos e agora nós encontramos você dirigindo o Jeep do senhor Pike com um homem amarrado e um rifle de batalha M4 totalmente automático. Você entende como essas coisas se conectam?

Jon Stone sorriu, mas dessa vez ele não se parecia com um tubarão.

— Engraçado como mentiras podem começar a parecer verdade, não?

— Então você entende, estou tentando encontrar o senhor Cole para oferecer ajuda, mas ele não tem retornado minhas ligações e agora parece que está desaparecido.

Stone acenou com a cabeça e se perguntou o quanto ela sabia da situação de seu sobrinho.

— Talvez seja por isso que ele não consegue retornar as ligações.

— Então você e o senhor Pike estavam tentando encontrá-lo?

— Um de nós ainda está.

— Muito bem, aqui vai algo que preciso que você entenda. O meu interesse é em salvar o meu sobrinho e qualquer outra pessoa que tenha sido sequestrada. Tenho toda a força e autoridade do governo dos Estados Unidos para me apoiar. Ajude-me a usar esse poder, senhor Stone. Deixe-me ajudá-lo.

— Estou na prisão.

— E é aqui que vai ficar. Vou achar meu sobrinho, mas não posso deixar civis andando por aí com armas ilegais matando pessoas.

— Entendo.

— Você vai me ajudar?

Stone sabia que ela não iria gostar de sua resposta, mas ele acreditava nisso com todo o seu coração:

— A melhor aposta do seu sobrinho já está à caça dele. Deixe o senhor Pike fazer o trabalho dele.

— Não posso fazer isso.

— Senhora Stendahl, a senhora não pode pará-lo.

Stone deu seu melhor sorriso de matador.

— Agora faça um favor ao seu sobrinho e, por favor, ligue para meu advogado. Estou tentando deixar sua vida mais fácil.

Ela saiu sem uma palavra. Jon a observou e sabia que ela voltaria.

41

Joe Pike

Imóveis Gold Desert era um estabelecimento com uma fachada estreita, mais perto de Cathedral City do que Palm Desert, espremida entre uma loja de presentes e outra de roupas femininas. As lojas e escritórios estavam fechados, o que era bom para Pike, uma vez que as ruas ao redor estavam desertas.

O escritório de imóveis tinha uma vitrine, na qual havia pregados folhetos coloridos com propaganda das propriedades disponíveis. As propagandas sugeriam que o negócio principal de Megan Orlato era o aluguel para temporadas de lazer para veranistas. O interior estava escuro. A única luz vinha de um computador na parte de trás. Uma pequena mesa redonda com cadeiras para clientes estava na frente. Nos fundos só havia uma escrivaninha com pôsteres sobre o tampo e um armário baixo de arquivos atrás. Pike procurou pela luz vermelha do painel do alarme perto da porta dos fundos, mas não achou nada.

Dirigiu para a área do estacionamento atrás do escritório. A porta dos fundos era a típica porta corta fogo encontrada em qualquer lugar, com uma única fechadura reforçada. Ele estudou a tranca, então dirigiu para um posto Chevron a três quarteirões de distância para averiguar o equipamento de Stone. Encontrou uma pistola de fechadura elétrica e chaves de tensão. O "estado da arte" em equipamento de arrombamento.

Quando a Rover foi abastecida, Pike dirigiu de volta para o escritório, arrombou a fechadura e abriu a porta. Esperava um alarme, mas, quando nada aconteceu, presumiu que o alarme fosse silencioso.

Se a violação fosse registrada na melhor firma de segurança da região, Pike teria pelo menos quatro minutos lá dentro. O monitor responsável pelo serviço faria um diagnóstico do sistema para ter certeza de que o alarme não tivesse sido acionado por defeito, então ligaria para o cliente. Se ele não fosse encontrado, o monitor alertaria uma unidade móvel ou a polícia, que responderia somente depois de terminar a chamada atual. No melhor dos casos, quatro minutos era o tempo de resposta, mas Pike sabia que o tempo de resposta do mundo real era bem mais longo.

Acendeu as luzes. Os pôsteres que ele vira da rua eram promoções da Imóveis Desert Gold. *Servindo as comunidades de deserto há 13 anos Dourados!*

Pike foi direto para o armário de arquivo e ignorou o computador. Procurar arquivos desconhecidos em computadores poderia durar uma eternidade, mas o armário de arquivo continha apenas três gavetas. A primeira tinha arquivos com etiquetas como *Visa*, *Amex*, *Licenças & Taxas*, *Utilitários*, *Autos*, *Médicos*. Pike decidiu que esses eram arquivos pessoais, então passou para a próxima gaveta. A segunda tinha arquivos com nomes de ruas e endereços em ordem alfabética. Rapidamente, Pike procurou pelos três endereços usados por Sírio, mas eles não estavam entre os arquivos. Puxou duas pastas aleatoriamente para verificar o conteúdo e descobriu empréstimos assinados. Os arquivos na segunda gaveta eram de propriedades atualmente alugadas.

A terceira gaveta continha uma pasta de arquivo amarela com a etiqueta *Propriedades Disponíveis*. Os três endereços que o Sírio usara estavam ali. Cada uma das três pastas continha um acordo de listagem entre os donos da propriedade e a Imóveis Desert Gold. Pike verificou se as casas eram da mesma pessoa, mas viu que os donos eram diferentes. Todos os três também viviam fora do estado, o que significava que muito provavelmente não tinham ideia de como seus imóveis estavam sendo usados. Uma vez que os donos viviam fora do estado, a Imóveis Desert Gold era tratada como administradora da propriedade. Isso significava gerenciar manutenção, jardinagem e reparos para os donos ausentes. Isso permitia aos Orlatos manter visitas indesejadas durante as duas ou três semanas em que Sírio usava um imóvel.

Havia trinta ou quarenta pastas no arquivo amarelo, incluindo os três endereços. Isso significava que Cole estava quase que certamente em uma das casas restantes e seria um local com um dono ausente. Ele pegou os arquivos, fechou a gaveta e estava se virando para ir embora quando viu a foto.

Uma fotografia emoldurada estava sobre a mesa mostrando uma mulher com Dennis Orlato. Ele usava um terno azul e ela um vestido justo e florido. Ambos sorriam e posavam com um arranjo de rosas brancas debaixo de um sinal neon que dizia CAPELA DE CASAMENTOS FELIZES LAS VEGAS. Megan Orlato não era irmã ou mãe. Ela era sua mulher.

Pike olhou as horas. Ele estava no escritório havia quatro minutos e trinta segundos.

Olhou para a foto. Não eram crianças. Megan Orlato era mais jovem que Dennis, mas ele parecia apenas alguns anos mais jovem do que quando Pike o matou. A foto tinha sido tirada há menos de seis ou oito anos, o que significava que o casamento era recente.

Megan Orlato era uma mulher atraente. Ela era mais alta que o marido e esbelta, com maçãs do rosto altas, nariz fino e olhos em forma de amêndoas. Olhando para ela agora, Pike lembrou-se de algo que Orlato dissera antes de morrer.

O Sírio vai trocar por mim. Sou casado com a irmã dele.

Pike olhou o relógio novamente. Quatro minutos e cinquenta segundos.

Não acreditara naquele momento, mas agora ele se perguntava se isso era verdade.

Olhou para os pôsteres. Imóveis Desert Gold. Servindo as comunidades do deserto há 13 anos dourados! Mais tempo que o casamento dela com Dennis Orlato.

Pike voltou-se para a primeira gaveta e tirou um arquivo com a etiqueta Licenças & Taxas. Cópias das licenças imobiliárias e de negócios eram os primeiros itens do arquivo. As licenças datavam de bem antes de Dennis Orlato, assim como o nome dela. Ambas tinham sido despachadas para Maysan al-Diri.

Pike tirou os arquivos com as etiquetas Autos e Médicos. O arquivo de autos continha recibos para reparos, dois dos quais tinham sido enviados para Megan Orlato na Croydon Avenue, 2717, em Indio. O arquivo médico continha formulários de seguro postados para Megan Orlato no mesmo endereço. A casa de Megan Orlato.

O canto da boca de Pike tremeu pela segunda vez naquele dia. Ele tinha algo melhor que uma lista de locais.

Ele tinha a irmã de Ghazi al-Diri.

A FAZENDA DE CULTIVO DE TÂMARAS

42

Elvis Cole

Dois homens carregaram para a garagem um corpo embrulhado em plástico grosso e fita adesiva. Assisti à cena do chão com os pulsos algemados para trás das costas.

Quando passaram com o segundo corpo, levantei-me e corri com a cabeça abaixada como um touro. O rosto deles se iluminou com a surpresa quando largaram o corpo no chão. Acertei o primeiro homem com um chute frontal no meio do peito, então girei e acertei o segundo com uma rasteira, mas, a essa altura, o cara do lábio leporino já tinha me segurado com uma chave de braço.

Acordei de volta no meu canto perto do abajur, sonhando que Krista Morales estava me observando pelo olho mágico e rindo da situação com o Sírio, porque eu era um péssimo detetive. Eu a tinha encontrado por cinco minutos inteiros e a perdi em tempo recorde. Agora não sabia onde ela ou eu estávamos, nem sabia se ela ainda estava viva. Tentei me levantar, mas alguém tinha algemado meus tornozelos.

O terceiro corpo saiu. O terceiro corpo era pequeno. A mulher com o *bindi*. Tentei lembrar se eu a tinha agradecido pela água. Não conseguia me lembrar. Tinha agradecido? A última lembrança dela a meu respeito foi a de que eu havia sido rude com ela?

Lágrimas escorreram pelo meu nariz. Olhei para baixo e as lágrimas eram sangue. Consegui tirar do bolso o Grilo Falante que Nita Morales me dera e enfiei-o embaixo do abajur. Eu disse:

— Migalhas de pão.

Em algum lugar entre o Burger King e agora, o sistema de segurança engenhoso do Sírio funcionara. Pike não estava aqui. Nunca duvidei, nem uma única vez, de que ele me encontraria. Minha tarefa era ficar vivo até que isso acontecesse ou que eu pudesse escapar por conta própria. O Exército dos Estados Unidos tinha me enviado para uma coisa chamada Escola de Soldados. O mantra da escola era *sua sponte*. Isso significava *você está por conta própria, idiota*.

Tudo bem.

Pode vir.

Não desistimos.

Depois de quatro horas, Washington e Pinetta cortaram as algemas de plástico dos meus tornozelos, enfiaram um capuz em minha cabeça e me levaram para outro passeio. O asfalto mudou para cascalho, diminuímos a velocidade, entramos em outra garagem e paramos. Só que dessa vez, quando Washington tirou meu capuz, estávamos numa sala grande e suja, que tinha o tamanho de seis garagens. Uma porta de correr com metade do tamanho de uma parede larga havia sido aberta de modo que dava para dirigir lá dentro. Três SUVs e cinco picapes *off-road* com pneus protuberantes estavam estacionados ao nosso redor. Caminhonetes como essas tinham deixado marcas e rastros no local do acidente onde caçaram Sanchez. Eu disse:

— Que lugar é este?

— A antiga fazenda de cultivo de tâmaras. Este prédio aqui é onde costumavam encaixotar a merda e carregar nos caminhões.

Filas de tamareiras há muito mortas podiam ser vistas através da grande porta. Os troncos eram grossos e altos, marcados com escalas em formato de diamante. O sol estava se pondo e iluminava os troncos com uma luz dourada. Deviam ser lindos quando tinham folhas verdes e copas frondosas, mas agora os troncos mortos pareciam totens desamparados. Eu me perguntava se Krista e Jack Berman estavam aqui ou se tinham sido levados para outro lugar.

— Essas são as novas casas?

— Para você.

Passamos do galpão de empacotamento para um prédio dividido entre escritórios e uma pequena área de fornecimento de comida. Três vigias estavam instalando um fogão enquanto mais dois ligavam fios e cabos, e outros quatro carregavam grossos painéis de madeira compensada. Havia mais vigias do que nas duas casas anteriores, e eu não reconhecia nenhum deles.

Washington e Pinetta me guiaram para um pequeno escritório com porta reforçada. Havia uma garrafa de água e um balde amarelo no chão de concreto, e nada mais. Washington disse:

— Durma bem, meu bem.

Pinetta riu e eu virei para mostrar meus pulsos.

— Você pode cortar isso para eu poder fazer xixi?

— Não.

Saíram e trancaram a porta. Ouvi furadeiras, serrotes e martelos ao longo da noite. Sentei no concreto sujo, mas não dormi. Dei um jeito de baixar um pouco as calças para fazer xixi, então as puxei de volta.

Bem tarde no outro dia, um guarda latino arqueado com um grande pomo-de-adão e um *skinhead* branco e gordo com um sotaque do Texas abriram a porta. Eu disse:

— Onde está Washington e Pinetta? Eles iam me trazer um café do Starbucks.

O *skinhead* disse:

— Levanta, otário.

Falador.

Ghazi al-Diri estava esperando quando me puxaram do quarto. Ele não parecia feliz. Eu disse:

— Quanto tempo leva para conferir minha história? Isso está ficando ridículo.

— A garota disse que o garoto está piorando. Você tem treinamento médico?

Tudo mudou com a pergunta dele. Há dez segundos eu não sabia se veria Krista Morales e Jack Berman de novo. Agora eles estavam aqui.

— Lidei com gente machucada e com problemas de saúde nos meus grupos. Quer que eu olhe o garoto? Posso olhar. Posso talvez ajudar.

Eles me levaram pela cozinha improvisada e por um curto corredor que dava no próximo edifício. O *skinhead* se chamava Royce, e Royce gostava de reclamar. Ele e a maioria dos outros guardas tinham chegado ontem e não gostavam de se matar a noite toda instalando madeira compensada nas janelas. Ele continuou a reclamar até que o Sírio mandou ele calar a boca. Ele então se calou, e passamos por mais guardas. A maioria carregava bastões de choque e porretes, mas alguns tinham pequenas armas pretas e um tinha uma Kalashnikov chinesa. Eles pareciam tensos e ansiosos. O silêncio e as armas faziam com que eu me perguntasse o que o Sírio estava esperando.

O edifício vizinho era dividido ao meio por um único e longo salão que cortava toda a extensão do prédio. Havia duas portas de cada lado do salão e outra porta no final. A porta no final e duas outras mais distantes estavam agora bloqueadas com madeira compensada. Mais guardas perambulavam pelo salão.

O guarda desajeitado destrancou a porta à nossa esquerda e nos deixou entrar num longo quarto que tinha a largura do edifício. Tinha sido provavelmente usado como um armazém ou refeitório, mas agora só havia concreto frio e janelas cobertas com madeira. Homens e mulheres estavam sentados ao longo das paredes e amontoados em pequenos grupos pelo chão. Havia mais prisioneiros agora do que na casa de antes. Mais latinos. Mais negros e brancos. Um bocado poderia ser do Oriente Médio. Berman estava deitado contra a parede com Krista de um lado e um jovem asiático musculoso do outro. Krista se levantou quando nos viu. Al-Diri disse:

— Aqui. Veja o que acha. Ele está perto da morte?

Dei de ombros apontando para meus pulsos.

— As algemas. Preciso das minhas mãos.

O Sírio gesticulou para Royce, que cortou o plástico.

Fui até eles, sorri para Krista e me ajoelhei próximo à cabeça de Berman. Krista me encarava como se tentasse me entender.

Sorri como o amigável médico da família porque al-Diri e seus homens estavam observando. Falei alto o suficiente para que eles ouvissem:

— Como ele está?

Dessa vez, quando falou, ela se lembrou do sotaque.

— Não muito bem, eu acho, mas acho que na mesma. Os olhos, eles se mexem, mas não veem. Ele diz coisas malucas.

Berman parecia melhor. Estava menos pálido e a pele não estava fria. Quando toquei a cabeça, ele olhou para mim. Os olhos pareciam vagos, mais ou menos focados, e as pupilas tinham o mesmo tamanho. Eu já tinha visto jogadores de beisebol, companheiros do exército e caras na academia em piores condições. Eu mesmo já tinha ficado pior que isso mais de uma vez. Olhei nos olhos de Krista por um instante.

— É. Entendi o que você quis dizer.

Tirei a temperatura, levantei as pálpebras e apalpei a cabeça procurando por machucados. Ele tinha três grandes contusões atrás da orelha direita e estremecia quando eu as tocava.

Levantei e fui até al-Diri como se não quisesse falar diante da garota.

— Ele está com uma concussão bem ruim, mas já vi coisa pior. Não encontrei uma fratura, mas não tenho condições de dizer se ele tem uma hemorragia. Se a pressão estiver crescendo no cérebro, ele está ferrado. Caso contrário, ficará bem em alguns dias se o mantiver com gelo no local.

A ruga subiu para a testa.

— Gelo?

— É. Gelar a cabeça. Reduz o inchaço e pode até parar o sangramento. Você tem gelo aqui?

— Sim. Temos energia.

Eu tinha visto os homens dele trabalhando na energia da cozinha quando me trouxeram para cá.

— Pegue algumas toalhas e gelo e vou te mostrar. Também temos que dar água pra ele. Se ele desidratar, já era. Vai ficar bem se o fizermos beber.

Al-Diri mandou o guarda desajeitado com o pomo-de-adão pegar o que eu tinha pedido e o guarda saiu correndo.

Algo vibrou, al-Diri puxou um telefone do bolso e se afastou. Cobriu o telefone com a mão e gesticulou para Royce.

— Encontre Medina.

Quando Royce saiu, agachei-me perto de Berman e sussurrei para Krista:

— Não reaja a nada que eu disser. Meu nome é Elvis Cole. Estou trabalhando para sua mãe. Vou tirar vocês daqui.

Ela não mostrou reação, exceto ao umedecer os lábios. Olhou atrás de mim para checar os vigias antes de falar.

— Agora?

— Em breve. Alguém de fora está vindo ajudar, mas iremos assim que tivermos uma chance.

Olhei para o garoto asiático.

— Kwan Min Park. Seu avô e seu primo estão me ajudando.

Um sorriso minúsculo dividiu seus traços. Kwan Min Park estava sendo levado clandestinamente para os Estados Unidos porque era procurado por sete assassinatos na Coreia do Sul.

— Vamos embora. Em breve.

Olhei de volta para Krista, então para Jack.

— Ele está machucado, mas está se recuperando. O que aconteceu?

Kwan disse:

— Dentes.

Mostrou os dentes numa careta terrível. Krista disse:

— Medina. O guarda com os dentes quebrados. Ele estava me machucando.

Ela parou e me encarou como se isso fosse tudo o que ela quisesse dizer.

— Entendo. Você está bem?

— Por enquanto. Ele continua olhando para mim.

Olhei pelo salão lotado. Medina não estava conosco, mas o salão era grande e cheio de prisioneiros nervosos e vigias circulando. Um grupo de coreanos se amontoava num canto distante, não mais que doze. Olhei para Kwan.

— Onde está o resto do seu grupo?

— Alguns aqui, alguns no outro quarto. Como antes.

Krista disse:

— Tem outro quarto igual a este do outro lado do salão. Eles nos dividiram. Metade neste lado e metade no outro.

— Devem ter umas cem pessoas aqui. Isso dá duzentas pessoas.

— Trouxeram a gente ontem à noite, nosso grupo e os outros. Ouvi de um guarda que um dos grupos é da Rússia. Eles têm quase trinta russos no salão ao lado.

Era insano. Duzentas pessoas com pouco ou nenhum recurso que tinham sido sequestradas, aprisionadas, e agora faziam com que suas igualmente pobres famílias e empregadores miseráveis pagassem algumas centenas de dólares cada um. Até alguns milhares, talvez. Locano estava certo. O negócio medonho do Sírio era baseado em quantidade. Se ele coletasse entre mil e dois mil de cada um dos duzentos *pollos*, ele via de duzentos a quatrocentos mil dólares nas pessoas ao meu redor. Se ele roubasse duzentas pessoas dez vezes por ano, via de dois a quatro milhões de dólares.

Eu me perguntava por que al-Diri trouxera os três grupos para um único local e por que todos os três de uma vez.

— O guarda disse por que eles trouxeram vocês pra cá?

— Alguns guardas desapareceram. Simplesmente sumiram ou algo assim, e agora todos acham que eles foram presos. Acho que estão com medo de que os amigos deles contem para a polícia onde eles estavam, então nos mudaram de lugar.

— Um grupo de vigias? Como os homens que vigiam vocês?

— É. Sumiram.

Pike. Alguma coisa ou alguém estava colocando pressão no Sírio e eu sabia que esse alguém era o Pike.

Bati os olhos no Sírio novamente. Ainda estava ao telefone, mas agora Medina e Royce estavam com ele, e o Sírio parecia bravo. Kwan disse:

— Você tem arma?

Dei um tapinha na cabeça.

— Minha mente é uma arma, Jedi.

Kwan me estudou por um instante, então virou para o lado.

Krista se inclinou para perto para sussurrar:

— Tenho uma faca. Jack a encontrou na outra casa.

Ela levou a mão em direção à cintura como que para me mostrar, mas eu a interrompi:

— Fique com ela. Se precisar, use-a. Vou tirar vocês daqui.

— E se o seu amigo não conseguir nos encontrar?

— Ele vai. Há certas pessoas que nunca deixam você na mão.

O guarda desajeitado com o pomo-de-adão voltou com uma panela de gelo e uma toalha surrada. Krista avisou que ele estava vindo e falou que ele parecia um Louva-a-deus. O apelido me fez rir.

Quando ele me entregou o gelo, o contorno afiado de uma pistola se avolumou em seu bolso dianteiro direito. Isso me fez sorrir ainda mais.

Envolvi o gelo na toalha e o esfreguei contra a cabeça de Berman. O Sírio gritou para alguém no corredor. Gostava do fato de ele estar bravo. Pensava em Pike novamente e sabia que ele estava caçando.

Royce e o Louva-a-Deus voltaram alguns minutos depois, algemaram meus pulsos e me levaram de volta para o quarto. Tropecei em Royce várias vezes para verificar seus bolsos e concluí que ele não carregava nenhuma arma. Eu não ligava. A arma do Louva-a-Deus estava conosco, e seria fácil pegá-la.

Eles não deixaram que eu saísse do quarto até o meu terceiro dia na fazenda de cultivo de tâmaras. Não vi Ghazi al-Diri novamente até aquele terceiro dia. Não vi Royce ou o Louva-a-Deus novamente até o terceiro dia, que foi quando peguei a arma do Louva-a-Deus e os matei.

Joe Pike estava caçando.

Eu também iria caçar.

43

Joe Pike

Ele estava estacionado na areia a pouco mais de um quilômetro e meio ao norte de Coachella. Observava os faróis distantes deslizarem por uma estrada invisível cruzando um horizonte igualmente invisível quando Megan Orlato acordou. A mente dela levou um segundo para clarear, então, como se estivesse sendo eletrocutada, ela enrijeceu ao sentir a fita e as amarras. Contorcia-se e lutava contra as amarras e tentava gritar através da fita. Os olhos estavam arregalados de medo e tinham motivos para estar. O medo era certo e apropriado. O medo era correto.

Megan Orlato estava deitada no banco de trás. Os pulsos, braços, tornozelos e joelhos estavam presos com algemas de plástico. Fita adesiva selava a boca. Pike, que estava atrás do volante, virou-se para vê-la, o braço direito em volta do apoio de cabeça do banco, calmo e relaxado. Estavam sozinhos. Nada se mexia com exceção dos faróis distantes.

Pike tentou se lembrar de quanto tempo fazia desde que dormira pela última vez. Não importava. Era preciso sacrificar o que precisava ser sacrificado.

Ele a encarou até ela se acalmar. Ela o observava e ele a assistia. Ouvia a respiração dela, que era alta e irregular, mas que finalmente se estabilizou.

— Seu nome é Maysan al-Diri. Você é a irmã de Ghazi al-Diri. Você e Dennis Orlato fornecem casas para seu irmão.

Ele se mexeu pela primeira vez para erguer a pasta de arquivo amarela que levara do escritório.

— As casas onde pessoas são torturadas e assassinadas estão na sua lista. Propriedades à venda ou para alugar, com donos fora do estado.

Inclinou-se entre os bancos e gentilmente retirou a fita.

Ela gritou por ajuda, gritou, guinchou e disparou novamente. Ele simplesmente a assistiu até que ficasse exausta. Ela finalmente falou:

— Eu estava na cozinha...

— Agora não está mais.

Ela misturava mel em chá quente. Não o ouviu entrar. Não o ouviu se aproximar. Ela nunca soube que ele comprimiu sua artéria carótida, cortou o oxigênio para o cérebro e a fez adormecer. Não o tinha visto até esse momento, quando abriu os olhos ali no deserto, sob o luar.

— Dennis está morto. Atirei nele bem aqui.

Pike tocou o centro de sua sobrancelha direita.

— Ruiz e Washington também estão mortos. Pinetta e Khalil Haddad estão com a polícia.

Ela voltou a ficar ofegante.

— Quem é você?

— Onde está Ghazi?

Ela ofegava mais, então Pike tocou os arquivos.

— Há vinte e duas propriedades com donos fora do estado, então Ghazi vai estar em uma delas. O tempo que você me fizer economizar vai valer sua vida.

Ela não respondeu.

— Caso contrário, vou deixar você com Dennis. Ghazi é meu de qualquer maneira.

— Por que você quer meu irmão?

— Ele está com meu amigo.

— Você vai matá-lo?

— Se preciso, sim. Você também. Onde ele está?

Ela molhou os lábios, um gesto secreto nas sombras do banco traseiro, traído pelo brilho da luz azul em sua língua.

— A fazenda de tâmaras. Um local comercial.

— Onde?

Ela contou. Não era longe.

— Não minta. Se estiver mentindo, não terá uma segunda chance.

— Não estou mentindo. Ele queria um lugar maior. Eu tinha a fazenda.

Ele seguiu as orientações dela de volta para Coachella, então seguiu para o sul, depois para leste e voltou para o deserto, bem longe da cidade. A fazenda de cultivo de tâmaras estava desenhada num perfeito retângulo entre ruas asfaltadas, tinha quatrocentos e sessenta metros de comprimento e duzentos e dez de largura, cortado ao meio por uma estrada de cascalho esmagado e repleto de fileiras de árvores há muito tempo mortas e sem folhas. Fizeram Pike se lembrar de fuzileiros congelados em cargos permanentes. Havia uma grande placa pintada na entrada: VENDE-SE — PRONTO PARA TRABALHO — IMÓVEIS DESERT GOLD. Ele viu o contorno de um edifício bem ao fundo da estrada de cascalho e nada mais. Não via luzes.

— Ele está aqui agora?

— Acho que sim. Não sei. Ele pediu um lugar maior e era isso que eu tinha. Não o ajudo a se mudar.

Pike estudou o prédio e notou que havia dois edifícios. Ele se perguntava se Elvis Cole estava num deles e se Cole ainda estava vivo.

— Quantos prédios?

— A propriedade tem onze hectares com cinco edifícios, construção de metal e madeira cobrindo mil e trezentos metros quadrados de espaço útil. Você vai encontrar três tanques sépticos completamente encanados com água do município. Pike olhou para ela.

— Não quero comprá-la.

— Era uma fazenda. Os prédios eram usados para processar e empacotar tâmaras. Dois dos edifícios eram usados para manutenção e armazenamento de equipamentos. Um dos prédios tem escritórios e uma cozinha para os funcionários.

— Quantas entradas?

— Só a principal. Havia um portão no lado oeste, mas os donos colocaram mais árvores.

Pike ponderava sobre o tamanho do lugar. Todos os outros três endereços tinham sido casas pequenas de família.

— Por que maior?

— Ele achou que Dennis e os outros tinham sido presos. Queria tirar seus homens dos lugares que Dennis e o resto conheciam.

— Quantas equipes?

— Três, acho. Ele estava usando três casas.

— Todos vieram para cá?

— Essa foi a única propriedade nova que forneci a ele.

Pike encontrou um ponto para estacionar numa estrada sem asfalto ao norte da fazenda, colocou nova fita adesiva na boca de Megan Orlato e esgueirou-se por entre as árvores. Os cinco edifícios estavam agrupados no centro do pomar a pouco mais de cento e cinquenta metros da rua. Três estavam no lado leste da via de entrada e de frente para os dois que estavam a oeste. Luzes saíam dos edifícios do leste, mas não nos do oeste. Pike seguiu na direção das luzes. Procurou por guardas enquanto se aproximava, mas não encontrou nenhum.

Pike estudou as fachadas dos edifícios por vários minutos, notando as portas e janelas, então esgueirou-se pelos fundos. Roncos e uma ou outra voz baixa vinham do primeiro edifício. Um homem falava muito alto no prédio central e outros dois davam risadas. Quando Pike alcançou o fim do edifício ao sul, encontrou várias caminhonetes *off-road* estacionadas do lado de fora de uma longa porta de correr, ao lado de um grande caminhão-baú. Pike se perguntou se esse era o caminhão que Sanchez havia usado na noite em que Krista Morales fora sequestrada. Concluiu que os prisioneiros estavam no edifício norte, os guardas estavam agrupados no prédio central e o prédio sul estava sendo usado como garagem. A garagem parecia ser o único caminho para entrar e sair dos prédios.

Pike ficou entre os caminhões, olhou para baixo e para o comprimento da via de cascalho até a entrada. A distância era de quase dois campos de futebol americano. Só uma entrada, só uma saída. Dois campos de futebol americano era um longo caminho.

Pike deu um jeito de voltar para a Rover, conferiu se Megan Orlato estava presa e considerou suas opções. Não conseguia ver o edifício pelas árvores, mas sabia onde ele estava e olhava fixamente para o ponto nas sombras do luar. Três grupos significavam mais ou menos dezoito homens armados e um número grande e desconhecido de inocentes. As portas e janelas estariam reforçadas. Pike teria que entrar pela garagem, lutar com os vigias para abrir caminho até o último edifício, localizar Cole e os dois jovens, então lutar com os vigias uma segunda vez na saída. Perguntava-se mais uma vez se Elvis Cole estava lá dentro. Disse:

— Vou entrar.

As possibilidades não o assustavam. De todo modo, quanto melhores as possibilidades, maiores as chances de sucesso. Pike acreditava que tinha uma maneira de melhorar as possibilidades. Olhou para Megan Orlato, então ligou para verificar se Jon ainda estava na prisão.

44

Jon Stone

Jon Stone saiu andando da delegacia do xerife do condado de Riverside sob uma lua cheia, no momento em que ela começava a deslizar lentamente para oeste. Tudo que Jon possuía quando foi preso fora devolvido, com exceção de Khalil Haddad, que permaneceria como um convidado do governo dos Estados Unidos. Nenhuma perda.

Jon ficou irritado quando Nancie Stendahl saiu pisando duro da sala porque os colegas dela em Washington D.C. o liberaram. Pelo menos os dois jovens agentes que conseguiram a sua soltura tiveram a boa graça de ficarem impressionados com o fato de ele manter a M4. Perguntaram se ele era um espião.

Jon caiu na gargalhada. Espião. Jesus.

Nancie Stendahl disse:

— Você sempre ri de si mesmo?

— Se você ouvisse as merdas que rolam na minha cabeça, também daria risada.

Stendahl estava inclinada no Jeep de Pike, que tinha sido liberado juntamente com todo o resto. O estacionamento estava quase vazio, entretanto ele viu o grande furgão branco do ATF no lado oposto.

Stone estava feliz em vê-la. Solidarizava-se com o envolvimento pessoal dela e respeitava o esforço incondicional que ela estava empregando para encontrar o moleque. Jon gostava de esforços incondicionais. Esperava que ela não fosse estragar o momento dando um sermão sobre como a lei deveria funcionar. Se ela começasse com essa porcaria, ele recitaria *Crime e castigo*, de Dostoievsky, o original em russo, apenas para deixá-la maluca.

Ela não o fez. Parecia bastante abatida, tensa e desgastada. Queria comprar um café para ela, mas ele estaria ocupado.

— Você sabe onde está o meu garoto?

— Não. Mas sei quem está com ele. Haddad também.

Ela se animou.

— Quem?

— Um cara chamado Ghazi al-Diri. Chefe de Haddad. Você tem uma caderneta, alguma coisa para escrever?

Ele colocou a M4 no banco traseiro enquanto ela procurava um papel. Ele então colocou as pistolas, a munição, o GPS e os telefones no banco do motorista. Quando ele se virou, ela estava de prontidão com uma caneta e um guardanapo. Ele deu as coordenadas de longitude e latitude, então conferiu o guardanapo para ter certeza de que ela tinha anotado corretamente.

— Essas coordenadas levam você a um local de desova de corpos. Você vai encontrar onze ou doze pessoas embrulhadas em plástico. Haddad provavelmente matou metade delas. Você vai encontrar dois cadáveres que não estão nos plásticos. Eles assassinaram o resto.

— Quem matou esses caras?

Jon ignorou a pergunta.

— Não se deixe levar pelo comportamento bonzinho de Haddad. Eles são maus pra caralho. Quer andar enquanto falamos? Tenho que dar uma olhada nesse Jeep.

— Por que está me contando isso?

— Você quer acabar com a desses caras na fronteira. Quanto mais Haddad falar sobre o Sírio, mais informação você terá sobre como os cartéis funcionam. Boa informação é tudo. Sei disso de primeira mão.

Stone deu um volta rápida no Jeep tendo Stendahl como companhia. Encontrou alguns amassados. Pike não ficaria feliz.

— Ghazi al-Diri é o Sírio?

— Os mexicanos o chamam de Sírio. De tudo que sabemos, ele é de Bakersfield. Você sabe o que é um *bajador*?

Ela balançou a cabeça.

— Ele trabalha na fronteira, roubando qualquer coisa que os cartéis mandem para cima. Na maioria das vezes, são pessoas tentando entrar sem documentos.

— No lado americano?

— A maioria desses caras trabalha no sul, mas alguns estão começando a trabalhar no norte. É mais fácil fugir da polícia aqui em cima do que dos cartéis lá embaixo.

— Ele mora aqui? Tem família?

— Talvez Haddad possa dizer.

Stone olhou as horas. Queria ligar para Pike.

— Boa sorte, Stendahl. Preciso ir.

— Ghazi al-Diri está com Elvis Cole. Ele está com meu sobrinho. Nós dois queremos alguém que está com ele, então devemos trabalhar juntos nisso.

— Hum-hum. Não vai acontecer do seu jeito.

— Jack é a coisa mais próxima que tenho de um filho. Ele é meu único parente vivo. Você espera que eu desista, esperando que outra pessoa o encontre?

— Trabalhe no caso. Você pode encontrá-lo antes da gente.

Ela colocou-se diretamente na frente dele e socou-o no peito.

— Ele é meu sangue. Prometi para minha irmã que o encontraria. Jurei na cova dela que o manteria seguro.

— Você é uma oficial sob juramento. Não vai acontecer do seu jeito.

— Ajude-me a encontrá-lo, cacete!

Ela o socou com mais força e Stone recuou.

— Escuta...

Stone olhava para a lua azul-prateada, então balançou a cabeça.

— Quando a gente encontrar esses caras, e se Cole estiver morto, eles não vão escapar. Não vai haver tribunal de justiça. Nem juiz, nem júri. Você é uma diretora assistente do ATF. Você não vai conseguir conviver com o que pode acontecer.

— Você não precisa fazer desse jeito.

Stone olhou o relógio. *Tempus fugit.*

— Preciso ir. Onde quer que Jack esteja, você o quer em outro lugar. Preciso ir.

Ela parecia querer dizer mais alguma coisa, mas não disse. Só disse por fim:

— Boa sorte.

Jon a observou cruzar o pátio em direção a um sedan de médio porte, então entrou no Jeep e ligou o motor. Ligou o telefone de satélite e o GPS. Levou um tempo para o telefone carregar e travar num bom satélite, mas a luz ficou verde e Jon estava de volta à jogada.

Uma mensagem carregou instantaneamente.

Jon selecionou a gravação e ouviu a voz de Pike:

— Liga.

Pike atendeu no primeiro toque e Jon deu o relatório da situação.

— Estou limpo. Você está bem?

— Estou com a irmã de Ghazi al-Diri.

Stone riu. Riu tão alto que seus olhos se incendiaram. Pike era um fanfarrão. Simplesmente o melhor.

— Adorei. Isso é tão *perfeito*, mano. O que você está pensando? Uma troca da irmã por Cole?

— Sem troca. Se oferecermos uma troca, vamos colocar o foco de al-Diri em Cole, e assim será mais difícil de chegarmos nele.

— Ela sabe onde eles estão?

— Numa fazenda de cultivo de tâmaras fora de Coachella. Estou olhando pra ela.

Descreveu a área e a informação que descobrira pela irmã. Al-Diri tinha juntado os três grupos de homens e os três grupos de *pollos* numa fazenda quando descobriu que Haddad e os dois bostas que Stone e Pike tinham jogado no deserto tinham sumido. A fazenda fora montada como uma fortaleza infestada pelos soldados do Sírio.

— Elvis está lá?

— Não saberemos até entrarmos.

Stone ponderou sobre a fazenda como Pike a havia descrito. O Delta tinha a ver com resgate de reféns e sequestro de bandidos. Jon conhecia essas coisas de trás para a frente.

— Quinze a dezoito vigias armados juntos com mais de cento e cinquenta inocentes é pedir por efeito colateral. Isso também aumenta o nosso tempo para o alvo.

Uma vez que tivessem entrado nos edifícios, tempo para o alvo significava o quanto levariam para localizar Cole e os jovens, e tirá-los de lá. Quanto mais tempo para o alvo, maior o risco. Se ficar por tempo suficiente, você vira parte do cenário. Pike disse:

— Como você faria, sem troca pelo Cole?

— Troque por outra coisa. Temos a irmã, vamos usá-la. Entregue-a para Sang Ki Park.

— Quando?

— Agora. Dirija a encenação. Jogue tão rápido que esse safado nem vai ter tempo de pensar.

— Estou ouvindo.

Jon Stone saiu dirigindo, amando tanto seu plano que sorria de orelha a orelha. Para esse tipo de coisa, ele era o melhor soldado que já pisara na superfície da Terra; não havia melhor, nenhum tão letal, *jamais*! Um homem entre homens.

Nancie Stendahl

Stendahl ficou sentada em seu carro alugado até Jon Stone sair, então andou apressadamente até o furgão da SRT. Entrou pela porta traseira num mundo de luzes vermelhas e abriu caminho por equipamentos pendurados até a área de eletrônicos. Mo Heedles disse:

— Oi, chefe. Bom trabalho. Estamos vendo bem.

Mo era uma mulher grande de cabelos vermelhos curtos. Ela estava curvada sobre um *laptop*. O computador estava ligado a um amplificador de celular do furgão de forma a garantir um sinal forte.

Stendahl permaneceu atrás dela para ver a tela do laptop, e observou um ponto negro que piscava no mapa distanciando-se da delegacia do xerife.

— Qual é o alcance disso?

— Infinito? Usamos as torres de celular. Podemos seguir seu garoto não importa para onde ele vá.

Nancie Stendahl pegou o telefone e ligou para Tony Nakamura, em Washington. Era tarde lá, mas ele estava acostumado com isso.

— Tony, é Nancie. Preciso de duas equipes SRT e um helicóptero preparados para amanhã às sete horas. Em qualquer lugar na área entre Palm Springs e Coachella.

— Entendi.

— Vou avisar onde e a que horas assim que souber.

— Entendido.

Nancie guardou o telefone e observou o ponto negro. Não ligava para onde ele estava indo; só queria estar presente quando ele chegasse ao destino.

45

Sang Ki Park
Motel Wayward Palms

Naquela manhã, Sang Ki Park seguiu as orientações do mercenário loiro e encontrou-se com ele num hotel barato de beira de estrada entre Indio e Coachella. A viagem de duas horas e meia foi rápida e fortalecida pela promessa de salvação e vingança. Uma recuperação bem-sucedida de seus trabalhadores sequestrados iria restaurar a confiança de seu tio. O restabelecimento do neto do velhote garantiria sua redenção.

O quarto do mercenário era opaco e encardido, mas o deserto que o rodeava ganhava vida com o resistente e belo frescor do primeiro beijo do sol matinal. Sang Ki Park sentiu-se honrado em compartilhar esse momento. Especialmente com uma mulher tão bonita ao seu dispor.

— Está confortável?

Megan Orlato não disse nada até que o homem loiro falou em árabe.

— Estou bem, pelo amor de Deus. Vamos acabar com essa porra.

A boca de uma puta. Ela era irmã, esposa cúmplice dos homens que tinham roubado, torturado e assassinado os trabalhadores de Park.

Park, a mulher, o mercenário loiro maluco e os dois soldados da *Double Dragons* estavam no quarto. Nas redondezas, mais doze soldados da *Double* esperavam nos carros. O tio de Park, Young Min Park, que era o avô de Kwan Min Park, estava a caminho, mas provavelmente não chegaria até que Kwan fosse recuperado. Era assim que devia ser.

Como o reverenciado líder dos Ssang Yong Pa, Young Min Park devia ser protegido de perigo físico e do processo legal. Entretanto, o velho, como todo velho, era fraco em sentimentos e queria muito ver o neto.

O homem loiro com o cabelo espetado olhou o relógio.

— Pronto pra ir?

Park manteve os olhos na mulher e sentou numa cadeira desgastada com seus homens bem próximos. Os dois mercenários que trabalharam com o senhor Cole tinham capturado a irmã do *bajador* e agora queriam trocá-la pelos trabalhadores roubados de Park. O mercenário loiro tinha explicado esse plano mais cedo naquela manhã.

— Sim. Estou pronto.

— Você lembra o que dizer ou quer que eu repasse novamente?

— Estou bem.

— Sem negociações. Sem atraso.

— Estou bem.

O loiro virou-se para a mulher e falou em árabe até que ela o interrompeu:

— Fale inglês, Jesus.

— Não estou nem aí para o que você disser, mas você tem que dizer alguma coisa. Se fechar a boca, faço você abri-la.

— Vá se foder.

O loiro discou o número. Era o celular dela levado da casa e entregue pelo senhor Pike. Continha o número direto do irmão, guardado na memória como "Bobby". Usar esse telefone era importante, já que Ghazi al-Diri só atenderia se reconhecesse o número da chamada.

O loiro esperou pelos toques, então passou o telefone para a mulher.

Ela fechou os olhos como se estivesse apunhalando a si mesma, então falou:

— Sou eu. Sinto muito, querido, eles me pegaram. Não, esse cara coreano. Um cara me tirou de casa ontem à noite e me entregou para esse coreano. Eles mataram Dennis. Dennis está morto...

O loiro tirou o telefone da mão dela e passou para Park.

— Sua irmã é a propriedade dos Ssang Yong Pa. Você tem vinte e seis de nossas pessoas. Vamos pegá-los de volta dessa forma.

Park contou para Ghazi al-Diri onde, quando e como a troca aconteceria, exatamente como o mercenário instruíra. Não havia espaço para discussão.

— Diga sim e ela viverá. Diga não e você a ouvirá morrer agora, nesse telefone. Você então matará minhas pessoas, mas isso é uma perda que podemos aceitar. Caçaremos você para sempre.

Park ouviu por um bom tempo, então repetiu as instruções.

— Você deve dizer sim agora.

Ele ouviu por mais um tempo.

— Muito bem. Você deve reembolsar dez mil dólares americanos para cada um dos três mortos. Não faça nada além dessas instruções. Não se atrase.

Park apertou o botão para finalizar a ligação, então devolveu o telefone ao mercenário.

— Ele concordou.

A mulher fechou os olhos quando ouviu isso e encolheu-se de alívio.

O mercenário foi até a porta.

— Você precisa de mais alguma coisa?

— Não.

— Se eles não aparecerem, não a mate. Talvez precisemos usá-la novamente.

— Eles virão. Ouvi muito amor na voz dele.

O mercenário o encarou por um instante, então riu bastante ao sair.

Sang Ki Park também achou graça na piada, porém mascarou a alegria com uma cara fechada. O mercenário tinha insistido para que Park se mantivesse no plano conforme fora instruído, mas o mercenário servia aos seus próprios objetivos, e Park servia aos objetivos dos Ssang Yong Pa.

O plano iria mudar do jeito que os Ssang Yong Pa quisessem.

46

Joe Pike

Pike encontrou-se com Stone para entregar Megan Orlato e trocar de carro. Eles circularam a fazenda a pé para afinar o plano e então partiram. Os coreanos tinham chegado ao Banning Pass a essa hora e Jon tinha que encontrá-los.

Pike dirigiu até uma mercearia que abria às quatro da manhã. Usou o banheiro, comprou uma garrafa de água, dois sacos de frutas secas e castanhas sortidas e um saco de manga desidratada, então voltou para a fazenda. Estacionou atrás de um caminhão de irrigação abandonado, em um campo do lado oposto da entrada da estradinha de cascalho, e alimentou-se enquanto o céu lentamente clareava.

Pensou em Elvis Cole, na amizade deles, e esperava que Cole estivesse lá dentro e vivo. Falou para si mesmo que Cole estava vivo. Tirou o Grilo Falante do bolso.

Se Cole estivesse morto, eles pagariam com o inferno.

O dia ficou completamente claro. Nada se mexia na fazenda.

O telefone de Pike tocou às 9h32 num belo dia no deserto.

Stone disse:

— Ele concordou. Vai.

Pike deixou o Jeep, correu para a fazenda de tâmaras e desapareceu entre as árvores.

Ghazi al-Diri

A vida de Ghazi al-Diri acabou com a ligação do coreano. Ele estava na cozinha tomando café numa prensa francesa que trouxera de São Paulo quando o telefone vibrou. Ele agora colocava o telefone no bolso e entornava o café. Vários de seus homens estavam por perto, comendo *burritos* de ovos e feijão que eles mesmos tinham preparado. Ghazi se afastou para pensar. Estava com raiva, mas sobreviveria se mantivesse a calma.

Maysan mudou tudo. De algum modo, os gângsteres coreanos tinham descoberto que ela era sua irmã e agora a mantinham como uma *pollo*. Ghazi não tinha outra escolha senão presumir que os gângsteres agora sabiam tudo que Maysan sabia — seu telefone, sua casa em Ensenada, como ele tinha operado ao norte da fronteira nesses dois últimos anos e até mesmo sua atual posição. O que mais o apavorava era que eles poderiam estar vigiando a fazenda naquele exato momento.

Ghazi agiu rapidamente. A troca pela irmã requeria um caminhão-baú e muitos homens, mas era preciso fazer muito mais se ele quisesse sobreviver, e essas coisas eram desagradáveis.

— Rojas! Onde está Medina?

— Com os *pollos*. Quer falar com ele?

— Sim, vocês dois. Na garagem.

Ghazi bebeu mais do café enquanto Rojas saiu correndo, então foi para a garagem. Ghazi tinha concordado com a troca, mas ele não faria a viagem. Faria o possível para salvar a irmã e rezava para que o gângster cumprisse sua palavra, mas Ghazi al-Diri não acreditava que ele a veria novamente e teve a certeza de que a troca seria sua sentença de morte.

Rojas e Medina apareceram quase que ao mesmo tempo. Endireitou-se como o comandante que era e encarou-os.

— Vamos devolver os coreanos. Precisamos de oito vigias para levá-los, dois para o caminhão grande e o resto nas caminhonetes. Eles devem estar armados. Rojas, quero você no caminhão grande. Você estará no comando.

Rojas pareceu surpreso, mas não fez nenhuma objeção. Estavam juntos há muito tempo. Ghazi odiaria perder Rojas, mas Samuel era o mais esperto e o mais capaz. Se recuperar Maysan fosse possível, era mais provável que Rojas tivesse sucesso. Rojas disse:

— Alguém os comprou?

— Os gângsteres estão com minha irmã. Você irá trocar os *pollos* por ela. Já negociei tudo.

Al-Diri explicou rapidamente onde e como a troca seria feita, falou para Rojas pegar seus homens e irem o mais rápido possível.

Rojas e Medina viraram-se para partir, mas al-Diri chamou Medina:

— Medina, fique. Tenho outra coisa.

Medina virou-se e esperou. Levou um instante para al-Diri ter certeza de que sua linha de raciocínio estava certa. Não estava perdendo apenas os coreanos. Tinha decidido abandonar a fazenda de tâmaras e, sem o acesso da irmã às propriedades, ele não tinha lugar para mantê-los. Já que foram testemunhas de crimes hediondos, não podia deixá-los saírem andando por aí, então alguma coisa tinha de ser feita.

Ghazi al-Diri tinha certeza. Foi forçado a tomar a única e verdadeira decisão.

— Precisaremos de outro caminhão grande. Quando o Rojas partir, vamos deixar este lugar. Precisamos nos livrar dos *pollos*.

Medina o estudou por vários segundos, então deu de ombros.

— Sempre haverá mais *pollos*.

Vasco Medina era o homem certo para esse tipo de trabalho.

— Tem certeza que não quer esperar por Rojas? Vai nos poupar o custo de um caminhão.

— Não há tempo para esperar. Vamos encontrar Rojas em outro lugar.

Medina grunhiu pensativo, então lentamente sorriu mostrando os dentes estragados de crocodilo. Ele entendeu. Não esperariam por Rojas porque Rojas e o caminhão provavelmente não voltariam.

— Tudo bem. Posso arranjar um caminhão, sem problemas. Maior, talvez. Vamos ter o quê? Cento e vinte, cento e trinta?

— Sim, algo em torno disso.

Ele grunhiu novamente.

— Poderíamos deixá-los aqui. Isso seria o mais rápido.

Ghazi pensou nisso, mas descartou a ideia imediatamente. A fazenda tinha conexão com Maysan. Se tantos corpos fossem encontrados aqui, uma hora ou outra os resultados da investigação a ligariam a Ghazi, e levariam à sua possível identificação.

— Não, não podemos deixá-los.

— Tudo bem. Conheço um lugar aonde podemos chegar com o caminhão. Vou tomar conta disso.

Ele começou a sair, mas parou.

— E o menino rico? Ele também?

Ghazi tinha ruminado a incerteza de se uma mãe viúva rica pagaria por ele. Pessoas ricas podiam ser um problema, então al-Diri queria se livrar do garoto também.

— Ele também. Não temos tempo a perder.

— E o idiota que está com os Sinaloas? Odeio aquele cuzão.

— Todo mundo. Pegue o caminhão e coloque-os dentro. Quero sair daqui.

— Posso cuidar disso do jeito que achar melhor?

Ghazi al-Diri se encolheu. Medina queria dizer matá-los. Era um homem que apreciava a matança. No México, faziam isso com martelos.

— Do jeito que achar melhor, mas não aqui. Espere até chegar seja lá aonde for. Daí você não precisa carregá-los.

Medina deu novamente o sorriso de crocodilo e Ghazi se perguntou por que o homem nunca tinha consertado os dentes.

Ghazi Al-Diri viu Medina se afastar, então foi até o carro. Estava dirigindo um Lexus SUV cor de carvão que Pinetta tinha conseguido por um bom preço de um de seus ladrões. Pinetta seria difícil de substituir, ainda mais difícil que o cunhado de Ghazi, cujo único talento era ter sido o amor da irmã.

Ghazi puxou uma pequena arma preta de trás do banco traseiro. Não confiava nesses gângsteres e tinha certeza de que eles iriam atacar. Podia senti-los. Alguém o caçava.

Certificou-se de que a arma estava carregada, então seguiu Medina para dentro. Ainda havia muito a ser feito antes de a matança começar.

Kwan Min Park

Kwan estava sentado com Jack e Krista quando Samuel Rojas e os outros vigias foram até sua gente. Um dos vigias bateu num homem com um porrete para abrir caminho, e Rojas foi até a garota chamada Sun Hee. Rojas a usou como tradutora porque ela falava inglês melhor que os outros.

Sun Hee levantou, ouviu o homem, então traduziu suas palavras. Se ela fosse um garoto, Kwan a odiaria por cooperar e provavelmente quebraria seu pescoço. Como uma mulher submissa, ele não esperava menos que um comportamento humilhante e submisso, mas procurava usar isso em seu favor. Tinha instruído a garota a oferecer sexo aos vigias de modo que ela pudesse roubar uma arma, mas até agora ela tinha fracassado.

Enquanto ela falava, o grupo trocava olhares, alguns sorrindo e se levantando. Jack disse:

— O que está havendo?

Kwan olhou para o amigo.

— Não sei. E você?

Jack Berman fechou os olhos e tocou a nuca.

— Dói pra cacete. Conhece dor de cabeça? Estou com uma dor de cabeça monstruosa.

Kwan não tinha certeza do que "monstruosa" significava, mas sabia que devia ser ruim.

— Você melhor. Vê bem. Fala.

Krista sorriu.

— Bem melhor.

Sun Hee os interrompeu. Ela implorou pelo perdão de Kwan por se atrever a falar e rapidamente explicou enquanto ele observava o grupo dirigindo-se para a porta. Kwan estava surpreso, mas algo assim era esperado.

Krista falou assim que Sun Hee se foi:

— Onde eles estão indo?

— Nós vamos. Ssang Yong Pa nos libertou.

Ele viu a confusão no rosto de Krista.

— Família. Clã. Ssang Yong Pa é minha família.

Kwan estudou seus novos amigos e sentiu-se confuso em deixá-los. Segurou o braço de Jack Berman.

— Primeira noite, os vigias batem, você tenta ajudar. Kwan Min Park se lembra. Agora, para sempre, nós amigos. Meu clã, muito poder. Kwan Min Park, muito poder. Grande guerreiro. Mato muitos homens.

Kwan leu o medo nos olhos de Krista antes de ela o interromper:

— Kwan...

O porrete cruzou as costas dele com uma explosão aguda de dor. Ele virou a tempo de ver o porrete descendo novamente, esquivou-se e conteve-se para não socar no pescoço o vigia que Krista chamava de Louva-a-Deus. Sun Hee estava com ele, assim como Medina, o guarda agressivo dos dentes.

Sun Hee estava frenética.

— Você precisa vir. Vamos agora. Você precisa vir.

Medina empurrou o Louva-a-Deus e Sun Hee para o lado e agarrou o braço de Kwan. Kwan deixou que o homem o levantasse, então soltou a mão. Ficou bem perto, olho com olho, nariz com nariz, olhos fechados. Medina fechou a cara quase que rosnando e bateu com o bastão de choque no flanco de Kwan. O baque da descarga era como ser chutado, mas Kwan não reagiu. O bastão torturava a pele, mas Kwan sorria como provocação.

O Louva-a-Deus e Sun Hee o empurraram em direção à porta acabando com o momento, e Kwan olhou de volta para o amigo Jack Berman.

— Kwan nunca esquece. Ajudo você, Jack Berman, como você tentou me ajudar.

Kwan virou-se e se deixou ser arrebanhado numa fila com os outros. No salão da entrada, a outra metade do grupo era arrebanhada, vinda do outro quarto. Medina desapareceu.

Sun Hee, ao lado dele, piava como um pássaro enfadonho:

— Você não devia se opor a eles. Ele é muito bravo.

— A braveza dele não me interessa. Fique quieta.

— Ainda não estamos livres. Você deve tomar cuidado.

— Ele deve tomar cuidado. Quando estivermos livres, ele vai encontrar o verdadeiro eu.

Kwan a empurrou para a frente para não precisar escutar.

Passaram pela cozinha e foram em direção à garagem. O caminhão grande estava com a traseira virada para o portão da garagem e esperava por eles. Kwan notou que os vigias portavam espingardas ou armas militares e pareciam nervosos. Ele se perguntava a razão de tudo aquilo.

A fila diminuía conforme as pessoas da frente subiam no caminhão. Kwan Min Park estava perto do final da fila. Estava feliz por em breve ver o avô e o primo, e se perguntava se eles estariam por lá para cumprimentá-lo. Sentiria falta da Coreia, mas tomar seu lugar por direito entre os Ssang Yong Pa na grande cidade de Los Angeles era um sonho antigo. Misturou-se ao grupo da frente, chegando perto do caminhão e do destino.

Kwan se perguntava se tornaria a ver seu amigo Jack Berman. Esperava que sim. Imaginava os dois tomando *soju* e cantando em um dos estúdios *Noarebang*, quando sentiu uma pancada forte na nuca.

O mundo cintilou.

Kwan sentiu que estava caindo, mas não conseguiu parar. Abriu os olhos quase que de uma vez e percebeu que estava deitado de costas.

Medina sorriu para ele de cima.

Kwan sentiu uma pontada de medo e tentou se erguer, mas homens seguravam seus braços e pernas.

Medina ergueu um martelo de aço acima de sua cabeça e o baixou.

Kwan Min Park tentou se virar, mas não conseguiu.

Joe Pike

Pike assistiu aos seis homens passarem pelo caminhão-baú enquanto deixavam a garagem em direção às picapes. Dois tinham AKs e o resto espingardas. Subiram dois homens em cada uma das caminhonetes. Mais dois homens vieram da garagem e entraram na cabine do caminhão-baú.

Pike estava enfiado no solo arenoso na base de uma tamareira a quarenta metros de distância. Ligou o telefone via satélite e deu a Jon Stone a descrição e as placas de cada um dos quatro veículos. Stone disse:

— Entendido. Oito homens fora?

— Oito.

— Ajuda.

Depois de três minutos, uma picape Dodge bronze foi embora, seguida por um Ford prateado. O caminhão-baú cambaleou atrás do Ford, e a última picape saiu atrás do caminhão.

Pike sussurrou novamente:

— Saindo agora.

Enquanto as caminhonetes vinham em sua direção, Pike olhou fixamente para a garagem. Dois homens vigiavam do portão, então voltaram para a garagem e desapareceram nas sombras.

Ele não se mexeu quando as caminhonetes passaram. Manteve a posição até que alcançassem a rua, olhou de volta para vê-los virarem, então falou novamente.

— Entrando.

Jon Stone disse:

— Do outro lado, mano.

Pike se enfiou mais entre as árvores e observou a garagem enquanto corria de tronco em tronco até o edifício. Saiu do arvoredo atrás da garagem, sacou a pistola e abriu caminho para o portão. Não ouviu nada, então deitou no chão e espiou. Três SUVs e uma picape estavam estacionados lá dentro, mas ele não viu ninguém.

Havia uma porta do outro lado da garagem gigante, depois dos SUVs. Pike sabia que essa seria a entrada. Estava indo em direção a ela quando viu uma mancha de sangue fresco de um metro no concreto, como se algo tivesse sido arrastado. Ao fim da mancha, gotas frescas e uma linha de sangue tão fina quanto um barbante formavam um rastro saindo da garagem. As gotas eram brilhantes e preenchidas com a cor de vida que se esvai. Alguém tinha morrido enquanto carregavam o caminhão.

Pike correu diretamente para a porta e checou a maçaneta. Trancada. Estava pegando a pistola de fechadura quando a porta subitamente se abriu.

Um homem branco com mãos grandes piscou para Pike e um negro ao lado franziu as sobrancelhas.

— Quem é você?

Pike atirou no homem de mãos grandes e acabou com o amigo dele.

Falou duas palavras:

— Elvis Cole.

Entrou e fechou a porta.

Elvis Cole

Os vigias estavam diferentes naquela manhã. Moviam-se com mais rapidez que o normal ao passar por minha pequena cela-escritório. As vozes eram tensas e contidas. Às vezes discutiam. Ouvi gritos abafados e o que podiam ser mulheres gritando e um motor acelerando, mas eu não tinha certeza de nada disso.

Royce e o Louva-a-Deus abriram a porta, e o primeiro me mandou levantar. Até mesmo Royce parecia diferente. Fechado e austero.

— Levanta, idiota. Vamos.

Virei para os lados para mostrar as algemas quando levantei.

— Corte isso. Preciso fazer xixi.

— Mije nas calças. Venha.

Ele me pegou pelo braço e me puxou pela cozinha. O salão estava lotado de vigias e prisioneiros sendo deslocados de um quarto para o outro. Alguém gritou em espanhol e os vigias empurravam as pessoas com mais dureza que o normal, usando seus bastões de choque.

O Louva-a-Deus me empurrou para dentro da sala com Krista e Jack, que agora estava muito mais cheia.

— O que está acontecendo?

Royce disse:

— Você vai descobrir. Cale a boca e senta.

Viraram-se e dirigiam-se para outras partes do salão. Vi Krista e Jack nos lugares de sempre e dei um jeito de chegar até eles. Jack estava sentado, acordado e focado. Eu disse:

— Lembra de mim?

— Claro. Mais ou menos.

— Você parece bem melhor.

Krista se inclinou para mais perto enquanto dois vigias passavam por eles.

— Kwan e seu grupo foram embora. Eles estão indo para casa.

Percebi que Kwan e as outras vítimas coreanas não estavam mais ali.

— Esta manhã?

— É, e agora eles estão colocando todos do outro salão no nosso.

Pensei na dura recusa de Sang Ki Park em pagar pelo resgate e me perguntava por que sua gente tinha sido liberada. Os vigias que jogavam as pessoas para o nosso quarto moviam-se como homens sob pressão e pareciam correr contra o tempo. Pike era bom em pressão e poderia estar trabalhando com Park. Se Pike estivesse por perto, tudo poderia e iria mudar de uma hora para outra.

Cheguei perto de Krista, conferi se havia guardas e virei-me de costas para ela.

— Você está com a faca?

— Sim, como você disse.

— Corta. Elas são duras, então corta com força.

Ela começou a cortar as algemas com a faca. Quando diminuiu a velocidade dos movimentos, Jack chegou mais perto para ajudar e depois de um minuto o plástico cedeu. Mantive as mãos para trás e sentei de costas para a parede.

Logo todos os prisioneiros da outra sala estavam na nossa e Ghazi al-Diri apareceu. Entrou pela porta com vários vigias, falou brevemente com Medina e se foi. Até al-Diri carregava uma espingarda.

Medina então falou com os guardas, que se espalharam pela multidão perto da porta, levantando pessoas e as empurrando para o salão. Quando as pessoas que estavam mais distantes da porta começaram a se levantar, outros guardas se apressaram em abaixá-las, mas as que estavam mais perto continuavam sendo empurradas para fora.

Krista sussurrou:

— O que eles estão fazendo?

Eu tinha uma suspeita de que sabia e esperava estar errado. Al-Diri poderia estar nos mudando para um local mais seguro, mas então me lembrei de Thomas Locano contando-me sobre as covas em massa no México. Cutuquei Jack.

— Você consegue andar?

— Sim. Claro.

Krista disse:

— Ele não consegue andar.

— Eu consigo andar.

Observávamos as pessoas mais perto da porta saírem da sala quando Medina, Royce e o Louva-a-Deus deixaram os outros vigias e vieram em nossa direção. Royce tinha uma espingarda pendurada no ombro, e o Louva-a-Deus e Medina carregavam bastões de choque. A pistola ainda estava no bolso da frente do Louva-a-Deus.

Medina parou na frente de Krista e olhou para ela com o sorriso medonho.

— Vamos todos dar um passeio, mas você ficará mais confortável se passear comigo.

Ele se inclinou para pegar o braço dela e vi sangue espirrado em sua camisa. Fios e gotas de sangue marcavam o tecido como desenhos de um matadouro. Mais sangue manchava o rosto.

Vi o sangue enquanto ele botava Krista de pé. Vi o sangue e não importava se Joe estivesse aqui ou se a ajuda estivesse a caminho.

Ele botou Krista de pé e eu levantei com ela. Naquele exato momento o som agudo e inegável de um tiro ecoou do edifício ao lado.

A sala congelou no mesmo instante, com exceção de Medina e eu. Ele empurrou Krista para o lado e girou o bastão de choque como um porrete. Recuei, puxei seu braço entre nós e soquei sua boca com os dois primeiros nós da mão direita. Ele cambaleou para trás, mas eu o segurei pelo braço, então bati de novo enquanto Royce pegava a espingarda.

Joguei Medina de costas para cima de Royce, dei um passo na direção do Louva-a-Deus, enganchei meu cotovelo em sua garganta e alcancei o bolso para pegar a arma. Ele ainda estava lá quando Royce empurrou Medina para o lado, veio com a espingarda e Krista Morales o apunhalou no ombro. Ele guinchou e bateu a mão na faca como se tentando espantar uma abelha. O bolso rasgou e atirei nele duas vezes no peito, então atirei no Louva-a-Deus.

Medina já era. Muitos dos vigias tinham corrido para ver o que estava acontecendo e agora o som de tiros estourava e ricocheteava pelos edifícios. Alguns prisioneiros correram, outros se jogaram no chão, e alguns ainda se amontoavam.

Peguei a arma de Royce, puxei Krista e Jack para perto e gritei sobre a gritaria.

— Vamos ficar presos se ficarmos. Você pode andar?

— Vou correr.

Atirei em dois guardas e abri caminho pela multidão.

Sang Ki Park

Sang Ki Park sentia-se benevolente diante do adversário derrotado. O homem acenou com a cabeça respeitosamente e se apresentou:

— Meu nome é Samuel Rojas. Estamos com sua gente aqui.

Eles estavam fazendo a troca numa pedreira abandonada a alguns quilômetros ao norte do Salton Sea. O homem chamado Rojas gesticulou para o grande caminhão atrás de si, de onde pessoas já estavam saindo. Os homens das três picapes menores estavam ajudando as pessoas de Park a saírem do caminhão.

Park inspecionaria sua gente assim que estivessem descarregados, então ficaria com o caminhão para transportá-los. Rojas disse:

— Você está com a mulher?

Sang Ki Park ergueu a mão. A mulher saiu do banco traseiro da BMW, mas não chegou mais perto. Ela não tinha permissão de chegar mais perto.

Park parecia paciente enquanto as pessoas que ele trouxera da Coreia se juntavam num pequeno grupo. Mas ele não estava. Na verdade, ele estava procurando pelo primo e ansioso para acabar logo com aquilo. O tio estava esperando no motel e ele não queria que ele esperasse muito tempo. O tio não era um homem paciente.

Não demorou muito para descarregar vinte e três pessoas. Menos de dois minutos. Certamente não mais de três.

Park franziu o cenho. Um grupo de vinte e duas pessoas agora se juntava diante dele e nenhuma delas era seu primo.

Estava prestes a dizer alguma coisa quando dois homens carregaram um corpo do caminhão e o colocaram no chão a alguns metros de distância.

Sang Ki Park olhou fixamente para a cabeça esmagada do primo, Kwan Min Park.

Sentiu-se esgotado, mas ao mesmo tempo cheio de um ódio tão furioso como o coração de um dragão. Samuel Rojas disse:

— Podemos ficar com a mulher agora?

Park olhou para Samuel Rojas, então se virou e andou até Megan Orlato. Quando ele chegou até ela, sacou uma pistola Sig Sauer de debaixo do casaco e atirou na cabeça dela.

Quatorze soldados dos Ssang Yong Pa então surgiram de seus esconderijos e abriram fogo com as armas automáticas, matando Samuel Rojas e os sete homens que tinham vindo com ele.

Quando a matança terminou, Park tinha seus vinte e dois empregados colocados de volta no caminhão juntamente com o corpo do primo. Todos partiram.

Nancie Stendahl

Voando a quinhentos e cinquenta metros do deserto e guiando-se pelo ponto negro de Jon Stone, Nancie Stendahl ajustou o fone de ouvido.

— Repita.

Mo disse:

— A mosca está indo em direção a dois-zero-zero.

A piloto virou o helicóptero alguns graus para o oeste, trazendo-os para mais longe no deserto num curso para o sul vindo do sudoeste.

Nancie estava com quatro pessoas no voo: a piloto, Mo com o *laptop* mágico no banco dianteiro, Nancie, JT e um coordenador da SRT chamado Stan Uhlman. As duas equipes SRT estavam preparadas a trinta e dois quilômetros de distância e esperando pelas coordenadas.

A voz de Mo vinha pelos fones:

— Nove quilômetros e meio.

Stan Uhlman disse:

— Não tem estradas aqui embaixo. O que ele está dirigindo?

Nancie disse:

— Um Jeep. Vermelho.

Uhlman parecia em dúvida.

— Não sei.

— Seis e meio. Devemos vê-lo em breve se ele estiver aqui. Ele parou.

Mo sorriu sobre o ombro.

— Qual é a aposta, chefe? Achamos seu garoto?

Nancie disse:

— Você ainda tem uma leitura no segundo sinal?

— Sim, senhora. Tenho sim.

Nancie sorriu de volta.

— Então se o senhor Stone encontrou o transmissor e deu um fim nele, tenho certeza de que ele não encontrou o segundo e é lá que vamos encontrá-lo.

JT apontou a frente do piloto.

— Ali está uma estrada. Achei a estrada.

Mo disse:

— Um e meio. Menos que isso.

Nancie espiou sobre os ombros de Mo para ver o pequeno ponto negro na tela do *laptop*, então olhou pela janela. Lá fora, no meio do nada, o mapa não fornecia nenhuma paisagem para ajudar a orientar o ponto. Tudo que Nancie via era o ponto. Stan Uhlman disse.

— Ali. O que é aquilo, caminhonetes?

A piloto embicou naquela direção, baixou para cento e vinte metros e ganhou velocidade.

JT disse:

— Meu Deus.

Nancie disse:

— Mais perto.

A piloto inclinou o helicóptero para o lado, afundou para sessenta metros e orbitou a cena.

Uhlman disse:

— Estou vendo três caminhonetes e vários corpos.

JT disse:

— Nove. Vejo oito homens e uma mulher. Nada do Jeep. Nada do Jeep vermelho. Chefe?

— Mande os SRTs. Notifique o xerife para proteger a cena.

— E quanto a nós? Você quer descer?

Nancie viu os corpos pelo binóculo. Nenhum deles era Jack e nenhum deles era Jon Stone. Nenhum deles estava se mexendo ou dando sinais de vida. Nancie disse:

— Para onde o segundo sinal estava levando?

— Um-um-zero.

— Voe para um-um-zero.

A piloto seguiu para o norte e voou em direção a Coachella.

Elvis Cole

O salão e a cozinha eram um caos de gente correndo, se escondendo e chorando. Os prisioneiros imigrantes não entendiam o que estava acontecendo e não sabiam para onde ir, mas os vigias sofriam da mesma confusão. Foi o que provavelmente nos salvou. Não sabiam quem estava atirando, ou por quê. A maioria achava que estava sendo pega pelos federais. Àquela altura, eles entraram em pânico como os prisioneiros, e só pensavam em escapar. Somente dois vigias tentaram nos parar, e nas duas vezes apertei o gatilho primeiro.

Jack se esforçava, mas era lento e cambaleava. Era notório que precisávamos de um carro, então corremos pela cozinha em direção à garagem.

Cruzamos a cozinha, passando pela área administrativa, e tínhamos virado em direção à garagem quando Jack Berman caiu. Inclinei-me para erguê-lo quando Medina avançou do salão com uma espingarda. Sorriu, mas agora os dentes tinham sumido e a boca dilacerada sangrava.

Ele empunhou a espingarda no ombro, e foi nesse momento que Joe Pike chegou pelo canto e atirou.

Medina caiu que nem uma jaca podre, mas Pike atirou nele novamente, então esvaziou o tambor, carregou a arma e finalmente olhou para mim e disse:

— Peguei você.

Ele não estava falando com Medina.

Lutei contra o sorriso e escorei Jack até a garagem.

— Garagem. Única saída.

Krista disse:

— Esse é seu amigo?

— Sim.

Pike nos deixou passar pelas últimas salinhas até a garagem. Os vigias tinham levado os carros e a garagem estava vazia.

— Carro? O garoto não consegue andar.

— Em frente, do outro lado da rua.

Tiros aleatórios vinham de trás das árvores. Ouvi tiros de armas automáticas atrás de nós e me perguntava se era Jon Stone.

Pike e eu carregamos Jack Berman juntos. Corremos diretamente pela estradinha de cascalho enquanto os tiros diminuíam atrás de nós, cruzamos a rua e conseguimos chegar ao Jeep de Pike que estava estacionado ao lado de um caminhão de irrigação. Jack disse:

— Eu posso andar. Estou bem.

Nós o ignoramos.

Pike destrancou o Jeep. Krista abriu a porta traseira e empurramos Jack para dentro.

— Temos que levar esse garoto para um hospital. Krista, você está bem?

— Estou bem.

Acenei com a cabeça para Pike.

— Vamos sair daqui antes que nos enrolemos com a polícia.

Pike fechou a porta e Ghazi al-Diri apareceu por detrás do velho caminhão. Ele portava uma pequena espingarda preta e o rabo de cavalo tinha se soltado. Os cabelos caíam pelos ombros. Eu disse:

— Joe, esse é Ghazi al-Diri, o Sírio.

Ele ergueu a espingarda.

— Largue as chaves e saia andando. Quero o veículo.

Seus homens deviam ter levado seu carro e o deixaram sem nada.

Krista disse:

— Vá se foder. Temos que levar meu namorado para o hospital.

O Sírio empunhou a arma no ombro e gritou:

— Sai ou te mato.

Um barulho alto de tiros de automática levantou destroços do chão aos seus pés, e a espingarda girou para o lado lentamente.

Então o barulho parou e Jon Stone apareceu, derrubou al-Diri com o rosto virado para o chão e posicionou um joelho em seu pescoço.

Stone acenou com a cabeça para mim.

— Tudo bem?

— Tudo bem.

— Cadê o garoto?

— No Jeep. Temos que levá-lo para o hospital.

Stone encostou o cano da M4 na nuca de al-Diri.

— Vão. Esse aqui é meu. Cuidem do senhor Berman.

Assim o fizemos.

Nancie Stendahl

O ponto negro não se mexia. Nancie esperava que isso fosse um bom sinal. Ele provavelmente estava estacionado, e se Stone estivesse perto de Jack, isso significava que ela estava perto de Jack. Mo disse:

— Três quilômetros e duzentos metros, em direção a zero-oito-zero.

As cinco pessoas no helicóptero olharam na mesma direção, no mesmo instante. Fazendas. Retângulos verdes pintados na areia cinza do deserto.

— Um e seiscentos. Bem na nossa frente.

A piloto inclinou o nariz do helicóptero e caiu noventa metros. Stan Uhlman disse:

— Quem vir um Jeep vermelho, por favor, levante a mão.

— Quatrocentos. Trezentos, duzentos, cem, estamos em cima dele.

JT disse:

— O que é isso? Palmeiras?

Mo disse:

— É uma fazenda de cultivo de tâmaras. Parece deserta.

Nancie disse:

— Mais baixo.

A piloto baixou para sessenta metros e fez um voo baixo. Não viram pessoas, nem movimento ou vida. Não viram nenhum corpo. Mo disse:

— Estamos bem em cima dele. Vê aquele prédio? Está estacionado naquele prédio.

Nancie disse:

— Estou vendo cinco prédios. Qual deles?

— No final. O primeiro da entrada.

Nancie disse:

— Aterrisse.

A piloto aterrissou numa área plana a oeste do arvoredo e seguramente longe das árvores. Nancie, Mo, JT e Stan saíram juntos enquanto o rotor parava de girar. A piloto ficou cuidando da aeronave.

Eles estavam a trinta metros do prédio quando o celular de Nancie vibrou. Ela atendeu automaticamente:

— Nancie Stendahl.

— Continue andando.

— Quem fala?

— Você sabe quem. Sou bonito demais para se esquecer.

Ela não conseguiu se conter:

— Jon Stone.

— Jack está seguro.

Nancie parou, fazendo Mo e Stan Uhlman toparem com ela.

— Diga. Onde ele está?

— Foi entregue para a Central Médica Regional de Coachella há mais ou menos uma hora. Sala de emergência. Vá vê-lo depois que terminar aqui. Leve-o pra casa.

Nancie olhou para o prédio.

— O que você quer dizer com terminar aqui? O que tem aqui?

— Presente. Vai encontrar meu primeiro presente.

— Você matou essas pessoas?

— Não, senhora, eu não. Continue andando.

— Mas que porra você acha que está fazendo? Quem matou essas pessoas?

— Ande. Vou ligar de volta daqui a pouco, preencher umas lacunas.

— Como conseguiu meu número? Esse é meu número pessoal.

— Vá ver. De fon Stone pra você.

Ela baixou o telefone e caminhou ainda mais rápido até o edifício, mas congelou quando alcançou a porta. Havia um homem amarrado no chão. Mãos, braços, pernas e tornozelos estavam amarrados, e uma tira de fita adesiva cobria a boca. Ele tinha longos cabelos pretos espalhados pelo rosto e a encarava com olhos raivosos. Ela encarou de volta e lentamente andou na direção dele.

— Você é Ghazi al-Diri?

Ela tocou a ponta da fita e a arrancou.

— Você é Ghazi al-Diri?

— Quem é você?

Ela sorriu e mostrou a ele o distintivo.

— Sou a pessoa que está ansiosa para falar com você.

Ela pressionou a fita de volta contra a boca dele, então voltou até os outros e ligou pedindo equipes de reforço da SRT.

47

Elvis Cole

Os funcionários da sala de emergências deixaram Krista ficar com Jack enquanto o examinavam. Falaram que não demoraria muito, então liguei para Nita Morales da sala de espera enquanto Pike me contemplava. Usei seu telefone. A única pessoa ali, além de nós, era uma senhora idosa que segurava um terço fitando o espaço vazio. Eu disse:

— Ela está segura. Vou levá-la para casa.

Nita ficou quieta. Deixei que ela aproveitasse aqueles instantes porque são pessoais e preciosos. Depois de alguns segundos ouvi sussurros suaves de choro:

— Obrigada. Eu sabia que você... Eu sabia que você era...

— Shh. Está tudo bem. Ela está comigo e a estou levando para casa.

— Quero falar com ela.

— Vou colocá-la na linha, mas quero dizer onde ela esteve e pelo que passou. Ela está com Jack agora, então posso falar abertamente.

Um toque de frieza quebrou sua voz. Podia sentir a quilômetros de distância.

— Ele a colocou nessa?

Suavizei minha voz, deixando-a afetuosa. Eu entendia de verdade de onde ela vinha.

— Não, Nita, ele não a colocou. Ela está com ele agora porque nós o trouxemos para o hospital de Coachella. Ele vai ficar bem, mas se machucou bastante tentando protegê-la.

Contei a ela tudo o que sabia sobre o que havia acontecido enquanto Krista foi mantida prisioneira pelo grupo de Dennis Orlato. Sentia, e ainda sinto, que dar a Nita um tempo para lidar com os medos a ajudaria mais tarde quando ela e Krista conversassem.

Pike e eu ainda estávamos esperando depois de vinte minutos, então perguntei a um enfermeiro se Jack ainda aguardava para ser atendido. Já fazia quinze minutos que ele tinha dito que a avaliação havia terminado, então pedi a ele para Krista sair.

Ela se inquietou quando me viu.

— Eles querem que ele seja atendido por um médico mais perto de casa, mas vai ficar bem. Ligou para a tia. Quero esperar com ele até ela chegar aqui.

— Ele pode esperar pela tia sozinho. Vou levar você pra casa.

— Vou ficar. Ele não tem mais ninguém aqui. Acho que devo ficar.

— Vamos para casa. Isso não acaba até que você esteja em casa.

Eu teria continuado se ela tivesse recusado, mas ela não o fez. Não gostou de deixar Jack, mas Krista também queria a mãe.

Nós três não falamos quase nada enquanto dirigíamos de volta para L.A. Estava um dia claro e bonito, e o trânsito estava livre. Krista ia atrás. Falou baixo com a mãe por alguns minutos, mas a maior parte do que ouvi foram respostas de sim ou não. Ela tinha sobrevivido a tudo aquilo e estava exausta. Não tinha muito mais a oferecer. Às vezes demora alguns dias. Às vezes mais. Devolveu o telefone de Pike e não disse mais nada até entrarmos no Banning Pass. O deserto estava atrás de nós e ficando cada vez mais distante quando ela disse:

— Eu só queria ver...

— Isso não foi culpa sua. O Sírio, Orlato, as pessoas que fizeram essas coisas terríveis... Foi culpa deles. Eles fizeram isso. Não você.

Depois de um tempo, eu a ouvi fungar. Estiquei o braço para trás e segurei sua mão.

Quando chegamos à cidade, liguei para Nita para contar que estávamos a cinco minutos de lá. Nita e umas vinte e cinco, trinta pessoas estavam esperando do lado de fora quando chegamos. Todos estavam vestindo a camiseta. *Agência do detetive Elvis Cole. O maior detetive do mundo.* Eles tinham passado as últimas duas horas confeccionando as camisetas.

Nita abraçou Krista e não a queria largar. Chorava tanto que tremia. Mais ao fundo do grupo, o garoto grande com os ombros largos que eu encontrara no primeiro dia chamou:

— Cara da revista!

Ela me fez um sinal de positivo com o dedão, irradiando alegria.

Nita então me agarrou e chorou ainda mais.

— Deus te abençoe. Deus te abençoe por isso. Eu te devo tudo. Devo minha vida.

Eu a abracei de volta, com mais força do que já tinha abraçado qualquer pessoa em minha vida. Pike então me levou para casa. Pegamos a estrada Hollywood ao norte para o Cahuenga Pass, então Mulholland ao longo do pico para Laurel. Acho que não trocamos nem dez palavras, o que era normal para Pike, mas não para mim. Como com Krista, às vezes essas coisas levavam tempo.

Descemos para a Woodrow Wilson em direção à minha pequena rua, entramos na última curva e vimos minha casa. Sorri quando a vi. Geralmente faço isso.

Estacionamos em frente à entrada e fomos da garagem para a porta da cozinha, que era como eu sempre entrava em casa, mas dessa vez havia algo diferente. Estudei meu carro.

— Está limpo.

Pike tocou a lataria amarela.

— Precisa de uma cera.

— Você o lavou?

— Enxaguei.

Franziu as sobrancelhas para o Jeep e virou. Tinha ganhado alguns furinhos e amassados do deserto, junto com uma pesada camada de poeira.

Cheguei até a porta e percebi que não tinha as chaves.

— Sem chave.

Pike abriu a porta.

Minhas chaves, meu celular e outras coisas estavam no balcão onde ele os deixara.

— Quer uma cerveja? Algo pra comer?

— Água.

Peguei duas águas da geladeira e as bebemos, encostados no balcão. Meu gato entrou. Ronronou quando me viu, olhou para Pike, então se esfregou em minha perna. Eu disse:

— Ei, amigo!

Fez um oito entre meus tornozelos, foi até Pike e deixou-se cair no chão.

Dei um suspiro. Tomei um pouco da água e suspirei de novo. Olhei para Pike.

— Obrigado.

Ele procurou algo no bolso:

— Você derrubou isto.

Sorri para o pequeno Grilo Falante, então coloquei-o no balcão. Nita disse que o pegaria de volta quando eu encontrasse sua filha. Eu cumpriria essa promessa. Sonhos realmente se tornam realidade.

Queria um banho. Queria escovar os dentes, passar fio dental, me barbear e tirar aquelas roupas que cheiravam a sangue, tortura e morte. Queria deixar o deserto para trás, mas algumas coisas são mais importantes.

Juntei o esfregão e o balde que deixo na lavanderia, um pouco de detergente, toalhas e levei tudo para fora. Pike e o gato me seguiram.

Enchi o balde com água e sabão, encharquei uma toalha e comecei a limpar o Jeep de Pike. Esfregava com força para me livrar do deserto. Pike pegou uma toalha e se juntou a mim. O gato se agachou embaixo do meu carro e ficou assistindo à cena.

Lavamos a terra e a poeira, mas o deserto tinha feito furos e amassados na tinta que agora faziam parte do Jeep, mas era assim que deveria ficar. Eles seriam preenchidos com cera por um tempo e algum dia se perderiam no brilho.

Com trabalho e paciência, esse dia chegaria. Pike sabia e eu também.

Lavamos o velho Jeep e polimos a lataria brilhante. Endireitamos o carro do melhor jeito que conseguimos, assim como tudo o que havia nele.

AGRADECIMENTOS

A equipe de produção da Putnam foi muito além do necessário para fazer este livro acontecer. O autor pede desculpas por emperrar seus cronogramas e agradece pelos esforços hercúleos em seu nome, mais notadamente, Meredith Dros.

Edição de livros é geralmente um trabalho ingrato feito sob circunstâncias difíceis. Patricia Crais trabalhou com um manuscrito em constante mudança, ou fez com que ela revisitasse e revisasse seu próprio trabalho por demasiadas noites, sem dormir e em cima da hora. Obrigado.

Neil Nyren e Ivan Held são o Thor e o Odin da editoração. Nenhum editor poderia ter mostrado mais coragem, fé e apoio. São cães de guerra.

Traduções do inglês para o árabe foram fornecidas por David Coronel. Traduções do inglês para o coreano foram fornecidas por Ashley An e Jae-Jin Kim. Obrigado a todos.

Obrigado a Aaron Priest, como sempre, por me incentivar e por me colocar para cima.

Este livro foi publicado em 2015 pela Companhia Editora Nacional.
Impresso na IBEP Gráfica, São Paulo, SP.

AGRADECIMENTOS

A equipe de produção da Putnam foi muito além do necessário para fazer este livro acontecer. O autor pede desculpas por emperrar seus cronogramas e agradece pelos esforços hercúleos em seu nome, mais notadamente, Meredith Dros.

Edição de livros é geralmente um trabalho ingrato feito sob circunstâncias difíceis. Patricia Crais trabalhou com um manuscrito em constante mudança, ou fez com que ela revisitasse e revisasse seu próprio trabalho por demasiadas noites, sem dormir e em cima da hora. Obrigado.

Neil Nyren e Ivan Held são o Thor e o Odin da editoração. Nenhum editor poderia ter mostrado mais coragem, fé e apoio. São cães de guerra.

Traduções do inglês para o árabe foram fornecidas por David Coronel. Traduções do inglês para o coreano foram fornecidas por Ashley An e Jae-Jin Kim. Obrigado a todos.

Obrigado a Aaron Priest, como sempre, por me incentivar e por me colocar para cima.

Este livro foi publicado em 2015 pela Companhia Editora Nacional.
Impresso na IBEP Gráfica, São Paulo, SP.